光文社文庫

ノーマンズランド

誉《ほん》田《だ》哲也

光　文　社

目次

第一章

1

初海《はつみ》が一体、何をしたというのだ——。

俺はそればかり、何年も問い続けている。

俺が、最初に彼女のことを知ったのはいつだったか。正確なことは覚えていない。でも、中学二年か三年のときにはもう、知っていたように思う。

バレーボール部の女子たちが、よく噂《うわさ》していたからだ。

「南中《みなみちゅう》の庄野《しょうの》さんは、ほんと凄い」

何が凄いのかは、直《じか》に見たらすぐに分かった。

当時の身長は百六十センチ弱だったが、四肢が長く、全体にバランスがよかった。後ろ姿を見ただけで、動ける人だな、と思った。たぶんバレーボールに限らず、スポーツならなんでもできるタイプだ。体幹がしっかりしていて、ものの喩《たと》えではなく、全身がバネのようだった。試合会場の廊下で、ちょっとジャンプをしているだけで、他の中学生とは全然違って見えた。

彼女は、右からでも左からでも自在に打てる、文字通りのエース・スパイカーだった。屈《かが》めた体を一気に伸ばして跳び上がり、空中でエビ反りになると、一瞬重力が消失し、まるでそこに浮かんでいるように見えた。中学女子の中では、圧倒的に滞空時間が長かった。その位置から、まさに「全身のバネ」を使ってボールを打ち下ろす。彼女のスパイクが決まるたび、他校の応援席からも歓声があがった。それも、主に女子からだったように記憶している。

そんな彼女と俺が高校で一緒になったのは、ある意味、当然の成り行きだった。この地域で「バレーボール」といったら東高《ひがしこう》。他に選択肢はないに等しかった。

「南中からきました、庄野初海です……もう、入部を決めました。よろしくお願いします」

決めたも何も、春休みから部活に参加しているのだから、入部するのは当たり前だ。それよりも俺が意外だったのは、彼女の声が、思わず耳に手を当てて「ハ？」と聞き返したくなるほど小さかったことだ。中学時代に見た試合中の彼女は、決してそんな感じではなかった。ちゃんと声も出していたと思う。高校に入って、また一年生になって、周《まわ》りはまだ名前も覚えていない先輩ばかりで萎縮《いしゆく》していたのだろうか。

　さらに意外だったのは、俺の家と彼女の家が、間に国道が通ってはいるものの、歩けば十分くらいの近所だったということだ。

　電車通学組は普通に、学校から駅方向に歩いていくが、俺たち徒歩組は反対向きに歩き出す。最初は五人くらい。でも一人減り二人減り、最後は俺と彼女だけになる。なので、自然とよく喋《しゃべ》るようになった。

「……くんちが……なんて……かった」

　しかし、やはり声は非常に小さい。すぐ隣にいるのに、たいてい半分以上は聞こえない。

「え、なに？」

　聞き返されることにも慣れているのだろう。彼女は、ちょっとバツが悪そうに微笑《ほほえ》んだ。

「江川《えがわ》くん家《ち》が、近所だなんて、全然、知らなかった」

　意識すれば、聞こえるようにも喋れるようだった。

「ああ、うん……俺も。あの庄野選手が、こんな近所に住んでたなんてな。びっくりしたよ」

　もう、同じ学校のバレーボール部員なのだから、「庄野」と呼び捨てにしてもよかったのだが、まだそれはできなかった。何か、それは妙に気恥ずかしかった。

「何それ……庄野選手って」

「いや、女子がさ、みんな噂してたから。南中の庄野選手は凄い、って」

「そんな……私なんて、全然、凄くない……三年ときなんて、県大会、出れなかったし」

「ああ、チームはな……確かにイマイチだったな、去年の南中は」

うん、と小さく頷《うなず》くと、耳に掛けていた髪がひと束、はらりと前に落ちた。

不思議な顔をした人だな、と思った。

特に目がパッチリしているわけでも、鼻が高いわけでもない。パッと見は、どちらかというと地味な顔立ちだ。でも、それぞれの位置が正しいのか、大きさが程好《ほどよ》いのかは分からないが、見ているうちに、とてもいい顔なのかもしれない、と思えてくる。

それでもやはり、地味は地味なのだ。あとで思い出そうと思っても、あまり印象に残っている部分がなくて、上手《うま》く思い出せない。だから、せめて目の前にいるときにどんな顔なのかを覚えようと、つい凝視してしまう。

「……なんか、怖い、江川くん」

それは、よく言われた。

俺の目はかなりギョロッとしている。自分では普通にしているつもりでも、親にさえ「意味もなく人を睨《にら》むんじゃない」と叱《しか》られた。そんな俺に、意識的にじっと見られていたのだから、さぞ怖かったことだろう。

「ああ……ごめん」

するとまた何か、彼女が小声で言った。

「え、なに？」

そしてまた、同じように苦笑いしながら言い直す。

「江川くん家の方にある、自衛隊……あの周り、私、よく走りにいく」

それは意外だった。

「へえ、俺もよく走ってるよ。でも、一度も会ったことないよな」

「うん。ないね」

「何時頃？」

「朝五時とか、六時とか」

「俺も、大体それくらいだけどな」

「あの……警察の方まではいかないで、研修所前の信号から入ってって、こう……左回りにいくんだけど」

「俺はそれの、ちょうど反対側からスタートするな……でも、左回りだよ」

そう答えると、彼女は「うーん」と首を傾《かし》げた。

「だからかな。同じ左回りだから、会わないのかな。反対向きに走ったら、絶対どっかで会うはずだよね」

じゃあ、今度は俺が右回りで走るよ。そう言うつもりだった。

でも、それよりも先に彼女が言った。

「じゃあさ、今度、待ち合わせしてさ、一緒に走ろうか」

それに自分がどう答えたのかは、覚えていない。女子と一緒じゃ遅くなるから駄目だ、みたいに言ったのだろうか。それとも、二つ返事で同意したのだろうか。

たぶん、後者だったと思う。

初海も俺も、即レギュラーというわけにはいかなかったが、それなりに期待はされ、同期の中でも、常に「間違いなくチーム入りする部員」に数えられていた。

それだけに、新人戦を翌月に控えた、二年目の冬休み。

あの日の部活での出来事が、悔《く》やまれてならない。

俺たちの通っていた埼玉県立朝霞東《あさかひがし》高校は、確かにバレーボールの強豪校ではあったけれど、だからといって特別、練習施設が充実しているわけではなかった。バスケ部や剣道部、ハンドボール部など、他の室内運動部と体育館の場所を融通し合いながら、日々の部活動を行っていた。

その日、俺たち男子バレーボール部は体育館での練習を午前中で切り上げ、弁当を食べたら、あとはグラウンドで走り込みなどをする予定だった。

だから、体育館の方が騒がしいことに、すぐには気づかなかった。

実際、俺にそのことを教えにきてくれたのは当時一年生だった女子部員、荒木《あらき》だった。

「江川先輩、初海先輩が、今、足首、やっちゃって」

「えっ……」

ダッシュで体育館に向かった。いつも使う校庭側の出入り口ではなく、換気のために開けている裏側から、自分のスニーカーを蹴《け》散《ち》らすように脱ぎ捨てて駆け込んでいった。

体育館の端《はし》っこ、ベンチのある辺りに人が集まっている。背中はみんなバレーボール部員だった。

初海が、足首――？

人だかりの後ろから覗《のぞ》くと、初海がベンチの手前に、横向きで寝そべっていた。顔をクシャクシャに歪《ゆが》め、涙を流している。足首の辺りにしゃがんで、おっかなびっくり触って診《み》ているのは、女子バレーボール部顧問の東村《ひがしむら》絢子《あやこ》先生だった。

「どう？　ここ、痛い？」

何をやっても痛そうだった。直感で、足首の靭帯《じんたい》をやったのでは、と思った。怪我《けが》をしたときの状況は、近くにいた別の後輩女子が教えてくれた。

「梨絵《りえ》先輩が転んだところに、初海先輩が、乗っかるようになっちゃって……足首を、グキッと……」

佐藤《さとう》梨絵はセッター。プレイ中の接触は、起こるときはどうやったって起こる。

とりあえず保健室に連れていくことになったが、その場にいた男子は俺一人だったので、俺が抱えていくことになった。というか、そういう役回りで呼ばれたのだと思う。

俺は初海の傍《かたわ》らに跪《ひざまず》いた。

「……膝《ひざ》は、大丈夫か」

涙を振り絞るようにして、初海が頷く。

「右も左も、大丈夫だな？」

もう一度頷く。

「じゃあ、こうやって、下から持ち上げちゃうぞ。いいか？」

それにも、初海は頷いた。

俺がやったのは、いわゆる「お姫さま抱っこ」だ。

左腕で初海の背中、右腕で両脚を下から抱え上げる。初海が力一杯、俺の首にしがみついていたので、持ち上げるの自体は楽だった。だが、周りにどう見えるかを考えたら、急に恥ずかしくなった。恥ずかしかったが、他にやりようはなかった。

俺は初海の足首を揺らさないように、でもできるだけ急いで保健室に向かった。

初海が耳元で、歯を喰い縛りながら呟《つぶや》く。

「江川くんと……一緒に……インターハイ、いきたかった……」

インターハイは夏。まだ半年ある。しかし、予選までと考えたら、もう四ヶ月しかない。

「大丈夫だよ。夏までには治る」

「治んないよ……凄い、変な音した……絶対、治んない……」

「治るよ。俺が病院でも、どこにでも連れていく」

「無理だよ……間に合わないよ……」

結局、救急車を呼び、病院で診てもらった結果は、踵腓《しょうひ》靭帯完全断裂、後距腓《こうきょひ》靭帯部分断裂。手術とリハビリで入院二週間、日常生活復帰に一ヶ月、スポーツ復帰にはさらに三ヶ月を要するということだった。

二週間の入院中、俺はほとんど、一日おきに見舞いにいった。

最初、入院に備えてお母さんに短くしてもらったという髪を見られるのを、初海はとにかく嫌がった。でも俺は、そのおかっぱ頭も可愛《かわい》いと思っていた。

「似合ってるよ」

「何それ。嫌味?」

「違うって。ほんと……よく、似合ってる」

「似合いたくない。こんなの、全然可愛くない」

「そんなことない。可愛いよ」

売り言葉に買い言葉、というのとは違うが、なんとなく、勢いでそんなことを言ってしまった。

そこを、初海は聞き逃さなかった。

「……可愛いとか、江川くんに、初めて言われた」

そう、かもしれないが、俺は頷くこともできず、黙っていた。

「初めて言われた」

そこだけを繰り返されると、なんというか、非常に困る。

「ほんとは……そんなこと、思ってないくせに」

健康優良児だった俺に、入院生活がどういうものかは分かりようもない。だが家庭からも、学校からも切り離され、むろん部活も、勉強すらも碌《ろく》にできず、ただ白い壁と天井を眺めているだけの毎日は、さぞつまらないものだろう——くらいのことは、俺にも想像できた。

そのつまらなさが、彼女をちょっとだけ「いつもと違う初海」にしていたのではないかと思う。普段の初海は、初めて可愛いと言われた、とか、そんなこと思ってないくせに、とか、そういうことを言う人ではなかった。そういう部分もあったのかもしれないが、部活で忙しかった俺たちに、そういう会話をする機会はほとんどなかった。

初海だけでなく、俺の側にも、そんな心の余裕はなかった。

だから俺も、あのときはちょっと、普段通りではなかったのかもしれない。

「……思って、るよ」

かなり間《ま》が空いてしまったが、それで意味は通じるはずだった。

なのに、初海は聞き返してきた。

「え、なに？」

それは、意味が通じなかったからではなく、惚《とぼ》けたというか、ある種の意地悪だったのだと思う。

あんなに声が小さくて、しょっちゅう俺に聞き返されていた初海が、耳に手を当てて、半笑いで俺に聞き返している。

そこまでされたら、俺も答えざるを得ない。

「だから……思ってるって」

「思ってるって、何を？」

「頭……可愛いって」

「あ、あー、そういう意味。これね。このおかっぱ頭が可愛い、ってだけの意味ね。なんだ、そういうことか」

そこは四人部屋だったが、二床《にしょう》はずっと空いており、斜め向かいのベッドの人は、たまたまそのときは不在だった。

俺にも、こういうときに周りを見る冷静さはあるんだなと、さらに冷静に分析している自分がいた。

「……可愛いって、思ってたよ。ずっと……初海のこと」

初海は黙っていた。黙って、上半身を起こした状態で、俺を見上げていた。そういえばそのとき、俺は座らずに立っていた。なぜだろう。細かいことは覚えていない。

「そう、思ってなかったら……毎朝、一緒に走ろうとか、言わないよ」

怪訝《けげん》そうに眉をひそめ、初海が首を傾げる。

「最初に一緒に走ろうって誘ったの、私じゃなかったっけ」

「あれ……そうだっけ」

「いいけど、別に……じゃあ江川くんは、私のこと、可愛いと思ってたから、毎朝一緒に走ってたの？」

なんてことを訊《き》いてくれるんだ。

「いや、そういう言い方されると、なんか、ヤラしいっていうか」

「ヤラしいじゃん。充分ヤラしいよ」

おいおい、なんで俺が責められなきゃならないんだ。ここ、どう答えたらいいんだ。どう言うのが正解なんだ。

「え、じゃあ、なに……一緒に、走らない方が、よかったの……？」

初海の眉の角度が、さらに険しくなる。

「そんなこと、ひと言も言ってないじゃん」

「でも、ヤラしいって……充分、ヤラしいって」

「そういう気持ちだけで一緒に走ってたんだったら、それはヤラしいでしょ、って言ってんの」

なんだ、その「そういう気持ちだけ」って。それって、どういう気持ちのことを言ってるんだ。他にどんな気持ちがあるって言うんだ。

わけ分かんねえ——あ、いや、違う、っていうか、そうか。今、ようやく分かった気がする。なるほど、そうか。こういう話って、こういうふうに進めるものなのか。

なんだかんだ、初海って頭いいんだな、と思った。

「いや、だから……好きだから」

初海は真顔で、黙って聞いている。

俺が、続けるしかなかった。

「その……誘ってきたのは、初海、だったかも、しんないけど……好き、だったから……初海のこと、好きだったから、一緒に、走れて……嬉しかったっていうか……まあ、そういう気持ち……です」

すると、今度は口を尖《とが》らせ、初海はちょっと斜め上を見上げた。俺の方ではなく、反対の窓の方だ。

「それなら、まあ、いいけど……私も、江川くんのこと、好きだったし……もう、バレーは、選手としては、無理だから……少なくとも、三年の引退までに、今までみたいな、今までと同じスパイクを打てるようには、戻せないと思うし……」

初海の目に涙が浮かんでくる。でも同じように、たぶん俺の目にも、浮かんできていた。

「だったら……女子は、千夏《ちなつ》がマネージャーやってるから、私は、男子のマネージャー、なってもいいかな、とか……跳ぶのは無理だけど、でも、せめて走れるようになれば……また江川くんと、朝、一緒に走りたいな、とか……思ってたし……」

俺は、ベッドの端に半分だけ尻を載せて腰掛け、初海を抱き寄せた。

初海の背中は、あの怪我をした日に抱え上げたのとは、少し違って感じた。柔らかくて、小さくて、か弱かった。

シャンプーなどはあまりできないのか、髪はペタッと、湿った感じがした。でも、それはそれでよかった。好きな感じだった。

「また、一緒に走ろうな……初海」

そのまま、勢いでキスもしようとしたが、それは拒否された。

退院すると、初海は早速《さっそく》、男子バレーボール部のマネージャーとして部活に参加するようになった。松葉杖《まつばづえ》を突きながら、じっと男子部員の動きを目で追う姿は、正直、けっこう怖かった。

初海は、何か気づいてもその場では言わない。練習が終わって、顧問やコーチを交えたミーティングも済んでから、個人個人に言って回る。

「牧野《まきの》くん、ジャンプのタイミング、もうちょっと早くしてみたらいいと思う。あと、もっとブロックアウトを狙った方がいい。そういう使い分け、重要だから」

牧野は一年生スパイカー。そんな彼にとって、女子とはいえ、先輩でエース・スパイカーだった初海の言葉は重い。マネージャーというよりは、むしろ学生コーチに近かったかもしれない。

むろん俺も、帰り道にいろいろアドバイスを受けた。

「江川くんさ、けっこう、ストレート狙えるときでも、クロス打っちゃうこと多いよね」

ブロックを避《よ》けるように、斜めに打ち込むのがクロス。ブロックとサイドラインを示す「アンテナ」の隙間《すきま》を狙って打つのが、ストレート。

「いや、そうはいっても打てないって、簡単には」

「んーん、できる。江川くんならできる。私ができるって言うことはできるんだから、ちゃんとチャレンジして」

「はい、分かりました……でもさ、そういうこと、あとで言われてもさ、分かんないときあるんだよな。俺だけじゃなくて、牧野とかも……もっと練習中に、今そこ、ストレートッ、とか言ってくれたら、ああここか、って分かるのに」

「やだよ、そんな……男子の中で大声出して、声裏返ったらカッコ悪いじゃん」

初海は、自分の声が裏返るのをやけに気にしていた。それが女子特有の拘《こだわ》りなのかどうか、俺にはよく分からなかった。

まあ、声の大きさはともかく、初海は初海なりに、一所懸命俺たちを支えてくれた。ゴールデンウィーク辺りからは、俺との朝のランニングもできるようになった。残念ながらその年、俺たちは県予選を突破できず、インターハイ出場という目標は達成できなかったが、後悔はなかった。できることはすべてやった。出せる力はすべて出しきった。悔しかったが、悔いはなかった。

それにもう、俺たちの目は次に向いていた。

俺はスポーツ推薦で大学に進学できそうだったが、初海は普通受験になるため、部活引退後には猛勉強が待っていた。でも俺と違って、もともと成績もいい方だったから、あまり心配はしていなかった。

「私も一応、長谷田《はせだ》受けるよ。そしたら、一緒に通えるし」

「ああ。そしたらさ、また初海も、バレー始めりゃいいじゃん」

そんなこともサラッと言えるくらい、あの怪我からは時間が経《た》っていた。初海の足も回復していた。

「えー、もう無理だよ。全然、体が追いついていかない」

「そんなことないって。初海ならできるって」

「えー……私それより、大学入ったら、なんか楽器やってみたい。フルートとか、オーボエとか」

初海が楽器をやるなんて、考えてみたこともなかった。でも、悪くない気はした。

「フルートはともかく、なんでオーボエなんだよ。っつか、オーボエってどんなんだっけ」

「こういうの。縦笛《たてぶえ》の、なんかもっと複雑なやつ」

「ほんとはよく知らないんだろ」

「知ってるよ。っていうか、普通みんな知ってるから」

あの頃の俺たちは、バレーボールというそれまでの共通言語を抜きにした、新しい関係を模索していたのだと思う。新宿に映画を観にいったり、渋谷に美味《おい》しいものを食べにいったり、原宿に服を買いにいったりした。同じ年頃のカップルと比べたら、少し幼稚《ようち》だったかもしれないが、でもそれで充分、俺たちは楽しかった。幸せだった。時間はいくらでもある。ゆっくりと今を楽しみたい。そんな気分だった。

それなのに――。

ある日突然、初海は俺の前から、姿を消した。

2

姫川玲子《ひめかわれいこ》は、虎ノ門《とらのもん》一丁目にあるカフェまできていた。

Ａ在庁なので、基本的には桜田門《さくらだもん》の本部庁舎にいなければならない。だが、統括主任の日下《くさか》が席をはずしている隙に、「ちょっと出てくる」と菊田《きくた》に断わり、一人抜け出してきた。何かあれば携帯電話に連絡が入るだろうし、玲子だって、二時間も三時間もサボるつもりはない。ほんの二、三十分、一人になる時間が欲しかっただけだ。ちょっと長めのトイレ休憩。そう思って、見逃してもらいたい。

このところの自分がおかしいことは、自覚している。このところというのは、つまり、前統括主任である林《はやし》が殉職《じゅんしょく》してからの七ヶ月、もうすぐ八ヶ月──それくらいの期間のことだ。「祖師谷《そしがや》二丁目母子三人強盗殺人事件」の捜査中、林は不幸にも犯人と鉢合《はちあ》わせし、その男の振るった凶刃《きょうじん》に倒れた。喉笛《のどぶえ》を掻《か》き切られ、林はひと言も発さぬまま、ただ窓の外に舞い散る雪を見上げながら、玲子の腕の中で息を引き取った。

後日、林の通夜の式場で、「お前は死神だ」と勝俣《かつまた》に言われた。そうかもしれないと思う。いや、きっとそうなのだろう。

初めて仲間の殉職を経験したのは六年前。「ストロベリーナイト事件」の捜査中に、二つ年下の大塚《おおつか》巡査が犯人に銃撃され、命を落とした。四年前の一件は殉職ではないけれど、捜査中に知り合った牧田勲《まきたいさお》という男が、やはり玲子の目の前で刺されて亡くなった。

もう嫌だ。親しくしていた人が、目の前で死んでいくのは見たくない。そんなことは誰だって思うことだろうけど、でも、玲子の場合はそれが、あまりに多過ぎた。

気をつけているつもりだった。肝《きも》に銘じているつもりだった。近しい誰かを失うくらいなら、この身を投げ出してでもその人を守りたい、いや守ってみせる。それくらいの覚悟は、常にしているつもりだった。だからこそ——あれは、二年半前になるか。「ブルーマーダー事件」のとき、犯人グループに拘束された菊田を救おうと、玲子は単身現場に入っていった。そして自らに誓った通り、菊田を救い出した。

今になって、思う。自分は菊田を救い出したことで、まさか「禊《みそぎ》は済んだ」などと考えてはいなかっただろうか。菊田を守ったことで、自分の周りで起こる「悪《あ》しき死の連鎖《れんさ》」を断ち切ったなどと思い込んではいなかったか。高《たか》を括《くく》ってはいなかったか。

どれだけ手柄を立てようと、人殺しを何人死刑台に送り込もうと、殺人犯捜査に携わり続ける以上、死の危険が身の回りから去ることはない。むしろ逆だ。自分たちは常に、死の危険に向けて足を踏み出している。そして、その死の影の首根っこを押さえつけ、引きずり回してでも社会から隔離し、必要とあらばこの世からも消し去る。

そう思ってやってきたはずなのに、気がついたら、いつのまにかこっちが「死神」か——。

あの日、林を失わずに済む方法はなかったのか。

そんなことを、繰り返し考え続けている。

林が張り込み用の車両に向かうとき、すでに人数分の耐刃防護衣《たいじんぼうごい》は現場に届いていた。あれを着用するよう、せめて車に持っていくよう、林に言うことはできた。だが、自分はそうしなかった。致命傷になったのは首の傷だが、その前に林は胸を刺されていた。耐刃防護衣を着用していれば、その一撃は防げていた。それさえ防げていれば、その後の展開は違っていたはずだ。林が命を落とすことはなかった。

他にも思い当たることはいくつもある。挙げ始めたらきりがない。

多少の無理をしてでも、林は玲子の頼みなら必ず聞き入れてくれた。これが分かったら次に進めるのに。そういうとき、いつも答えを持ってきてくれたのが林だった。

頼り過ぎたのか。自分が林を頼るたびに、林の何か――たとえば運のようなものを、自分がもらい受けてしまっていたのか。もし自分に、他人の幸運を吸い取る能力みたいなものがあるのだとしたら、それこそまさに「死神」ではないか。自分が必死で捜査をすればするほど、他の誰かに災いを転嫁することになる。それは決まって、自分が大切にしていた人で――。

こんなことを半年以上も考え続けてたら、そりゃ頭もおかしくなるわ、と自分でも思う。元来、玲子は簡単にジンクスを信じたりする人間ではない。ましてやこんな、バタフライ効果みたいなことがあり得るなどと本気で思ったことはない。でも、今回ばかりはそうも言っていられない。思考が「負のスパイラル」にはまり込んでいくのを、自分ではどうすることもできなくなっている。

いっそ、何か罰を受けたい――。

さほど本気で考えているわけではないが、ぼんやりと思うことはある。そんなとき、たまたま入ったのがこのカフェの喫煙室だった。

最初は、単に禁煙席が空いていなかったから仕方なく入ったのだが、この煙たく濁《にご》った空気が、あまりにも不快で心地好かった。一度は自分でタバコを買い、一本吸ってはみたけれど、途中で噎《む》せてしまって最後まで吸いきれなかった。その日は寝るまで気分が悪かった。なので、喫煙そのものはもう諦《あきら》めたが、喫煙席の不快な空気には不思議な魅力を感じた。自分を体の内側から、それとなく蝕《むしば》んでくれる——。

実に下らない、自己満足にもならないちっぽけな受罰だが、この不快感が、ある種の「心の均衡」を保ってくれているようにも思う。こういう感覚がさらに強まっていくと、自傷《じしょう》行為に繋《つな》がるのかもしれない。

奥まった席から、煙に霞《かす》んだ窓の外の景色を眺める。

曇り空の下、交差点で信号待ちをしている通行人。垢《あか》抜《ぬ》けない、ベージュのトレンチコートを着た男。リクルートスーツの女子三人。その前を通過するクロスバイク。かぶっているのは後頭部が尖った、エイリアンみたいな銀色のヘルメット。肩と頬で携帯電話をはさみ、ブリーフケースは股にはさみ、その状態でシステム手帳を広げてメモをとる若者。

そして、突如目の前に現われた、知った顔。

「……こんなところで油売ってたのか」

マジか――。

一人になりたいから、わざわざ十分もかけて本部庁舎から歩いてきているのに、よりによって、こんな奴に見つかるとは。

警視庁刑事部捜査第一課殺人犯捜査第十一係、統括主任、日下守《まもる》警部補。

なぜここが分かったのか訊きたいけれど、びっくりし過ぎて、上手く言葉が出てこない。

日下は断わりもなく、持っていたフタ付きのカップを玲子のテーブルに置いた。そして当然のように、向かいの席に座る。二人の距離は、ちょうど被疑者と取調官――いや、取調室のそれよりもむしろ近い。

「なぜここがバレたのか分からない、という顔をしているな」

そういうあんたはずいぶん得意気な顔をしているな、とは思ったが、それも言葉にはならない。

「見たところ、タバコを吸いにきたわけでもなさそうだが……」

小さなテーブルをくまなく見てから、また視線を合わせてくる。

「なんでお前、喫煙席に座ってるんだ」

玲子は横目で、タバコのマークが貼られたガラス壁の向こうを確認した。時間が半端だからか、三分の一くらいは空席になっている。禁煙席が満席だったから、という言い訳は通らない。よって回答は「大きなお世話です」としておきたいところだが、一応直属の上司なので、もう少し気を遣《つか》っておく。

「……たまたまです」

そんな答えに納得などしてはいないのだろうが、日下は苦い物でも食べたように口元を歪《ゆが》め、二、三回、浅く頷いた。

「じゃ、しょうがないな……」

日下は立ち上がり、下げたトレーを載せる台の方に歩いていった。そこから灰皿を一枚摘《つま》み取り、すぐに戻ってくる。

またもとのように座ると、スーツの内ポケットからタバコの箱を取り出し、手首のスナップで上手いこと二、三本飛び出させ、玲子に向ける。

「……吸うか？」

玲子がかぶりを振ると、そのうちの一本を銜《くわ》え、黒いプラスチック製のライターで火を点《つ》けた。

頬をすぼめてひと口、深く吸い込む。ぽかりと、大きな輪を一つ宙に浮かべ、残りをさらに吸い込む。やがて口先から吐き出されてきた煙が、先の輪っかを歪ませ、押し流していく。

玲子は、日下が喫煙者であることを、いま初めて知った。まあ、一緒に飲みにいく機会もほとんどなかったし、昼食に誘われたこともないので、玲子が知らなくても無理はない。

しかし、タバコとは不思議なものだ。普段はやや厳しめの無表情を崩さない日下でさえ、こうやって煙を吐いていると、多少はリラックスしているように見える。漏らす息も、煙が混じっていれば溜め息には見えない。

日下が、灰になった先端を丁寧《ていねい》に、灰皿に落とす。

「統括になったところで……やれることなんて、変わらんものだ」

相変わらず、よく分からない人だ。急になんの話だろう。脈絡も何もあったものではない。もしかして、玲子に意味を訊いてほしいのか。そういう振りか。

「……どうか、されたんですか」

もうひと口、日下が大きく吐き出す。

「お前は、あれか……もう最初の配置が、地域だった世代か」

近年は女性警察官でも、警察学校卒業後は男性と同様、地域課に配置されるのが普通になっている。いわゆる交番勤務だ。だが玲子が入庁した頃は、まだそうでもなかった。

「いえ。私は、交通課でしたが」

それがどうかしたか。

「じゃあ、交通から刑事に上がって、部長（巡査部長）に昇任して、ホ（警部補）になって、本部に上がってきたと。そんな感じか」

日下との出会いは八年ほど前。むろん、そのときに自己紹介もしているし、その後は何年か一緒に仕事もしたのだから、経歴くらい知っていて当然だ。なのに、なぜ今それを確認する。というか、なんの話だ。そもそも、なんの用があってわざわざこんなところで声を掛けてきた。

「……概《おおむ》ね仰《おつしや》る通りですが、それが何か」

ちょっとイラつくんですけど、くらいのニュアンスは言外に匂わせたつもりだが、日下が頓着《とんちやく》する様子はない。

「警部補までなってみて、お前、何か変わったか」

なるほど。ようやくだ。ようやくさっきの「変わらんものだ」との繋がりが見えてきた。

「……さあ。いろいろ、変わったとは思いますけど」

「昇任すれば、回ってくる書類の量は増える。休日は減る。異動すれば、部下は増えたり減ったりする……だがお前自身は、それで何か変わったか」

それだけ周りの状況が変われば、自身も変わらざるを得ないだろう。

「まあ……変わったんじゃ、ないですかね。自分では、よく分かりませんけど」

「そうかな。俺は人間なんて、そんなに簡単に変われるものではないと思っている。人一人にできることなんて、総じてみれば大差はない。俺に限界があるように、お前にも限界はある……亡くなった林さんも、同じだったと思う」

ふいに林の名前を出され、玲子は思わず、日下の目を強めに見てしまった。

そういう話か——。

日下が続ける。

「林さんは、自分で自分の身を守ることができなかった。首都東京の治安を守るべき警察官にあるまじきことだが、それが俺たちの現実であり、同時に限界でもある」

半分ほど灰になったタバコを灰皿に潰《つぶ》し、日下は立ち上がった。フタも開けなかったカップは、そのまま持って帰るようだ。

「ああ。今さっき、葛飾《かつしか》に特捜（特別捜査本部）を立てることが決まった。明日からはそっちになる。全員でいく」

殺人班（殺人犯捜査）十一係、十二人全員でいくというわけか。

「分かりました」

日下は小さく頷き、そのままいくのかと思ったが、まだ何かあるようだった。

「あと……最近のお前はときどきタバコ臭かった。今どき、官庁街でタバコが吸える場所なんて限られている……じゃ、俺は先に戻る。あんまり、菊田に心配かけるなよ」

自分で吸わなくても、喫煙席にいれば服に臭いはつく。ならば行き先は知れたものと、そういうことか。でもだからといって、それがここを特定した理由にはならないと思う。っていうか、最後の「菊田に心配かけるな」って、なんだ。


十月八日水曜日、七時五十五分。

玲子は葛飾区立石《たていし》二丁目にある葛飾警察署前まできていた。

東京二十三区内とはいっても、ここまで東側に寄るともはや眺めは千葉県のそれに近い。十階前後のマンションも少なからず建ってはいるが、密集した感じがまったくない。お陰で空が広く感じる。まあ、玲子が生まれ育った埼玉県浦和《うらわ》市、現在のさいたま市も田舎レベルでいったら似たようなものなのだろうが、でもやはり「埼玉っぽさ」よりは「千葉っぽさ」を感じる。なんだろう。海の匂いでもするのだろうか。いや、ここは西を荒川《あらかわ》、東南を中川《なかがわ》に塞《ふさ》がれている。一ミリも海とは接していない。

そんなことを考えていたら、

「姫川主任ッ」

朝っぱらから、やけに元気に声を掛けられた。しかも、よく知っている声。懐《なつ》かしさすら感じる、このトーン。

振り返ると案の定、そこには懐かしい顔があった。

「えっ、康平《こうへい》？」

かつての「殺人犯捜査十係姫川班」の最年少メンバー、湯田《ゆだ》康平。昇任したという話は聞かないが、でもあれからだいぶ時間が経っているので、たぶん今の階級は巡査長。

「なんでなんで……あ、ひょっとして、亀有《かめあり》だから？」

湯田は現在、亀有警察署の所属。葛飾署は亀有署と隣接している。特別捜査本部が設置されれば、隣接署から捜査経験者が応援に入るのは必然。ならば、湯田が特捜にくるかもしれない。それくらいのことは予測できていいはずだった。

駄目だ。こんなことにも気づかないなんて、今の自分は——。

それでも、久々に湯田の笑顔が見られたことは、素直に嬉しい。

湯田が、たすき掛けにしたカバンを後ろに回しながら握手を求めてくる。

「いやァ、葛飾に特捜って聞いて、お前いけるかってウチの係長に訊かれて、そんときは姫川班がくるかどうかは知らなかったんですけど、でもなんか、絶対そんな気がしたんで、いきますいきます、いかせてくださいって係長に言って。そしたら、なんでお前そんなに嬉しそうなんだって、不謹慎だってチョー怒られました」

お調子者なところも、全然変わっていない。

やだ。なんか、泣きそうだ。

「康平……ちょっと、大人っぽくなったね」

ほんとは、そんなでもないけど。

「そりゃそうっすよ。自分だってもう、三十過ぎましたもん」

「三十、いくつ？」

「三十二になりました」

あの姫川班解体から、四年。

そうか。もう湯田も三十二歳か。でも、まだ巡査長なのか。

署の五階。「青戸《あおと》三丁目マンション内女性殺人事件特別捜査本部」と貼り出してある講堂の、出入り口から中を覗く。

右側の上座《かみざ》に向けてふた川、十何列か並べられている会議机。各机には捜査資料がふた組ずつ揃えられている。集まっている捜査員はまだ二十人に満たない。だが奥の窓際、三列目にはすでに菊田の背中がある。

「あ、いますね、いますね」

「シッ、黙ってて」

いや、逆に今の、玲子の「シッ」で気づかれてしまった。

菊田がくるりと振り返る。なんたる地獄耳。菊田和男《かずお》、恐るべし。

玲子たちを見つけた菊田の顔に、見る見る笑みが広がっていく。立ち上がり、口を「おお」の形にし、速足で歩いてくる。周りに立っていた捜査員たちは慌《あわ》てて避け、通路を空ける。そりゃ、百八十センチを優に超える大男がノシノシ歩いてくるのだから、避けずにはいられまい。

「康平ッ」

「菊田さァん」

二人ともいい大人だから、さすがにハグまではしなかったが、互いに両手で握り合い、引っこ抜かんばかりの激しい握手を交わす。いかにも「男同士の再会」といったふうだ。

かと思うと、ふいに湯田が宙を見上げる。

「あ、違うか……失礼しましたぁ。菊田主任、初めましてぇ」

そうか。湯田は警部補に昇任した菊田に、初めて会うのか。

「なんだお前、馬鹿にしてんのか」

「そんなわけないじゃないですか……ただ、ちょっと違和感があるってだけで」

「それを馬鹿にしてるって言うんだよ」

そうは言いながらも、湯田の肩を摑《つか》んで離さない菊田は、嬉しくて堪《たま》らないといった様子だ。

「いや、なんせ隣が亀有だからさ、直前の昇任試験に合格でもしてなけりゃ、康平がくるんじゃねえかなと、思ってはいたんだ」

「さすが、鋭いっすねぇ、菊田主任」

「やっぱお前、馬鹿にしてんだろ」

昇任試験に合格してない、というところには、あえて触れないらしい。

まもなく講堂に入ってきた日下や、会議開始直前に入ってきた今泉《いまいずみ》管理官とも挨拶《あいさつ》を交わし、湯田はとりあえず後ろの方の席に陣取った。初回の会議が終わるまでは、各々《おのおの》の捜査範囲も組分けも決まらない。捜査一課員は前、所轄組は後ろ、といった形になる。

他の係員も、八時二十分頃には全員揃っていた。玲子と菊田、中松信哉《なかまつしんや》巡査部長に、日野《ひの》利美《としみ》巡査部長、小幡浩一《おばたこういち》巡査部長。この五人が、いうなれば今の「姫川班」だ。もう一方の班にも警部補が二人、巡査部長が三人いる。これに係長と日下統括を加えた十二人が、現在の「殺人犯捜査第十一係」である。

幹部も上座に揃った。右側から、捜査一課殺人班十一係係長・山内《やまうち》警部、捜査一課第五強行犯捜査管理官・今泉警視、葛飾署署長・細川《ほそかわ》警視、葛飾署刑組課（刑事組織犯罪対策課）課長・井口《いぐち》警部の順に着座する。

山内係長がマイクを握る。

「……それでは、『青戸三丁目マンション内女性殺人事件』の、初回捜査会議を始めます」

号令は玲子の前に座っている、日下が掛ける。

「気をつけ」

全員が一斉に起立し、

「敬礼……休め」

一斉に着席。ピタリとパイプ椅子の音もやみ、会議が始まる。

まずは事案の概要。山内の指名を受けた井口刑組課長が立ち上がる。わりと若く見えるが、実際はいくつくらいだろう。まだ四十代半ばではないだろうか。

「はい。では、本件マル害（被害者）について……氏名、長井祐子《ながいゆうこ》。年齢、二十一歳。現住所、葛飾区青戸三丁目◎△の▲、グランハイツ青砥《あおと》、三〇二号。協立《きょうりつ》大学文学部、英米文学科四年。続いて、事案認知の経緯……通報があったのは一昨日、十月六日月曜、十七時四十分。通報者は大学の友人、小林美波《こばやしみなみ》、同じく二十一歳……マル害は先週木曜、十月二日から大学に姿を見せておらず、また携帯電話も通じなくなっていたため、心配した通報者が同住所を訪ねたところ、同室の呼《よ》び鈴《りん》を鳴らしても応答がなかった。さらにドアを叩いて呼び掛けていると、これを聞きつけた隣室の住人、児嶋葵《こじまあおい》、二十七歳が、これを一階に住む管理人に報告。管理人、佐々木京子《ささききょうこ》、三十六歳が同室に向かい、通報者から事情を聞き、ここ数日の郵便物が溜まっていることを確認。念のためということで、管理人が合鍵で解錠し、通報者が室内に立ち入り、死亡しているマル害を発見するに至った」

　遺体発見に至るまで、関わったのはすべて女性。別に不思議なことではないが、なんとなく引っ掛かる。現場は女性限定マンションなのだろうか。

「同室は1DK。マル害は、約八畳の洋間に置かれたベッドに、仰向《あおむ》けの状態で死亡していた。顔面、胸部、腹部に複数、殴打《おうだ》されたような生活反応のある打撲痕があるものの、骨折等はなかった。死因は、頸部《けいぶ》に扼痕《やくこん》があることから、扼頸《やくけい》による脳循環不全及び窒息《ちっそく》と考えられる」

　要するに、殴られた挙句《あげく》に首を絞められて殺された、ということだ。

「司法解剖の結果、死後二日から五日が経っていると見られる。なお、マル害は十月一日、通報者と十八時頃、浅草《あさくさ》駅付近で別れているため、そのまま帰宅したのだとすれば、犯行は早ければ一日の十八時半頃、遅ければ四日の夕方、この間と考えられる……」

井口課長がいったん間を置くと、山内があとを引き受けるようにマイクに手を伸ばした。

「……それでは、次に鑑識《かんしき》、報告をお願いします」

今回は、一人暮らしの女子大生の扼殺《やくさつ》か。打撲痕と扼痕だから、まあまあ綺麗《きれい》な遺体といっていいだろう。

犯行の動機はなんだろう。痴情の縺《もつ》れ、ストーカー行為のエスカレート、あるいは、たまたま窃盗の現場に帰宅して、居直った犯人に殺されたとか。考えやすいのはそんな線だが、まあ、現場鑑識の報告を聞く前だから、安易な推理をするのは控えておく。

3

勝俣健作《けんさく》は、自動車修理工場の駐車場に停めたワンボックスカーの、二列目の席に座っていた。左隣には殺人班八係の部下、黒田《くろだ》巡査部長がいる。

「お前、健康診断とか、どうなの」

黒田は拳《こぶし》を鼻のところに持っていき、ズッ、と短く啜《すす》った。

「まあ……よくは、ないっすよね」

「何がよくねえんだよ」

「そりゃまあ、いろいろですよ……血圧も高いし、コレステロールも、悪玉ですか、あれが高いし」

「でも、コレステロールの数値なんて、けっこう、いい加減なもんらしいじゃねえか」

口を尖らせ、うーん、と黒田が唸《うな》る。

「だと、いいんですけどね……俺の場合、肺に影もあるし、中性脂肪も高かったし……不整脈も、あるんだかないんだか」

「あるんだろ」

「まあ……そうですね。ありますね」

勝俣の結果も決してよくはなかったが、ヘモグロビンの数値がどうたらこうたらで、要するに糖尿病の気《け》があると、悪いのは主にそこだった。黒田ほど、あっちもこっちも赤字だらけだったわけではない。強《し》いて付け加えるとするならば、今年の夏は水虫がつらかった。ここ数年は再発しなかったので、すっかり治ったと思っていたのだが、甘かった。あるいは、どこかで新しく拾ってきてしまったのかもしれない。銭湯とか、サウナとか、ソープランドとか、

「そりゃそうと……お前、韓国人女と、アレだそうじゃねえか」

はっきりとは言わずにおいてやるが、黒田は一年ほど前に、とある韓国人女性と懇《ねんご》ろになった。だが黒田が既婚者であり、しかも警察官であると知った途端、相手女性は騙《だま》されたと騒ぎ出し、奥さんにも職場にもバラしてやると脅しをかけてきた。現状、黒田は自力でなんとかしようとしているが、こういう人間は安易に反社会的勢力、平たくいえばヤクザ者に泣きつきかねない。面倒ではあるが注視が必要だ。

黒田が、思わずといったふうに勝俣の方を向く。

「しゅ、主任、なんで……そんなこと」

「アホタレ。俺様は、なんでもお見通しなんだよ」

「いや、しかし……でも……へ？」

「こっち見んな。前向いてろ」

一応、これでも仕事中なのだ。

「はい……でも、主任、その……このことは」

内密にお願いします、ってか。

「馬鹿タレ。俺が上に告げ口するとでも思ってんのか。そんなことしたって、オメェがクビになって離婚して独り身になって、そうすりゃ韓国女はいっとき優しくしてくれるだろうが、でも結局、お前は女とバックにいる連中に骨の髄《ずい》までしゃぶられて、挙句《あげく》に会社の内部情報を引っ張ってこいとこき使われて、役に立たなくなったら捨てられて……身元不明の全裸死体で発見されるだけの話だろ」

会社とは言ったが、つまりは警察のことだ。

黒田はカクカクとぎこちない動作で、前方と勝俣を交互に見ている。正直、まったく仕事になっていない。

「勝俣さん……じゃあ、自分は一体、どうしたら、い……いいんでしょう」

「知らねえよ。下手《へた》打ったのはオメェだろ。俺が上に告げ口しようがしまいが、オメェが韓国女とその仲間たちに、ボロ雑巾《ぞうきん》になるまでこき使われて、シャブ漬けにされて首括ることに変わりはねえ」

「いや、なんか……さっきとちょっと、違いますけど……」

「世間じゃ、そういうのを『五十歩百歩』って言うんだ」

ふいに、耳に入れていたイヤホンに接続ノイズが入った。

《こちら北野《きたの》。女が部屋から出てきました》

勝俣も無線機を構える。

「よぉし……じゃあそろそろ、我々も挿入するとするか」

被疑者、徳山大吾《とくやまだいご》は交際中だった女性を品川区内で殺害。現場は被害女性の自宅だった。二週間ほど逃げ回っていた徳山だが、特捜本部はようやく昨日、ここ神奈川県横浜市内にその潜伏先を特定した。しかし、そこがまた女の部屋だったため、勝俣たちも慎重にならざるを得なかった。

そこそこ凶暴な性格の徳山は、女がいるときに逮捕にいったら、当然その女を人質にとって逃走を試みるだろう。すでに一人殺している男だ。ちょっとした弾《はず》みで、その女まで殺すことは充分考えられる。

それじゃあ、女が出かけるまで待つしかねえな——ということで、勝俣たちは現場近くの駐車場に停めたワンボックスカーの中で待機していたわけだ。

ちなみに、黒田に韓国女の話を振ったのはただの暇潰《ひまつぶ》しだ。相談に乗ってやるつもりも、解決に手を貸してやるつもりもない。

あと、全員分かっているとは思うが、「挿入」と言ったのは冗談だ。正しくは「突入」だ。


逮捕までの段取りはこうだった。

品川署の女性捜査員が郵便局員の振りをして、女性宅を訪ねる。書留とかなんとか言って、ドア口まで徳山を誘《おび》き出す。女性捜査員を使うのは、むろん徳山を油断させるためだ。それ以外にはなんの意味もない。

こちらの目論《もくろ》み通り、徳山は易々《やすやす》とドアを開けた。あとはひたすら人海戦術だ。玄関側には五名の男性捜査員。これらがドアが開くと同時に突入。でも一階なので、下手をしたら室内に引っ込まれ、窓から反対側に逃げられるかもしれないので、窓の外にも男性捜査員を七名配置した。さらにアパートを囲む曲がり角ごとに二名ずつ、計八名。郵便局員役の女性捜査員と勝俣たちを入れ、計二十三名による大規模捕獲作戦だった。

むろん、作戦は成功した。

徳山は、作業ジャンパーを着た男が五人も玄関前にいることに驚いたのか、その場で腰を抜かし、あえなく御用《ごよう》。東京への移送中も終始大人《おとな》しかったという。

勝俣が、徳山の顔をちゃんと見たのは品川署に戻ってきてからだ。それまでは、けっこう自分で取調べをする気満々だった。しかし、その顔を間近で見てみたら、急にやる気が失せた。

これまで出回っていた徳山の顔写真。運転免許証添付のもの、六年前に強制わいせつで逮捕されたときのもの、被害女性の携帯電話に残っていた画像、どれをとっても「悪い顔」だった。不細工《ぶさいく》で、生意気で、自らの行為を決して省《かえり》みない、典型的な「役立たず」の顔だった。

だが、逮捕してみた徳山はどうだ。人を殺したことで何かが変わってしまったのか。不細工は相変わらずだが、役立たずも多分変わっていないが、鼻っ柱の強さはどこに置き忘れてきたのかサッパリと消え失せ、自分が何をしたのかもよく分かっていないくせに、下手に反省の色を顔に浮かべる、実に卑屈《ひくつ》でつまらない男に成り下がっていた。

　こんな、干乾《ひから》びた犬の糞《ふん》みたいな男の調べをするのはご免だ。

「……おーい、森内《もりうち》ぃ」

　勝俣は特捜本部に戻るなり、同じヒラ警部補の森内隆夫《たかお》を呼びつけた。

　情報デスクで何やら書き物をしていた森内は、「はい」と返事をして立ち上がり、すぐに飛んできた。

「はい、勝俣主任。何かご用ですか」

「ただ呼んでみただけだ……と言ったらお前、どうする」

「はい、お許しいただけるなら、やりかけの仕事に戻りたいです」

　どうだこの、チワワが忠犬ハチ公の物真似《ものまね》をしているような、強者の言葉に従う以外に能のない従順っぷりは。いや、こいつを喩えるのに使ったら、チワワにもハチ公にも失礼ってもんだ。

「ところがな、森内。俺はお前に、重要な仕事を任せてえんだよ」

「はっ……それは、はい。どんな任務でしょう」

　この野郎、タバコでも買ってくりゃ済むと思ってんだろう。

「徳山の調べ。あれ、お前がやれ」

　数秒、森内の表情が固まる。

　勝俣はその横《よこ》っ面《つら》を、思いきり平手で引《ひ》っ叩《ぱた》いた。

ビターンッ、と平べったい音が講堂中に響き渡る。

「いぶ……」

森内が自分の左頬を押さえる。勝俣はパイプ椅子から立ち上がった。講堂に居合わせた全員が、そんな二人を注視している。

「オメェが徳山の調べをやるんだよ。分かったかッ」

「は……はいっ」

どんなに出来が悪かろうと、ケツの穴が針のそれほどに小さかろうと、一応は警部補だ。人殺しの取調べくらいできるだろう。

勝俣が出入り口に向かって歩き始めると、視界の端に、スッと動くものがあった。あえて見なくても、誰かは分かっている。

「……勝俣主任」

葉山則之《はやまのりゆき》。数年前までは姫川の下にいた、だがなかなか見どころがあるので、勝俣が八係に引っ張ってきた、まだ三十そこそこのデカ長（巡査部長刑事）だ。

「なんだよ」

「今日の会議は、出席されないんですか」

「いいよ。お前、いつもみたいに、まとめとけ」

「それはかまいませんが……徳山の調べ、本当に森内主任でいいんですか」

ほう。あんな犬の糞の取調べでも、森内には荷が重いと、そう葉山は思うわけか。

「なんだ、心配か。だったら、お前が立会いについてやれ」

「そういう問題ではありません」

「じゃ、どういう問題なんだよ」

「勝俣主任が担当されるのが筋だと思います」

確かに。このヤマを、徳山の線で引っ張ってきたのは勝俣自身だ。起訴に充分な証拠も揃えたし、検察の事件番からも、それで「喰う」との内諾を得ている。

だからこそ、森内で充分とも言えるわけだ。

「なあ、葉山……筋なんてもんはよ、煮込み方次第でいくらでも、柔らかくなるもんだぜ。もう、俺様の筋なんざ、とろっとろの、プルップルよ……」

だが葉山。お前の、その生意気は悪くない。

嫌いじゃねえぜ。

その後、徳山の件がどうなったのかは知らない。葉山が会議の概要をメールにして送ってくるが、別に大丈夫だろうと思っているので読んでもいない。それに勝俣は、捜査一課とはまったく別筋の仕事に入ってしまったので、何か起こったところですぐには駆けつけられない。あっちはあっちで、適当に頑張ってもらうしかない。

いま勝俣が手掛けている仕事。

その事の起こりは数日前にさかのぼる。

勝俣が東京駅近くの日本蕎麦屋《そばや》でざる蕎麦を食べていると、盆の脇に置いていた携帯電話が震え始めた。すくい上げて見ると、ディスプレイには【鴨志田勝《かもしだまさる》】と出ていた。その時点で勝俣は、これはまたしばらく面倒なことになるな、と覚悟した。

「……はい、もしもぉし」

『よお、勝俣ちゃん。元気にしてるかい』

「まあ。お陰さんで」

『そいつぁ何よりだ。今、何やってんの』

「蕎麦食ってます。東京駅の近くで」

『じゃあさ、それ食い終わったら、ちょっと本部に顔出してよ。受付にはちゃんと言っとくから』

本部と言っても、警視庁本部庁舎のことではない。永田町《ながたちょう》にある、民自党《みんじ》党本部のことだ。

「いいですけど、夕方早めには帰りますよ。会議、出なきゃならないんで」

『おっ、珍しいね、勝俣ちゃんが会議に出てるなんて……けっこうけっこう。本業を疎《おろそ》かにせず、一所懸命頑張ってる公務員を、俺は尊敬するよ』

本業を疎かにせざるを得ないようなことばかり押し付けてくるのは、どこのどいつだ。

「それと、鴨志田さんさ。受付には言っとくからって、あんた毎回言うけどさ、それちゃんと伝わってねえのよ、いっつもいっつも。秘書が馬鹿なんだか受付がブスなんだか知らねえけどさ、毎回毎回止められて、身分証提示させられて、なんかカードに記入させられてさ、面倒臭《くせ》えんだよ。だったらさ、あんたが出てきなよ。２４６渡ったところに喫茶店があるでしょ。チェーン店のだけど」

電話の向こうで、鴨志田はさも愉快《ゆかい》そうに笑っている。

『大丈夫大丈夫。前の秘書は、先月自殺しちゃったから。今の人はほんと優秀だからさ、大丈夫よ。安心して』

あんたも一回くらい自殺してみろよ、とは思ったが、その台詞《せりふ》は然《しか》るべきときまでとっておくことにした。

結果から言うと、その日は受付で止められることもなく、無事党本部内に入ることができた。鴨志田は現在、党の広報本部長とやらをやっており、受付まで迎えにきた秘書が案内したのは、まさにその本部長室だった。

「はい、はいはい、いらっしゃい」

広報本部長室といっても、議員会館の事務室と大差はない。ちょっとした会議ができるような部屋と、職員の事務スペースと、本部長の執務室。その執務室に、これまたちょっとした応接スペースがある。

勝俣が座ったのはそこのソファだ。

執務机にいた鴨志田も、ソファに移動してくる。

「お食事中に、申し訳なかったね。なんか、甘いもんでも頼もうか。あんみつとか、葛切《くずき》りとか」

「いいですよ、別に。お茶だけで」

「おーい、お茶だけ持ってきてェ」

そんなストレートな接客があるか、とは思うが、これが鴨志田と勝俣の付き合い方なのだから仕方ない。

やがて、秘書らしき女性が緑茶を淹《い》れて持ってきた。彼女が自殺した秘書の後釜《あとがま》かどうかは分からない。

鴨志田が、置かれた湯飲みを「あちち」と言いながら摘み上げる。

「……まだ、新人だからさ。お茶の温度までは、摑めてないのね」

「じゃ、その茶が飲みやすくなるまでの暇潰しに、本題を伺いやしょうか」

ニヤリと、鴨志田が片頬を持ち上げる。御年《おんとし》五十七歳。勝俣より二つ年上だが、おそらく誰に訊いても、若いのは鴨志田の方だと答えるだろう。それくらい鴨志田は肌艶《はだつや》がいいし、声も太くて張りがあり、髪もフサフサ、黒々としている。まあ、髪は量も色も足しているのだろうが。

鴨志田が、摘んでいた湯飲みを茶托に戻す。

「相変わらずせっかちだねぇ、勝俣ちゃんは」

「貧乏暇なしってね。昔の日本人はいいこと言ったもんです」

「勝俣ちゃんは貧乏じゃないでしょう。俺が面倒見てるんだから」

「いいからさっさと本題に入れよ」

勝俣がぞんざいな口の利き方をすると、鴨志田はなぜか嬉しそうな顔をする。

「勝俣ちゃんは、すぐ俺に『出てこい』って言うけどさ、店じゃ話しづらいことって、あるでしょう。かといって、議員会館だって、危なっかしいもんだしね……結局さ、ここが一番いいの。党本部が、一番安全なのよ。少なくとも、俺にとっては」

あくまでもマスコミの見立てではあるが、鴨志田勝という代議士が民自党総裁、及び内閣総理大臣になることはない、と言われている。だからといって、それが即「鴨志田には政治力がない」ということにはならない。むしろ逆というか、これは向き不向きの問題だと言われている。

内閣総理大臣というのは、野党との論戦の矢面《やおもて》に立ち、国民に支持を求めつつ、他国のトップと互角に渡り合える人物でなければならない。すべてできるかどうかは別にして、そのように期待される。

しかし、広く国民に支持を求めるには、今一歩「顔」になりきれない、そういうタイプの政治家がいる。鴨志田がそうだ。決して不細工ではないが、何かインパクトがないのだ。また、野党議員相手の国会答弁くらいなら問題ないが、他国のトップと互角にやり合えるのか、というと、やや不安がある。そういう政治家もいる。鴨志田がそうだ。どうもこう、パフォーマンス力に欠けるのだ。

だがその一方で、情報収集、資金集め、根回し、裏工作に長《た》けた政治家というのもいる。鴨志田がまさにそれだ。元警察官僚という経歴を活かし、厄介事を積極的に引き受け、それを秘密裏《ひみつり》に処理し、党の内外を問わず、調整役として力を尽くしてきた。その積み重ねが、現在の鴨志田の「政治力」そのものになっている。

そして、そんな鴨志田の手となり足となり、動く人間がいる。

その一人が、勝俣というわけだ。

「なんですか。外の店でも議員会館でも、危なっかしくてできない話ってのは」

「うん……ま、まずはこれを、見てちょうだい」

鴨志田は立ち上がり、執務机から何やら平べったいものを持ってきた。タブレット型のパソコンだ。それのカバーを三角に立てて、勝俣が見やすいように角度を調節する。

「これでいいかい」

「いや……なんか、蛍光灯が映り込んでて、見づれえな」

「あ、そう。じゃ……こうかい？」

「ええ、それなら見れます」

よし、と小さく気合いを入れて、鴨志田がチョンチョンと画面をつつく。

「なんですか。写真ですか」

「いや、動画だね。実録映像、って感じかな。今は音を消してるけど、実際は音も入ってるからね」

「はあ」

まもなく現われた灰色の枠、その中は最初、真っ黒だった。だがカメラの角度が調整されると、そこそこ広い、しかし非常に暗い室内であることが分かる。その真ん中辺りに、人が一人いる。姿勢から、椅子に座っているものと思われる。

もう一人、立っている人物が枠内に現われると、なんとなくだが状況は読めてきた。

だが一応、確認はしておく。

「……なんですか、こりゃ」

外に聞こえることを嫌ったのか、盗聴を警戒しているのかは知らないが、鴨志田は声には出さず、口の動きだけで伝えてきた。

それだけでは「肛門《こうもん》」と区別がつかないが、おそらく正解は「拷問《ごうもん》」だろう。椅子に座っている人物は、立っている人物から拷問を受けている。そういう映像だと思う。

「今のこの場面は、もう途中だから。最初から最後まで見ると、七時間か八時間くらいかかっちゃうから。別に、ここがクライマックスってわけじゃないけど、この辺が分かりやすいかなと思って、俺が頭出ししといたんだ」

そりゃどうも、ご親切に。

「けっこう、やり口がえげつねえな」

「だね。容赦《ようしゃ》ないよね」

「最後、どうなるんですか」

「こいつ？　死んじゃうよ」

「いつ頃の映像ですか」

「つい先日……らしい」

「何者ですか、この二人は」

そう勝俣が訊くと、鴨志田は画面を指差しながら、こっちが何々、こっちは何々と、二人の立場をごく簡単に説明した。

「マズいじゃないですか、今こんなことしちゃ」

「そうなんだよ、マズいんだよ。だから勝俣ちゃんに、どうにかしてもらおうと思って呼んだんだよ」

「でも、もう殺しちゃったんでしょ？　こいつ」

「うん。死体も出ちゃってる」

「死体出ちゃったら、俺にだってもう、どうしようもねえでしょう」

しかし、鴨志田は「いやいや」と、慌てるなとでも言いたげに片手を振る。

「それ自体はもう、ニョロが動いてくれたからさ、なんとかなったんだ……なったと、思うんだ」

ニョロというのは、ある男の愛称というか、渾名《あだな》だ。由来は単純。顔が蛇っぽいという、ただそれだけの理由だ。彼も勝俣と同じく、鴨志田の裏工作等にときおり手を貸している。

しかし、奴はマズい。

「いや、ニョロじゃ駄目でしょう」

「そう、そうなんだけど、タイミング的に仕方なかったんだよ。奴しか連絡がつかなかったんだ」

「俺にも連絡したのかよ……されても、やるとは限らねえけど」

「勝俣ちゃんにも、連絡はしたと思うけどな……ま、それはいいとして、俺もニョロだけだと不安だからさ。だからね、勝俣ちゃんを呼んだわけ。ちょろっとさ、協力してやってよ、ニョロに。特に後処理、面倒見てやってくんないかい」

フザケやがって。

「嫌ですよ。俺、あいつ嫌いなんだから」

「知ってるけど、そこをなんとかさ、上手いことやって、綺麗に収めてよ。俺と、勝俣ちゃんの仲じゃない」

畜生《ちくしょう》。やっぱり、面倒なことに巻き込まれたじゃねえか。

4

捜査員の組分けは、初回捜査会議の最後に発表された。

「捜一（捜査一課）、日下統括主任……葛飾署、ヤマダ担当係長」

「はい」

それぞれが相方を見つけ、名刺交換をする。

次は玲子の番だ。

「捜一、姫川担当主任……」

「はい」

振り返りながら立ち上がると、

「亀有署、湯田巡査長」

「はいッ」

湯田はほとんどフライング気味に起立しており、玲子と目が合うなり満面に笑みを浮かべ、こくんと頭を下げた。

通常、玲子のような本部捜査員と組む所轄署捜査員は「道案内」と言われる。形式的には、殺人事件現場の管轄警察署が、警視庁本部の刑事部捜査第一課に「捜査協力を要請」し、それによって玲子たちのような捜査一課員が所轄署に派遣されてくる、という段取りになっている。あくまでも、所轄署が捜査一課を呼ぶのだ。今回の場合で言えば、葛飾署がそれに当たる。葛飾署の管内事情については当然、葛飾署員の方が詳しい。「道案内」とはそういう意味であって、決して「それくらいしかできないだろう」というような、所轄署員を蔑視した表現ではない。少なくとも、玲子はそう思っている。

一方、玲子は殺人班十一係の序列で言ったらナンバースリーだ。ただ、山内のような係長は特捜内に詰めているのが普通なので、現場に出る人間としては日下がトップ、玲子がナンバーツーということになる。他にも担当主任は、菊田、寺田《てらだ》、工藤《くどう》と三人いるが、三人とも玲子よりあとに配属されてきた警部補なので、まあ、玲子がナンバーツーを名乗ることに異論はあるまい。

そんな玲子に、だ。管轄署の捜査員ではなく、隣接署の巡査長を当ててくるなど、通常ならばあり得ない。当然だ。隣接署の捜査員では道案内にならないからだ。なので、そんなあり得ない采配《さいはい》があり得た背景には、必ず何かしらの意図があると思っていい。

玲子は上座に目を向けた。

山内がこんな組み合わせを考えるわけがない。考えるとしたら、今泉だろう。彼は今、メガネの位置を調節しながら、手に持った書類を睨みつけている。

林の一件からこっち、今一つ本調子になりきれない玲子に、今泉は温情をかけたのか。元十係姫川班の湯田を充《あ》てがうことで、少しでも玲子の精神的負担を減らそうという意図か。なんにせよ、今はその心遣《こころづか》いをありがたく思う。

「姫川主任、よろしくお願いします」

近くまできた湯田が、もう一度こくんとお辞儀をする。名刺交換の必要はない。所属も階級も年齢も携帯番号も知っているし、なんだったら実家の家族構成も誕生日も知っている。知っているというか、確かどこかに控えてあったと思う。

「よろしく。あたしと組むからには、しばらく不眠不休になるのは覚悟しといてね」

あの頃と変わらない、子供のような笑みを湯田が浮かべる。

「はい。自分、姫川主任が机に突っ伏して涎垂《よだれた》らして居眠りしてる寝顔まで知ってますから、大丈夫です」

おい、声大きい。

玲子と湯田の組が受け持った捜査範囲は、マル害・長井祐子の友人関係の洗い出しだった。通報者である小林美波は、祐子と同じ協立大学の四年生。ただ、二人は学部も所属サークルも違っている。迂闊《うかつ》にも、最初に事情聴取をした葛飾署刑組課の捜査員はこの点について追究しておらず、二人がどういう間柄の友人なのか現時点では分かっていない。

玲子の感覚でいったら、「大学にこない、携帯が通じない」から、いきなり「心配だから部屋を訪ねてみよう」となるのは相当親しい友人だ。少なくとも、二日や三日顔を見ないくらいで、住まいまで様子を見にきてくれる友人なんて玲子にはいなかった。むろん、実家暮らしと一人暮らしという違いはあるだろうが、それにしても、けっこうな友情だと思う。

「康平、いた？　そんな友達」

「まあ、いたっちゃあ、いましたかね。自分の部屋、けっこう溜まり場になってたんで。自分が学校いって、授業終わって帰ってきたら、友達が女連れ込んでエッチしてたってことも、ありましたね。しかも……そいつ別にカノジョいましたし、女の方も、カレシいたんですよ。要はダブル不倫ならぬ、ダブル浮気の現場で……まあ、あとでたらふく焼き肉奢《おご》ってもらいましたけど」

それもまた、玲子の考える「友情」の定義とは違うので参考にはしない。

今日は水曜日、小林美波は大学で講義に出ているという。小林は四年生で、すでに就職先も決まっている。ということは、卒業に必要な単位も概ね取れているはずで、だったら講義に出なくてもいいのではないか、捜査に協力してくれてもいいのではないか、とは思うのだが、本人が「出る」と言っている以上、むやみに携帯電話を鳴らすわけにもいかない。

なので、玲子たちは午前中に、事件現場となったグランハイツ青砥三〇二号室を見にいくことにした。鍵も特捜が預かっているものを借りてきている。菊田の組が管理人の佐々木京子に話を聞きにいくというので、一緒に特捜を出てきた。

葛飾署から祐子宅までは約二キロ。歩けない距離ではないが、効率を考えてタクシーを選択した。

乗車時間は十分弱。

「ちょっと、康平……あんまくっ付かないでよ」

後部座席右側が玲子、真ん中が湯田、左側が菊田。菊田の相方は助手席に座っている。

「しょうがないじゃないですか、菊田さんのケツがデカいんすから」

「俺のケツはデカくねえよ。ほらここ、こんなに隙間あるじゃねえか。お前が勝手に、主任の方に寄ってるだけじゃねえか」

「寄ってない、全然寄ってないですって」

なんか懐かしいな、こういうやり取り、などと思っているうちに着いてしまった。

三人を先に降ろし、玲子が料金を払って最後に降りた。

グランハイツ青砥は三階建て、全八戸という小さめのマンションだ。東側の土地が月極駐車場、北側と西側は道路に面しているため、どこの部屋に入っても日当たりはよさそうだ。

菊田がエントランスの方を覗きながら訊く。

「姫川主任、どうします？　直接、三階いっちゃいますか。それとも管理人、顔だけでも見ときますか」

時計を見る。すでに十時半を過ぎている。

「そんなに時間ないから、直接現場にいく。なんかあったら呼んで。二十分はいると思うから」

「了解です」

四人でエントランスを通り、菊田たちはそのまま一階の管理人室に向かった。オートロック等はないので、玲子たちは屋内階段で三階まで上った。

湯田が溜め息交じりに呟く。

「いまだに、小さいところはオートロックなしって、けっこうありますよね」

「うん。女の子の一人暮らしだったら、せめてね……別に、オートロックがあれば安心ってわけでもないけど」

三〇二号室は、三階に三つある部屋の真ん中。

湯田が、預かってきた鍵をカバンから出す。

「鍵自体は、そこそこ新型ですけどね」

「それもね……型番さえ分かれば合鍵作れちゃうっていうんだから、なんのための新型なんだか」

解錠し、玄関ドアを開ける。昨日一日、鑑識が作業していたからだろう。空気はまるでこもっておらず、殺人事件現場特有の死臭や腐臭といったものもない。

「入ろ」

「はい」

鑑識作業は済んでいるので、現場保存という意味では、ビニール製の靴カバーを着用する必要はない。ただ、鑑識が指紋採取をする際に振り掛けるアルミ粉、あれが、けっこう現場の床には残っている。その細かさゆえ、指紋採取の材料として採用されているのだが、それだけに、ちょっとやそっとの清掃では綺麗に除去できない。特に、家族や同居人がいない現場では、鑑識もあからさまに清掃の手を抜くことがあるので注意が必要だ。

「康平も、これ履きな。足の裏、銀色になっちゃうよ」

「すみません、お借りします」

靴を脱ぎ、ストッキングの上から靴カバーを履く。

祐子の部屋は1DK。入ってすぐがダイニング、右手がキッチン、左手には浴室とトイレがある。奥は八畳の洋間、突き当たりはバルコニーに出られる掃き出しの窓になっている。

祐子は洋間左側に据えられたベッドの上で、仰向けで死亡していた。

今現在、特捜本部が入手している祐子の顔写真は二点のみ。運転免許証添付のものと、財布に入っていた学生証の証明写真。鑑識が調べたところ、現場内に携帯電話はなく、この部屋の鍵もなかったという。二つとも犯人が持ち去った可能性が高く、鍵はこの部屋を施錠する際に使われたと考えられる。

写真で見る祐子は、典型的な「タヌキ顔」をしており、これはこれでけっこうモテただろうと玲子は思った。身長は百五十七センチ、体重は約四十八キロ。数値上はまったく太ってはいないが、遺体写真を見た玲子の印象は「ややポチャ」だった。脚が短いのかもしれない。少なくとも、スラッとした体型ではなかった。

ベッドの向かい、洋間右側には木製のカラーボックスが据えられているが、中にはほとんど何も入っていない。ボックスの天板にも、何も載っていない。いかにも化粧鏡や化粧品が置かれていそうなスペースなのに、何もない。強いて挙げるとすれば、パソコンに接続してあったのだろうＬＡＮケーブルやＵＳＢケーブル、延長コードなどは残っているが、肝心のパソコンはない。それらはすべて鑑識が押収し、署に持ち帰ったものと思われる。

当然、ベッドに掛け布団はない。祐子の遺体は布団の上にあったため、鑑識が掛け布団ごと押収したのだ。枕もない。シーツも剝《は》がされている。残っているのはマットレスと、あちこちに薄いシミのついた敷布団だけだ。

別に、普通の女子大生の部屋だ。玲子とはだいぶ趣味が違いそうだが、それでも理解の範《はん》疇《ちゅう》にある、二十代前半の女性の生活空間だ。

玲子の携帯に電話がかかってきた。着信音は初期設定のままの電子音だ。

「主任、その音、色気ないっすねぇ」

「うるさい。最近機種変更したばっかりなの」

ディスプレイには葛飾署の代表番号が出ている。おそらく特捜の山内か、デスクに入っている工藤からだろう。

「はい、姫川」

『ああ、お疲れさまです、工藤です。姫川主任、今どこですか』

工藤は四十過ぎの、十一係では飛び抜けて事務処理が得意な警部補だ。温厚で、あまり癖《くせ》のない人物なので、玲子にとっては比較的付き合いやすい、貴重な同僚だ。あくまでも仕事をする上で、の話だが。

「今、現場にきてます。グランハイツ青砥、三〇二号」

『至急、戻れますか。現場指紋の一つが、前科者のと一致しまして。急遽《きゅうきょ》、そっちに人員を振ることになりましたんで』

それは一大事だ。

祐子の部屋からは数人分の指紋・掌紋《しょうもん》が採取されていたが、今朝《けさ》の報告ではまだそれが整理しきれておらず、前科者との照合は午後になるだろうと言われていた。それが、午前中に「当たりが出た」というのだから幸先《さいさき》がいい。

特捜に戻ると、寺田組、中松組、日野組が戻っていた。玲子と菊田の組を入れて十名。上座にいる山内の周りに集まった。

「グランハイツ青砥、三〇二号室内で採取された指紋と一致したのは、この男だ」

工藤が作ってくれたのか。カラーの顔写真付きの、まるで指名手配犯チラシのような資料が配られた。

「大村敏彦《おおむらとしひこ》、三十二歳。二十一のときに、傷害で前科一犯、三年の執行猶予《しっこうゆうよ》になっている」

現住所は【東京都葛飾区青戸六丁目◇-▲△　メゾン・ド・アイ　二〇一号】となっている。

菊田が地図を広げ、長井祐子のマンションとの位置関係を確認する。ざっくりと、最短ルートを指でなぞる。

「五百メートル……ひょっとしたら、ないかもしれないですね」

大村の住まいは都道三一八号、環状七号線の青砥駅東交差点のすぐ近く。そこから南西に五百メートル弱下りた辺りに祐子のマンションはある。

山内が顔を上げる。

「取り急ぎ、ヤサを張ってください」

菊田が「分かりました」と答え、全員で特捜を出た。

葛飾署のワンボックスを借り、菊田組、中松組、寺田組が現場に向かった。玲子と日野の組はタクシーに乗り込んだ。

後部座席右から玲子、日野の相方、日野の順番で座った。湯田は助手席にいる。

さっきの資料を見ながら、日野が呟く。

「しかし、なんていうか……嫌な顔してますね、こいつ」

タクシーの中で捜査に関係ある話はしたくないが、まあ、この程度なら乗ってもいいだろう。

「ですね……なんか、元ヤン丸出し、みたいな」

日野が頷く。

「それ分かる。なんででしょうね。なんでこういう連中って、同じ顔になっちゃうんですかね」

その顔写真は、運転免許証から引っ張ってきたものだと思う。

またえらく眉が細いな、というのが玲子の第一印象。もちろん剃《そ》って整えているのだろうが、細眉というのは、どうしても貧相に見えてしまう。これがある程度の太さと濃さがあるだけで、顔の印象は変わってくる。柔和さと、ある種の豊かさが出てくる。逆にいえば、そういう見方はしてほしくない、くらいに本人は思っているということだろう。

さらに気になるのは、厚ぼったい一重瞼《ひとえまぶた》の目と、不機嫌そうに口角の下がった口だ。おまけに、ちょっと顎《あご》がしゃくれている。おそらく、一つひとつのパーツに罪はないのだろうが、こう一挙に集まると、なんというか、いかにも世の中に不満を持っていそうな、反社会的な性格の持ち主のように見えてしまう。

要するに、典型的な「不良顔」なのだ。これで丸刈りにしたら普通にヤクザだ。

真ん中にいる日野の相方、葛飾署の中津繭子《なかつまゆこ》巡査部長が、日野の持つ資料を覗きながら頷く。

「私が中三のときのクラスの男子、こんなのばっかりでした。半分近く、高校にもいかなくて……その中の三人が、今ではマルB（暴力団）です。一人だけ、東大にいったのもいましたけど」

そこで「マルB」って出しちゃうと、運転手に「この人たち警察官だ」って気づかれちゃうんだよな、とは思ったが、もうどうしようもない。中津巡査部長はまだ二十代半ば。経験が浅いのだから仕方ない。そう思う一方で、でも同じ頃に自分はもう警部補で、捜査一課の主任だったんだよな、とも思った。あの頃の自分も、周りから見れば経験の浅い「お嬢ちゃん」だったのか。まあ、少なからずそういう面はあっただろう。

大村宅まではいかず、青砥駅東交差点でタクシーを降りた。菊田たちの乗ったワンボックスも、交差点を過ぎた辺りに停まっている。

まずはそこに集合する。スーツだの、野暮《やぼ》ったいジャンパーだのを着た十人なので、あまり長く立ち話はしたくない。手短《てみじか》に、玲子から指示を出す。

「寺田さんと菊田の組で、張り込み場所を確保してください。中松さんの組は、できるだけ現場の見える駐車場の確保。日野さんとこはウチと、不動産屋回って大家の割り出し、契約条件と間取りの確認をします。よろしく」

「はい」

五組十人が散開し、最初に連絡をくれたのは中松だった。

『現場から見て、左斜め向かいの、青果店の脇、駐車場になってるんですけど、一台分、なんとか停めさせてもらえることになりました。ただ、配達とかで出すたびに入れ替えなきゃならないんで、ベストではないです』

「分かった。でも、大村の部屋は見えるんでしょう？」

『部屋は見えません。マンションの出入りが見える程度です』

「うん、それでもオッケー。じゃあ、車内で待機してて」

『了解です』

玲子たちは青砥駅近くの不動産屋を回った。玲子の組が二軒目に入ったところが、件《くだん》の物件を直《じか》に扱っている店で、大家についても店主が詳しく教えてくれた。

「この辺に土地をたくさん持ってる、マツオさんっていう大地主さんです。この、向かいのビルもマツオさんの持ち物です」

個人的に、大地主にはいい印象がないが、まあいい。

「そのマツオさんは、店子《たなこ》さんと直接、家賃や地代のやり取りをしたりは」

「いや、まずしませんね。賃借契約、借地契約、売買もウチが代行させていただいてます」

つまり、大家のマツオは大村を直接は知らないと。ならばこっちも急いで会う必要はない。湯田に耳打ちする。

「日野チョウに、もういいから中松さんの組に合流してって伝えて。現場の、斜め向かいの青果店の駐車場」

「分かりました」

もう一度、不動産屋店主に向き直る。

「……できればこの、メゾン・ド・アイ二〇一号室の間取りを、教えていただけますでしょうか」

一瞬、店主は困った顔をした。もうひと押し必要か。

「今すぐご判断いただけないようでしたら、のちほど、捜査関係事項照会書を用意しまして改めてお伺いいたします。それでもご納得いただけなければ、もう少し時間はかかりますけれども……差押《さしおさえ》令状とか」

店主は「いえいえ」と両手を大袈裟《おおげさ》に振った。

「そんな、そんなのは……ほら、普通はね、出入り口に貼り出すようなものですから、お見せするくらいは別に……ええ、なんの問題もございません」

店主が、カウンター奥の事務スペースからファイルを一冊持ってくる。それをペラペラ捲《めく》っているときに、また玲子の携帯に連絡が入った。今度は菊田からだ。

「すみません……はい、もしもし」

『斜め向かいの、一階が居酒屋のビルの、屋上を借りられることになりました。三階の上です』

おそらく、駐車場を貸してくれた青果店とは反対、右斜め向かいのあそこだろう。

「分かった。じゃあ寺田さんの組と、そこで待機してて」

『了解です』

店主がメゾン・ド・アイ二〇一号室の間取り図を見つけてくれたようなので、すぐに見たかったのだが、切った途端にまたかかってきてしまった。

「すみません、もう一件」

「ええ、どうぞどうぞ」

ディスプレイには【葛飾署】とある。特捜からか。

「……はい、もしもし」

『姫川主任ですか』

「はい」

『山内です』

最初の声で分かっている。

「お疲れさまです」

『今し方、管理官が本部の二係に報告を入れたところ』

こういう場合の「二係」とは、捜査本部の設置などを取り仕切る「捜査第一課強行犯捜査第二係」のことであり、決して「殺人犯捜査第二係」のことではない。

『今現在、大村敏彦は逮捕されて、本所署《ほんじょ》に留置されていることが分かりました。なので、そこを張り込んでいても大村は帰ってきません。いったんこっちに上がってきてください』

一瞬「チクショウ」と思ったが、すぐに、二日も三日も張り込んでから他所《よそ》で逮捕されるよりはいいか、と思い直した。

5

音を消したテレビを、ずっと眺めている。真夜中のニュース番組だ。若い女が、強張《こわば》った表情で喋り続けている。どうやら栃木県内で八歳の子供が殺される事件が発生したらしい。

世間は他人の不幸がまだまだ大好きだ。そのくせ自分が傷つくようなことは一ミリも我慢できない。綺麗事を並べていれば真っ当な一生を送れると思い込んでいる無自覚な偽善者どもは、その真っ当を維持するために自ら血を流す人間がいることを決して認めようとはしない。その姿が視界に入れば目を逸《そ》らす。呻《うめ》き声が聞こえれば耳を塞ぐ。大した平和主義だ。

ルールというものがある。それは「守るべき決まり」であり、法律もこれに含まれる。一方には「支配」や「統治」という意味もある。この二つは密接に関わっている。法律は守らなければならない。当たり前だ。この日本は法治国家なのだから、法を守らなければ罰せられることになる。

ただし、法律は日々書き換えられている。昨日まで許されていたことが、今日からは許されなくなったり、長らく忌《い》み嫌われていたものが、ある日を境に嫌ってはいけなくなったりもする。善悪の境界は常に揺らいでいる。永遠不滅の価値観など法の世界にはない。あるのは、そのときの社会にとって都合のいい善悪の解釈だけだ。

法律は政治家が作る。国民はそれを守る。守っているかどうかは司法が判断する。競技でいえば、主催団体や連盟がルールを作り、選手はそのルールに則《のっと》って得点を挙げようとし、審判はその得点や競技内容が適切かどうかを判断する。

しかしこう喩えてみると、大切な要素が欠けていることに気づく。

観客だ。競技、とりわけスポーツと呼ばれる類《たぐい》のそれには、必ず観客が存在する。ルールが選手にとって必要であるのは当然だが、実は観客にとってもルールは極めて重要だ。ルールが分かりやすければ多くの人が競技を理解する。それが面白ければ人気が出る。スポンサーもつき、競技人口は増え、選手層は厚くなり、ジャンルとして大きく繁栄する。だがルールが分かりづらく、観る人が少なければ競技人口も増えない。ジャンルとしての繁栄など夢のまた夢だ。それを放置していたら、その競技は消えてなくなるだけのことだが、たいていはルールに変更が加えられ、望ましい状態になるまで、その試行錯誤は永遠に続くことになる。

社会にとっての観客とは何か。有権者。それも一つの答えだろう。有権者が望めば、政治家も受け入れざるを得ず、渋々だろうが法律を作ることになる。法律ができてしまえば、行政はただ守らせるだけだ。違反すれば司法が罰する。では有権者とは、政治や司法、行政から切り離された存在なのか。違う。政治家一人ひとりも有権者であり、司法や行政に携わる人間もまた然《しか》りだ。

有権者の望むものは決して一つではない。むしろバラバラだ。自分に都合の悪い法律ができてしまうこともあれば、時代が巡ってきて、急に自分の存在が社会に許容されることもあるだろう。抱き込んだ政治家が上手いこと世間の目を欺《あざむ》き、自分に都合のいい法律を作ってくれるなんてこともあるはずだ。その見返りに政治家は甘い汁を吸う。実にフェアなギヴ・アンド・テイクだ。少なくともその二者の間では。

そうなると、まったく同じ割合で、非は何もないのに不利益を被《こうむ》る人間も出てくる。法律に従っているにも拘《かか》わらずだ。それは時代が悪いのかもしれないし、法律の方が間違っているのかもしれないし、誰かに陥《おとしい》れられたのかもしれない。

時間軸を無視すれば、対処方法は主として二つに絞られる。

法律を変える。

法律を破る。

法律を守る者は、法律に守られる。しかし、法律に守ってもらう必要がない者は、法律を守る必要もなくなる。むろん、すべての法律を変えるわけでも、破るわけでもない。ある法律に関して、限界事例として、あえて破るのだ。

たとえば、刑法に守ってもらうつもりがなければ、極端な話、刑法を守る必要はない、ということだ。

携帯電話のディスプレイが明るくなったので手を伸ばす。電話がかかってきている。相手は——代議士の鴨志田か。

いつも通りの挨拶をすると、鴨志田もいつも通り、明るい口調で話し始めた。

『例の件、どうだい。上手く進んでるかい』

大丈夫ですよ。なんの心配もいりません。

『ちなみに、具体的には、どういう方向で収める予定なの』

やり方は、お任せいただけるのではなかったですか。

『うん、任せる……確かにそう言ったけれども、それはさ、何やったっていいっていうのとは、違うじゃない。ちょっと、その辺りが心配になってきたもんでね。もし下手を打たれるようだと、俺も考え直さなきゃいけないからさ……お前のことをよ』

それで少しは脅したつもりか。

大丈夫。任せておいてください。

『だから、どうやるのかを説明してくれよ』

任せておいてくださいと、私が申し上げているんです。

『そこまで耳は遠くねえからさ、ちゃんと聞こえてるよ。要するに、今ここで俺に説明する気はないと、そういうふうに解釈していいのかい』

そんなことはありませんよ。

俺は、受けた仕事の処理方法をごく簡単に説明した。

鴨志田は、途中までは黙って聞いていたが、俺が最後まで話す前に茶々を入れてきた。

『……そんな危ねえやり口、俺が許すと思うかい』

お気に召しませんか。

『ああ、気に喰わないね。まあ、こんなこともあろうかと思って、ガンテツにも話は通しておいたんだ。あとはあれと相談してさ、絶対に表沙汰にならないように、綺麗に収めてくれよ。なあ、頼むぜ、そこんとこ』

ガンテツ。捜査一課のドブ鼠《ねずみ》、勝俣健作か。

あんな野郎に、俺の邪魔はさせない。

鴨志田は、元警察官僚という立場を利用して伸《の》し上がってきた政治家だ。これまでにもそういったバックグラウンドを持つ政治家は何人かいたが、鴨志田ほどあからさまに警察組織を私物化して世論をコントロールしてきた政治家も珍しいのではないか。

たとえば、村松義一《むらまつぎいち》という衆院議員がいた。民自党政調会長、文部大臣、外務大臣、内閣官房長官などを歴任した大物だ。その村松に一時、贈収賄《ぞうしゅうわい》疑惑が持ち上がった。といっても、ほんの少し煙が燻《くすぶ》っただけで、東京地検特捜部もまだ内偵に動き出していない、マスコミもまったく知らない、ごく一部の関係者がそんな噂をしている、そういう段階だった。

しかし鴨志田は、そのタイミングで動いた。警視庁刑事部捜査第二課の、過去に「世話をした」ことのある現役幹部に耳打ちした。

今すぐ、村松義一の事務所にガサを入れた方がいい。

当時の鴨志田はまだ三期目くらいの中堅議員。民自党の大幹部を引きずり下ろし、謀反《むほん》を起こすような真似などするわけがない。むしろ逆だ。捜査二課を使って村松事務所の持つ会計資料に手を入れ、徹底的に改竄《かいざん》しまくったのだ。

実際にその後、村松周辺に贈収賄の噂が広がることはなかった。地検特捜部も動かなかったし、週刊誌のネタになることもなかった。

今現在、村松は民自党の重鎮として西野右輔《にしのゆうすけ》内閣を支えている。西野内閣が長期政権を維持できているのは、村松がその後ろ盾になっているから、とも言われている。

こんな例もある。

当時、外務大臣だった阿藤武利《あとうたけとし》衆院議員の秘書がホテルの客室で自殺した、という情報が麹町署《こうじまちしょ》に入った。確かホテルニューオータニとか、当時はまだ営業していた赤坂《あかさか》プリンスとか、その辺りだ。

通常であれば、自殺体は大塚の東京都監察医務院に運ばれ、検案を受ける。場合によっては行政解剖もされる。しかし、その秘書の遺体は三鷹《みたか》にある大学の法医学教室に運び込まれ、検死の結果自殺と断定された。司法解剖はされなかった。これなら、仮に秘書の死因が他殺だったとしても表沙汰になることはない。

麹町署に、秘書の自殺を知らせたのが鴨志田だったかどうかは分からない。ただ、当時の麹町署長は鴨志田の八期後輩に当たる、まだ警視正だった頃の景山直人《かげやまなおと》だ。そればかりか、景山は鴨志田と同じ宮城県出身で、東大法学部卒という点まで同じ。一説には、鴨志田は景山を「直人」と呼び、景山は鴨志田を「勝さん」と呼ぶとさえ言われている。鴨志田が何か耳打ちすれば、景山がその通り動くであろうことは想像に難《かた》くない。景山は現在、関東管区警察学校長の任に就《つ》いている。

そして阿藤武利もまた、現在は官房副長官として西野総理を支えている。

午前中の仕事を終え、飯を食おうと春日《かすが》通りを歩いていたら、いきなり行く手を塞がれた。

「……蕎麦でもカツ丼でも奢ってやる。ついてこい」

勝俣健作。この男はいつだってそうだ。突然現われて、言いたい放題言って、気が済んだら帰っていく。だがこっちも、いつまでも使い走りではない。ドブ鼠のご機嫌伺いをするつもりはない。

今日は一人で静かに寿司を食いたいんですがね。

「そこのコンビニで巻き寿司と緑茶を買ってやるから大人しく公園までついてこい。オメェみてえな三下にそもそも選ぶ権利なんざねえんだよ」

そんな寿司ならけっこうです。話だけ聞きますよ。

「おう、そうしてくれ……手間掛けさせんなよ」

相変わらずの減らず口。恐れ入る。

勝俣が選んだのは業平《なりひら》公園だった。スカイツリーがよく見えるというので、最近はちょっとした人気スポットになりつつある。

ちょうど空いていた、ブランコの近くのベンチに座る。

話ってなんですか。

「聞いたぞ、永田町から。オメェ、今回の件いくらで引き受けた」

「永田町」は、俺たちの間だけで通じる符丁《ふちょう》だ。むろん、意味するところは「鴨志田勝」だ。

ここは正直に答えておこう。

三千万です。

「そうか、悪くねえな。だがそれにしちゃ、やり口が杜撰《ずさんす》過ぎねえか……コレが、いつでも俺たちの味方をしてくれるとは限らねえんだぞ」

勝俣が「コレ」と言いながらやってみせたのは、警察官を意味するジェスチャーだ。額の前に片手を持っていき、人差し指と親指で輪っかを作る。輪っかは警察官の帽子についている桜の代紋、旭日章《きょくじつしょう》を意味している。

確かに、警察が俺たちの味方をしてくれるとは限らない。だがそれを上手く利用できないのなら、そもそもこんな裏仕事は引き受けない方がいい。

勝俣さん。何が言いたいんですか。仕事を分けてほしいんですか。

「ぬかせ。俺は三千万ぽっちで獄門《ごくもん》になんざなりたかねえや」

手伝うだけで三千万総取りしようだなんて、虫が良過ぎますよ。

「オメェ、口の利《き》き方に気をつけろよ」

勝俣さんこそ余計な手出しはしないでください。あなたには何度か痛い目に遭わされてるんで。今回は無事にやり遂げたいんですよ。

「それだよ。このままじゃ無事にやり遂げられねえだろって言ってんだよ、俺は」

そんな心配は、していただかなくてけっこうです。

「オメェがどうなろうと知ったこっちゃねえが、こっちにまでトバッチリがくるようなら、四の五の言ってもいられねえ。小舟だろうが危ねえ橋だろうが、乗っかってここまで俺は渡ってきちまったんでな。今、永田町に下手打たれたくねえんだよ。少なくとも、俺様の定年までは議員でいてもらわなきゃ困る。オメェがその足を引っ張るなって言ってんだよ」

そんなつもりはありませんよ。私はただ、鴨志田さんのお役に立ちたいだけです。

「……軽々しくその名前を口に出すなって、何度言ったら分かるんだ、オメェは」

あんたがムキになるから、わざと言ってみただけだよ。

勝俣と別れ、春日通りまで戻ってラーメン屋でチャーハンを食い、仕事に戻った。

部屋に入るなり、横山《よこやま》が声を掛けてきた。午前中の供述を調書にまとめたので、それでいいか確認してほしいようだった。

現段階は、これでいいだろう。調書を書き直すなんてことはいくらだってあることだし、もし不都合があるようなら検察に提出しなければいい。

他にもいくつか書類を仕上げなければならなかったので、取調べを再開できたのは午後三時近くになってからだった。

横山と留置場にいき、マル被（被疑者）を連れ出してくる。大村敏彦。このところは、この男の調べにほとんど掛かりっきりだ。

取調官は横山。俺はあくまでも立会いという補助的な立場で取調室に入る。

大村敏彦は三十二歳のフリーターだ。高校卒業後はしばらく粋がっていたものの、二十一のときに傷害事件を起こして逮捕された。結果は執行猶予付きの有罪判決。それを機に真人間になろうとはしたらしいが、そもそも勤勉な性格ではないから、十年以上経った今でもまだフリーターのまま、というのが大雑把《おおざっぱ》な大村の半生だ。

調べは順調に進んでいるので、横山にも余裕がある。

「じゃあこれ、午前中までの分、まとめといたから。俺が読むから、ちゃんと聞いとけな」

「……はい」

供述調書は、原則として被疑者の一人称で書くものなので、刑事が音読すると非常に違和感がある。いま読み上げられているのは、大村がマル害・佐久間健司《さくまけんじ》を殺害したときの状況だ。

「……訳も分からず路地裏に連れ込まれ、殴られそうになったので、仕方なく殴り返しました。途中で相手がナイフを出してきたので、こちらもカバンを振り回したところ、運よく相手の手に当たって落ち、自分がこのナイフを拾いました。それを構えたところに相手が飛び込んできたので、運悪く腹に刺さってしまいました」

まずまず、悪くない調書だ。

大村に閲覧させ、押印させる。

ここからが午後の調べになる。

横山が訊く。

「そもそもさ、なんで錦糸町《きんしちょう》になんてきたんだろうね」

大村が、怪訝そうに目を細める。

違う、という意味で俺が舌打ちをすると、横山も気づいたようだった。

「いや、あれか……錦糸町じゃなくて、お前んところからだと、何線だ、何線使ってくるんだ」

「駅は、押上《おしあげ》……？」

「おお、うん、押上駅、そうだよな。何線だ」

「押上なら、京成《けいせい》押上線、でしょ」

「だよな。押上線に乗ってきて……？」

横山が大村の目を覗き込む。

大村も探るように覗き返す。

「乗って、きて……押上で、降りた……？」

「だよな。押上に、何しにきた」

細い眉をひそめて、大村が考え込む。

「何しに、って……」

「押上って言ったら……なあ？」

「あ、ああ……スカイツリー」

「んん、まあ、普通はそうだろうが、お前は、どうだったんだよ」

「お、俺も、うん……スカイツリー」

横山が、合《あい》の手を入れるように頷いてみせる。

「スカイツリーに、何しにきた」

また大村が眉をひそめる。

「……ああ、買い物？」

「何か、買ったのか」

「あ、いや……買って、ない」

「じゃあそれは、買い物とは言わないよな」

「えっと、じゃあ……なんとなく、遊びに」

思わずといったふうに、横山が大村を指差す。

「うん、なんとなく、スカイツリーまで遊びにきた。あるよな、そういうことだって。夜景は綺麗だし、人もいっぱいいて、賑《にぎ》やかだしな……それで？」

大村の目が、机の上を泳ぎ回る。

「確か……下にビアガーデンが、あって」

「うん、あるぞ、ビアガーデン」

「じゃあそこで、生ビールを、一杯」

「おお、それはいいな。スカイツリーを見上げて、生ビールなんて洒落《しゃれ》てるじゃないか……でも、一人、か？」

今さらではあるが、重要な着眼点だ。

大村が頷く。

「一人だよ。じゃねえと……」

小声で「面倒だろ」と付け加える。

横山も小さく頷いて返す。

「一人で、でもそこそこ楽しく、スカイツリーを見ながら生ビールを飲んだ……さあ、そこからだ。そこからどうした」

「そこから……まあ、ブラブラ、歩いた」

「なんのために」

「なんの、って……何か、なきゃ駄目か」

「いや、いい。ないなら、なしでいこう。うん……何をするでもなく、歩き出した……どっち方面に」

「ええと……南？」

横山がかぶりを振る。

「どっちって訊かれて、普通、方角では答えない。目標にする何か、建物とか、道とか店とか、何かあるだろう」

大村から自発的に言わせたいのは分かるが、それは無理というものだ。

それとなく俺から、スカイツリーのすぐ脇には北十間川《きたじっけんがわ》という川が流れていることを呟いておく。それを渡らなければ事件現場には行き着かない。

この手のことに関して、大村の呑み込みは決して悪くない。

「ああ、川を渡ったな。確か、そう……北十間川だ」

「川を、どうやって渡った」

そういう訊き方はよくない。大村みたいな馬鹿は、下手なイマジネーションを働かせることがある。

「どう、って……船？」

やはり。

横山も噴き出しそうになっている。

「ち、違うだろ……船は、ないだろ……そんな、船で渡るほど大きな川じゃなかっただろうが」

大村も察したようだった。

「ああ、あの……うん、橋、普通に」

「大きかったか、小さかったか」

「え、あ、いや、どうだろ……普通」

「まあ、いいか、そこは普通で……それから、どうした。どっちに、歩いてった」

しばし、二人が目と目で探り合う。横山がどういう顔をしたのかは見えなかったが、大村は急に得意そうに答えた。

「真っ直《ま》ぐ《す》、そっからしばらく、けっこう真っ直ぐ歩いてった。そこは、けっこう覚えてる」

確かに、スカイツリーの「ソラマチひろば」前から橋を渡り、そのまま真っ直ぐ歩いていけば事件現場にたどり着く。

第二章

1

初海が大学入試を直前に控えた、一月の初め。

試験前に風邪をひいたり、怪我をしたりしてはいけないので、初海には朝のランニングを控えるよう、俺は言った。

それについて、初海は口を尖らせて猛抗議した。

「なにそれ。江川くん、全然分かってない。普段と違うことしたり、普段してることしない方が、よっぽど調子狂うんだよ」

確かに。

「まあ、そういう面も、あるかもしんないけどさ。でも、足首の靭帯やって、まだ一年じゃん。言ったら、治って初めての冬じゃん。なんか俺、また初海がグキッてやって、えーんって泣いて、俺が運ばなきゃいけなくなるんじゃないかって……」

「えーん、なんて泣いてないし」

とにかく駄目だと繰り返すと、最終的には初海も了承し、その後、俺は一人で走るようになった。

でも、周りの友達はそこまでの事情を知らないので、まだ毎朝、俺たちは一緒に走っているものと思っていた。なので初海が学校を休むと、当然、俺のところに理由を訊きにくる。ちなみに三年のとき、俺はC組で初海はA組だった。だから、よく訊きにきたのはA組の女子、特に佐藤。あの、バレー部で一緒だった佐藤梨絵だ。

「ねえ江川ァ、初海どうした、風邪？」

佐藤はどちらかというと俺に近い、体力自慢の健康優良児で、大学もスポーツ推薦で決まっていた。

俺は次の授業の用意をしながら、席も立たずに答えた。

「いや、この何日か、朝一緒に走ってないから分かんないけど、なに、きてない？」

「うん、きてない。一時限前に連絡もなかったみたいで、先生も、あら休み？　みたいな。っていうか喧嘩《けんか》とかした？　別れた？」

普段と違うことをする方が調子を崩す、と初海が言っていたのを思い出した。やはり、初海の方が正しかったのか。

「別れてないよ。いま風邪とかひいたら困るだろ、ってこと……じゃ、帰りに家寄ってみるわ」

「うん、お大事にって」

「おお、言っとく」

まだ高校生が携帯電話を持つ時代ではなかった。かといって、公衆電話を使ってまで確かめなければいけないことだとも、そのときは思っていなかった。学校帰りに寄るのでも、家に帰ってから電話するのでもいいと思っていた。

実際には、帰りに家に寄ってみたけれども留守のようだったので、家に帰って少し時間をおいてから電話をかけた。確か夕飯のあとだから、二十時とかそれくらいだったと思う。

『……はい、もしもし』

緊張した女性の声。でも初海ではない。ということは、初海の母親だ。

「もしもし、こんばんは……三年C組の、江川です。あの、今日、初海さんは……？」

初海は両親に俺のことを話してあるらしく、「一々学年とかクラスとか言わなくていい」と言われていたのだが、なんとなく、江川だけで分かるでしょ？　という感じが嫌だったので、俺はしばらく学年とクラスを前置きしていた。

今から思えばそのときの、初海の母親の様子は明らかにおかしかったが、当時の俺にそんなことまで忖度《そんたく》する機転はなかった。

『あ、あの……ちょっと、風邪気味、みたいで……入試、近いから、大事をとって……』

もうそれだけで充分、と俺は思ってしまった。

「……ですよね。そうじゃないかと思いました。分かりました。じゃあ、お大事に……と、クラスの友達も言ってました」

『ああ、ありがとう……』

「じゃあ、あの、僕からも、お大事にと……はい、すいません。お休みなさい。失礼します」

出席日数が足りていれば、有給休暇ではないけれど、入試期間中はもう学校にこないという生徒も少なくなかった。初海も、例の怪我をした二年のときは休みが多くなってしまったが、三年のときはそうでもなかった。今は入試に備えて大事をとるというのであれば、俺はむしろ、そうすべきだと思った。初海の顔を見られないのは寂しかったが、俺がそれを我慢することで、何か初海の受験が上手くいくような——そんな気持ちにすらなっていた。

だが、初海はその後も学校にこず、電話もないとなると、さすがに気になった。

週末になり、俺はもう一度電話をしてみた。だが出ない。母親も、誰も出ない。気になった俺は結局、初海の家まで様子を見にいくことにした。夕方頃だった。

電話にも出られないような重症なら、入試どころではないだろう。まさか、また入院なんてことになってはいないだろうか。大学なら、浪人するという手がある。俺のいく長谷田大学は、今の初海の偏差値だとギリギリらしいが、一年浪人すれば合格の確率はかなり上げられる、と初海は言った。それならそれでいいと、俺も思っていた。だが学校にもいかれない、入試も受けられない、電話にも出られないような重病だったら。そう考えると居ても立ってもいられず、初海の家に向かう足は自然と速くなっていった。

初海の家は県道沿いにあった。当時はごく普通の家としか思わなかったが、今ならもう少し分かる。業者が大きめの土地を買い、何棟も同じような家を建てて分譲する、いわゆる「建売」というスタイルだ。注文建築ではないので、一軒家でも割安で購入することができる。ただ表側、初海の家のように道沿いの棟だと、少し他よりは高かったかもしれない。

まだ夕方だというのに、道に面した南側の窓はすべて雨戸が閉まっていた。東側の玄関に回り、呼び鈴を押してみたが応答はなかった。

反対側、隣のアパートの駐車場に入る恰好になってしまうが、俺はかまわず初海の部屋の窓を見にいった。二階の、一番手前と二番目の窓。両方ともカーテンが引かれているように見えた。

おかしい。本当に留守なのか。

近所で公衆電話を探し、かけてみた。やはり誰も出なかった。

どうしよう。もうそれ以上、俺にできることはなかった。それでも考えた。どうしよう。家に帰って、時間をおいてまた電話してみるか。それとも近くで時間を潰して、せめて家に明かりが点く時間まで待ってみるか。

待つことにした。ただ家の前というのはさすがに気が引けるし、何しろ寒いので、場所は変える。県道をいけば、初海と入ったこともあるファミレスがある。その先には新古書店もある。そこら辺が適当だろうと思った。

だがファミレスまで行き着く前に、後ろから声を掛けられた。

「ねえ、君」

振り返ると、三十代くらいの女性がいた。知らない人だった。正確にどんな恰好をしていたかは覚えていないが、学校の先生っぽいと思った記憶はある。背は、当たり前だが俺より低かった。

「……はい」

「江川、利嗣《としつぐ》くん、だよね？」

見ず知らずの人間にフルネームを知られているというのは、あまり気持ちのいいものではない。

「……はい、そうですけど」

「ちょっとお話、聞かせてもらっていいかな」

直感的に、刑事ではないかと思った。ドラマでそういうシーンを見たことがあったからだ。

実際にそうだった。横に並んだ瞬間、女は「埼玉県警の者です」と早口で言った。でも警察手帳の提示はなかった。

どこにいくつもりだと訊かれたので、「ファミレスか本屋」と答えると、ちょうどいいからファミレスにしようと誘われた。ご馳走《ちそう》するから、とも言われた気がする。

席に案内されると、その女は上着のポケットから警察手帳を出し、メニューで周りからは見えないように隠しながら、俺に身分証を確認させた。名前は【伊野《いの》一実《かずみ》】となっていた。それには階級も書いてあったはずだが、そこまでは覚えていない。ただ「刑事」とは書いていなかった。それは覚えている。

「埼玉、県警って……」

「さっき、庄野さんの家の前にいたよね。庄野、初海さんの家……なんで？」

初海のことで、俺に声を掛けてきたのか。初海に何か、警察沙汰になるようなことが起こっているのか。

「なんでって……え、なんでですか」

「私が訊いてるの。なんで、庄野さんの家の前にいた？」

とてつもなく、嫌な予感がした。

「いや、あの……電話しても、出ないんで、それで……」

「電話に出ないから、家まできてみたの？」

「じゃなくて……学校も、休んでるし」

「仲いいの？　初海さんと」

遠慮のない訊き方が、ひどく不快だった。

この刑事、なんだかよく分からないが、俺を疑っているのか。俺が初海に、何かしたとでも思っているのか。

冗談じゃない。

「……悪いって言ったら、なんなんすか」

「は？」

「仲悪いのに電話して、出ないから家の様子見にきたら、なんだって言うんすか。俺は変態っすか。変質者っすか」

当時、まだ「ストーカー」という言葉はあまり一般的ではなかったと思う。少なくとも、俺の語彙《ごい》にはなかった。

伊野は、少し詫《わ》びるように頭を下げた。

「……ごめん、そういうつもりじゃないんだ。ごめんなさい……初海さんとは、どういうお友達なのかな、と思って」

急に気を遣われるのも気持ちが悪かった。

「同級生で、ずっと同じバレーボール部で……朝、よく一緒に走ったりも、してましたけど。それが何か」

伊野の目の奥に、何か鋭いものがよぎった気がした。

「……朝、よく一緒に走ってた？　なんのために？」

「走るっていったら、体力作りでしょ、普通」

「毎朝？　学校いく前に？」

「必ず、ってわけじゃないですけど……日曜と、雨の日はナシとか、どっちかが寝坊するとか、そういうのは、ありましたけど」

「でもそれ以外の日は、毎朝一緒に走ってた？」

「まあ……大体は。今年になってから、初海は入試があるんで、風邪ひかれても困るんで、やめとけって言ったんですけど」

「一緒に走ったのは、朝だけ？」

「えっと……二回か、三回くらいは、夜走ったことも、ありましたけど。去年の夏か、秋くらいに……でも、女の子だし、危ないかなと思って、やめました。それからは、朝だけです。ずっと」

一つ頷いてから、伊野が俺の目を覗き込む。

「……つまりあなたは、初海さんのカレシだ」

嫌な女だと思った。なんというか、デリカシーみたいなものが欠如している。

「よく知りもしない人に、そんなことまで訊かれたくないっす」

その俺の答えに、伊野が何を思ったのかは分からない。ただ、またさっきまでの、不快な感じが戻ってきていた。

「江川くん、これは大事なことなんだ。私はね、何も興味本位であなたたちの関係について訊いてるんじゃないの。大事なことだから、確かめておかなきゃならないから訊いてるの。分かる？　分かるよね……あなたは、庄野初海さんと、お付き合いしてた？」

不快感はそのままだったが、それとは別に、何か気圧《けお》されそうになる迫力みたいなものはあった。

「……お付き合い、っていうか」

「朝一緒に走ってただけ？　休日にデートとかしなかった？」

それなら、答えてもいい。

「デートかどうかは、分かんないっすけど……でも、二人で出かけたりは、しました」

「女の子はね、休日に、好きでもない男の子と二人で出かけたりはしないんだ。初海さんはあなたのことが好きだったんだと思う。あなたは？　江川くんは、初海さんのこと好きだった？」

なんでそんなことまで答えなきゃならないんだ、とは思ったが、伊野の目と、表情と、威圧感のある声色《こわいろ》、口調に、俺は完全に圧倒されていた。

「……好き、ですよ。そりゃ」

「だよな。そうだよね」

かと思うと、えらく真剣な表情で考え込む。

だがその沈黙によって、俺は悟《さと》らされた。認めたくはなかったが、否定できるものならしたかったが、でも、それは無理そうだった。

初海が、何かの事件に巻き込まれた。あるいは、庄野家に何かがあった。そこは間違いなさそうだった。

具体的に、それは何を意味するのか。

警察が絡んでくるからには、二つの可能性が考えられる。

庄野家の誰かが被害者になった。あるいはその逆で、庄野家の誰かが加害者になった。そのどちらかではないだろうか。

庄野家は両親と初海と、五つ年上の兄という四人家族だ。被害者になる可能性は、はっきり言って誰にでもある。だが加害者となると、初海がなる可能性は低いと思う。母親も、二回くらい会ったことがあるが、警察沙汰を起こすような人には見えなかった。となると考えられるのは、初海の父親か、兄だ。二人のどちらかが事件を起こし、警察が庄野家を調べているという可能性だ。でも、だとすると、伊野が初海のことを、根掘り葉掘り俺に訊くのはおかしい。家族の犯罪は、初海には関係ないはずだ。

ひょっとして、父親が何かやらかして、家族で逃亡したのか。いや、母親は電話に出たのだから、それはない。

その他の可能性も考えたかったが、伊野がそれを中断させた。

「……最近の初海さんに、なんか変わったことはなかった？」

どういう意味だ。

「初海が、変わった点、ですか？　変化、って意味ですか」

「じゃなくて、初海さんの周りで、何か変わったことはなかったかな、ってこと」

最悪だ――。

父親や兄が何かやらかしたというよりは、初海じゃないか。話は確実に、初海の身に何かあったと、そういう方向に進んでいる。そうとは認めたくないが、間違いない気がした。でも、そうではないと確かめたくて、違うと言ってほしくて、俺は、伊野に訊いてしまった。

「……初海に、何か、あったんですか」

伊野は、真正面から俺の目を覗き込んできた。

「今は、まだ何も言えない」

その日、その店からどうやって家まで帰ってきたのか、俺はまったく覚えていない。

初海が学校を休み始めて一週間が経った。

学校には、入試前なので大事をとって休ませる、と連絡が入ったようだが、むろん俺は信じていなかった。初海と仲が良かった友人たちも、何かおかしいと気づき始めていた。

当たり前だ。誰が、何回電話しても初海は出ない。最初はインフルエンザか何かだろうと噂されたが、初海が風邪をひいたときなどにかかる内科医の息子が一学年下にいて、初海は一年以上きていないと父親から聞き出してきた。以後、病気説は否定されるようになった。

家族については、母親をスーパーで見かけたとか、兄貴と駅のホームで一緒になったとか、そういう話は出るのに、肝心の、初海を見たという生徒は一人もいなかった。

俺は、暇さえあれば走った。

自衛隊の基地、正確にいうと、陸上自衛隊の朝霞駐屯地。毎朝、初海と走ったその駐屯地の周りを、朝も、夕方も、夜も走った。走っていると、息を切らした初海がふいに角から現われて、俺に声を掛けてくれるんじゃないか。そんなことを期待していた。

ごめん、ちょっと寝坊しちゃった。

だろうと思って、ゆっくり走ってた。よく追いつけたな。

なに、分かってるんだったら、いつもんとこで待っててよ。

こないかもしんないじゃん。寝坊して諦めるパターンもあるだろ、初海の場合。

確かに――。

初海は、いつでも俺の心の中にいた。

あれだけ注意深く見つめ続けた顔だ。もう、目を閉じなくても、すぐそばにいるように思い浮かべられる。

陸上部員ほど綺麗ではなかったけど、でも初海は上半身をブレさせない、妙に安定した走りをしていた。

足を止めると、まず前髪を直した。初海は入院したときに髪を切り、その後はしばらく伸ばしていたが、夏にまた短くして、それからはずっと短いままだった。俺は、切ったら必ず褒《ほ》めるようにしていた。初海は「お母さんじゃなくて、ちゃんと美容院いったから」と照れ臭そうに言い、また前髪を弄《いじ》った。でも本当は、俺は一ヶ月くらい経って、ちょっと伸びた辺りが好きだった。それくらいが、一番初海が綺麗に見える長さだと思っていた。

初海はいつも、生クリームみたいな、ちょっと甘い匂いがした。意外と指が長くて、細くて、こんな手でスパイクを打っていたんだと思うと、なんだか切なくなった。よく折れなかったな、と俺がいうと、初海は「すぐそうやって女子を馬鹿にする」と口を尖らせた。馬鹿にしたつもりはなかったが、そういうときは俺が謝った。

さらに一週間、また一週間と時間が経つに連れ、少しずつ、初海の不在は話題にならなくなっていった。A組の空気がどうだったかは分からないが、俺の周りでは、もう誰も気にしていないようだった。その代わり「最近お前、なんか暗くない？」と心配された。

俺は何も答えなかった。

初海が、いないんだ——。

そんなこと、口が裂けても言いたくなかった。

授業が終わったら、家に帰るだけだ。友達と無駄話をする気にも、寄り道をする気にもなれなかった。ただ一人になって、初海を捜したかった。走って追いつきたかった。泣きたくなかった。

二人で出かけた渋谷や原宿に、一人でいったら初海に会えるだろうか。そんな想像もした。でも、あの雑踏の中で初海を捜し回り、右を見て、左を見て、後ろを見てまた前を向いて、ビルを見上げて店という店をすべて覗き込んで、くるくる回って、跪《ひざまず》いて、あの有名なスクランブル交差点の真ん中にうずくまって、頭を掻《か》き毟《むし》って叫んでいる――そんな自分しか想像できなかった。

初海の家の近くを通り過ぎ、国道を渡って、警察署の方に歩いていく。なんの楽しみがあるわけでもない。歩は極めて遅い。暗いし、鈍いし、喋らない。その頃の俺は、周りからしたらさぞ鬱陶《うっとう》しい男だったろう。

そんな俺に、急に誰かが声を掛けてきた。

「……江川、くん……だね？」

その人が向こうから歩いてきたのか、ずっとそこにいたのかも、俺には分からなかった。声を掛けられて、初めてその存在を認識した。ネズミ色のコートを着た中年男性だ。中肉中背。当時の俺にしてみたら、失礼を承知で言わせてもらうなら、正直、しょぼいオッサンでしかなかった。

「……はい。そう、ですけど」

男性は、上着の内ポケットから何やら取り出した。

また警察手帳か、と思ったが、違った。そのときはパスケースだと思ったが、いま思えばそれは名刺入れだった。

一枚抜き出して、俺に差し出す。

それには【埼玉県浦和東警察署　警務課】と書かれており、一周回ってやっぱり警察じゃないか、と思ったが、驚くべきはそこではなかった。

「……初海の、父です」

確かに、そこには【警部補　庄野正彦《まさひこ》】と書かれていた。

2

玲子も、所轄署勤務のときは他所《よそ》の署に犯人を持っていかれたり、捜査を引き継いだ時点ですでに逮捕されていた、というような経験はある。

所轄署の刑事は本部のそれと違い、当番日になると暴行・傷害、窃盗、強盗、強制わいせつといった刑事事件全般を扱う。特に窃盗犯はあちこちで犯行を繰り返すため、どこで誰が逮捕されてもおかしくない。また、その所轄署管内で起こった事件が未解決のまま残っているケースもある。そんな事件の犯人がいつのまにか他所で逮捕されると、取調べの結果、「ゲロした余罪の中に、おたくの事件もありましたよ」みたいに報告を受けることになる。

しかし、捜査一課員として関わった事件で、しかも捜査開始直後に、被疑者が他所に逮捕されていたことが分かるという経験は、少なくとも玲子は初めてだった。

とりあえず、大村の住むマンション前に全員を集める。

「被疑内容は分からないけど、大村の身柄は、すでに本所署にあるらしいので、張り込みは中止します。ただ、何かの間違いってことだってあるし、向こうがどれだけ情報を出してくれるかは分からないので、こっちはこっちで、ある程度の確認はしておきます。菊田と日野さんの組で、最近の大村の様子、目撃情報、近所付き合い、馴染《なじ》みの店などを。寺田さんと中松さんの組で、大村の勤務先を割ってください。私はひと足先に、特捜に戻りますから」

「はい」

言い終え、八人が散っていく後ろ姿を見て、玲子はふと思った。

以前の自分だったら、まずこの時点で全員を特捜に連れ帰ったのではないか。なぜ今は彼らを現場に残し、湯田と二人で特捜に帰ろうとするのか。

おそらく、日下の影響だ。

現統括主任の日下は、徹底した先入観排除主義者だ。一切の予断は捜査の妨げ、見たもの、出たもの、聞いたものしか信じない。それが日下のポリシーであり、部下にも同様に求めるのが日下のスタイルだ。

前回の本部勤務、捜査一課殺人班十係のとき、日下と玲子は同格のヒラ警部補だった。だが今回、日下は五級職警部補、玲子の一つ上の階級で殺人班十一係に配属されてきた。

自分は部下になったのだから、たとえ個人的には嫌いでも、上司の言うことであれば聞かざるを得ない。それは確かにある。玲子も警部補になって八年。部下を持つことにはだいぶ慣れた。組織に対する心構えも少なからず変化した。むろん、納得できないことには徹底抗戦していくつもりだが、組織を円滑《えんかつ》に運営していくためならば——決して「折れる」というのではなく、受け入れられるところは受け入れる、その程度の気持ちの余裕は持てるようになった。

それと、やはり林の不在だろうか。

殺人班十係の時代からずっと、林は何かと玲子の助けになってくれていた。陰ながら捜査に協力し、解決に向けてのヒントを与えてくれた。

玲子が頼り過ぎたから、林は命を落とした、というのが考え過ぎなのはよく分かっている。けれど、もう頼りたくても林はいない。それが覆《くつがえ》しようのない現実だ。だから、切り替える必要があった。林だったら、こういうときどうするだろうか。林だったら、どこを洗い直すだろうか、どういう目配りをするだろうか。

一つ歩を進める前に、一瞬だけ立ち止まり、考えてみる。今までの自分が、なんの考えもなしに突っ走ってきただけだとは思わないけれど、でも、ほんの少し注意深くなってみる。そうすれば見えてくるものもある。違った判断ができる場面がある。

そんなふうに心掛けるようにしていたら、菊田に言われた。

「主任、日下さんが統括になってから、少し変わりましたね」

それだけでは、なんについて言われているのか分からなかった。

「……なに。またトゲトゲしてる？」

「いえ、逆です。ちょっと、似てきてます。日下統括に」

面白くない指摘だったが、頷ける部分もあった。

林だったらどうするか。そう考え、実践した結果、自然と予断が排除され、日下が求めるのに近い捜査をするようになった。それはあるかもしれないと、初めて気づかされた。

人柄は正反対と言っていいくらい違うけれど、林のことは大好きだったし、日下はいまだに、特にあの顔が大嫌いだけれど、あの二人の目指すところは、案外似たものだったのかもしれない。

そんなことを考えていたら、とんとん、と湯田に肩を叩かれた。

「……主任、早くいきましょうよ」

ちょっと、立ち止まり過ぎたか。

特捜に戻ると、今泉、山内が上座におり、その前には日下が立っていた。他にも数人の捜査員が会議机に待機している。

「……遅くなりました」

湯田がバッグを引き取ってくれたので、玲子はそのまま上座の輪に加わった。

日下が、ちらりと玲子の背後を見る。

「お前と、湯田だけか」

「はい。菊田、寺田、中松、日野の組は現場に残してきました。近所関係と勤め先を洗わせています」

今泉がメガネをはずし、玲子を見上げる。

「電話で伝えた通り、大村は現在、本所署に留置されている」

「はい。被疑内容は」

「詳しくは分からないが、殺人事件であることは間違いなさそうだ」

逮捕と聞いて、玲子が予想したのは交通事故とか、比較的突発的な、いわば現行犯逮捕的な事案だったが、殺人事件とは驚きだ。

「もちろん、長井祐子殺しとは別件なんですよね?」

今泉が頷く。

「別件だ。本部には、サクマケンジという男性を殺害した容疑という他は、まだ報告が上がってきていない」

なんだそれは。

「報告が、って……捜一からは、どこの係がいってるんですか」

「捜一は、どこも入っていない。本所署の刑事課が独自に捜査をしている」

そんな馬鹿な、と言いたいところだが、ない話ではない。確かに、殺人事件といったら刑事部捜査一課と相場は決まっているが、しかしあくまでも、捜一は捜査協力を求められて所轄署に派遣されるのだ。所轄署が「手出し無用」と判断すれば、出る幕はない。

無駄かもしれないが、一応訊いておく。

「その、サクマケンジというのは何者ですか」

「分からん。五十代の男性という以外、何も分からない」

「大村を逮捕したのはいつですか」

「それも分からない。ただ、担当しているのは強行班（強行犯捜査係）ではなく、知能班（知能犯捜査係）のデカ長らしい」

本署当番日に、知能班の刑事がたまたま殺人事件を取り扱った、ということだろうか。それがそのまま取調べを？　なくはないのだろうが、やはり一般的ではない。

もう一つ訊く。

「管理官。本所署に、個人的に親しい人は」

「俺も、それは考えたんだが……ちょっとすぐには思い浮かばない」

「日下統括は」

「いや、俺も……誰かしら、いそうな気はするんだが」

四人で話をしていて、一人にだけ訊かないというのも失礼だろう。

「山内、係長……は？」

机に両肘をつき、手を組んでいた山内が、その形のまま玲子を見上げる。

「本所署に私の知り合いがいたら、なんなんですか」

実に山内らしい切り返しだが、どうもこれには慣れることができない。どうしてこの男は、周りの人間と同じ方を向いて話すことを頑《かたく》なにしないのだろう。いっぺん、組織捜査というものについてとことん話し合ってみる必要があるかもしれない。

「お知り合いがいたら、その辺の事情をそれとなく訊いてみることもできるのではないかと」

「その辺の事情とは」

「なぜ本部に捜査協力を求めないのか、なぜ知能班が殺人事件の捜査をしているのか、とかです」

「そんなことを訊いても無駄です」

カッ、と顔が熱くなるのを感じたが、玲子が言い返すより前に、山内が続けた。

「本部に捜査協力を求めないのは、所轄署の自由です。事実、被疑者である大村を逮捕するに至っているわけですから、その判断が誤りだったとは誰にも言えない。また事案認知の状況や、逮捕に至る経緯によっては知能班の人間が捜査をすることだってあり得るでしょう。そんなことを、コソコソ嗅《か》ぎ回ったところで事の真相にはたどり着けません」

正論だとは思うが、納得はできない。

「分かりました……私が直接本所署にいって、訊いてきます」

今泉に止められるかな、と思ったが何もなかった。日下は玲子を見ていたが、左眉をチクリと動かしただけで、口を開くことはなかった。むろん、山内も黙っている。

振り返ると、玲子のバッグを抱えた湯田がすでに斜め後ろまできていた。

「いくよ、康平」

「はい」

本当に、誰にも止められないまま葛飾署を出てきてしまった。出てきてしまったら、もう本所署までいくしかない。横断歩道を渡ってタクシーを拾い、幸い道はどこも空いていたので、二十分もかからずに本所署までこられた。

総合受付で身分証を提示し、

「捜査一課の姫川です。刑事課長にお会いしたく伺いました」

そのまま階段の方に向かう。受付担当者は「あの、ちょっと」と腰を浮かせていたが、かまうことはない。玲子がデカ部屋にたどり着く前に、内線で連絡を入れておけば済む話だ。

ちなみに、ここの刑事課には一人、知っている人がいる。特捜幹部の前でそれを言わなかったのは、最後に言おうと思っていたら、その前に「無駄です」と山内に言われ、カチンときて——要は言いそびれてしまったのだ。ここの刑事課長と話して駄目だったら、その伝《つて》を使うことも玲子は考えている。すでに彼が異動している可能性もないではないが、そのときはそのときでまた考える。

三階のデカ部屋に入ると、一番奥のデスクから、年配の男がこっちを見ているのが分かった。その手前には【刑事課長】と書かれたプレートがあるはずだ。

近くまでいき、玲子から短く頭を下げる。

「……捜査一課殺人班十一係、姫川です」

「亀有署の、湯田です」

相手、刑事課長デスクにいる男が自ら名乗る様子はない。

それならそれでいい。

「本部から、大村敏彦がこちらに逮捕、留置されているとの情報を得て伺いました。それについては、間違いありませんでしょうか」

男は、瞬《まばた》きもせず玲子を睨《ね》め上げている。

「……あんた、もう少し口の利き方に気をつけなさいよ」

なるほど。やはり、ここは俺たちの縄張り、捜査一課は手出し無用と、そういう肚《はら》か。

続けて玲子が訊く。

「被疑内容はサクマケンジという男性を殺害した容疑ということですが、それについては」

「おい、こっちの話を聞いてるか？」

「マル被が逮捕できているのだから捜一は手出し無用というのも分からなくはないですが、ならば知能班の係員が捜査を担当しているということに関してはいかがでしょうか」

「おいおいおい、ちょっと待てって」

具体的な回答がなくても、その顔つきと声色から、本所署刑事課は現時点で、大村逮捕についての情報を開示するつもりはない、という方針であることは分かった。その理由まではさすがに無理だが、どうも、単にホシを横取りされたくないとか、そういう分かりやすい話ではなさそうだ。

この男、何を隠している——？

もう少しつついてみよう。

「我々は現在、葛飾署に特捜を設置し、女子大生殺しの捜査をしております。その容疑者が、大村敏彦です。こちらはこちらで把握した情報について開示する用意があります。できれば情報交換に応じていただきたいと思っておりますが、いかがでしょうか」

刑事課長が眉をひそめる。

「……こっちだってまだ、調べを始めたばかりだ。裏の取れた確定情報はないに等しい。担当者もここにはいない。今ここで、どうこう言うことはできんよ」

「所属長に話を通さないと、ということでしょうか」

ここでいう「所属長」とは本所署長のことだ。

刑事課長の、眉間《みけん》の縦皺《たてじわ》がさらに深くなる。

「担当者が今いないから、即答はできんと言ってるんだ。あとで連絡を入れさせるから、名刺を置いていってくれ」

この件を本所署長がどこまで把握《はあく》しているかは、あとで確認する必要がありそうだ。

「大村の顔をひと目見せてもらうことも、できませんか」

「調べの空気を乱されたくないんだ。分かるだろう……マル被は意外と、壁の外の様子を窺《うかが》っている。いま大事なところなんだ。こっちがゴタついているところは、見せたくない」

「取調官はなんという方ですか」

一瞬、課長は言葉に詰まったが、言わずに済ませるいい言い訳が思い浮かばなかったのだろう。

口をひん曲げながらも答えた。

「……ヨコヤマ、カツノリ巡査部長だ」

「刑事課知能犯捜査係の？」

「ああそうだ」

まったく充分ではないが、今日はこの辺で勘弁《かんべん》してやろう。

ポケットから名刺入れを出す。

「分かりました……では、できるだけ早いご連絡を、お待ちしております」

一枚、机に置いて押し出す。課長はそれを見もしない。

「……失礼します」

体の向きを変えながら、デカ部屋の中をそれとなく窺う。

すると、いた。

強行犯捜査第一係担当係長、越野《こしの》忠光《ただみつ》警部補。

あの男には一つ「貸し」がある。のちほど、それを返してもらうこととしよう。

本所署を出たところで菊田に電話を入れた。

『はい、もしもし』

「姫川。そっちどう」

『大村の勤務先、割れました……主任、ピープルってレンタルビデオ、分かりますか』

ピープル？

「んーん、知らない。そこなの？」

『ええ。正確には、レンタルショップ、ピープル青砥駅北口店です。デスクには連絡して、そうしたらちょうど、畠中《はたなか》チョウが近くにいたんで、回らせるって言ってました』

畠中は殺人班十一係の巡査部長だ。

それに関する報告は、その日の夜の会議で聞くことができた。

手帳を持った畠中が立ち上がる。

「……はい、大村敏彦の勤め先について、です。青砥駅近くにある、いわゆるレンタルビデオ店ですが、CDや漫画本なども置いているので、レンタルショップを名乗っています。レンタルショップ、ピープル青砥駅北口店、ピープルは平仮名です。ピー、は伸ばさないで、『あいうえお』の『ぃ』が入ります」

「レンタルショップ・ぴぃぷる青砥駅北口店」ということか。平仮名にしてみると、なるほど、ちょっと可愛い。

畠中が続ける。

「大村が同店でアルバイトを始めたのは、一昨年の八月。無断欠勤が十回以上あり、自分が借りた物も、ですね……何ヶ月も返さなかった上に、自ら端末を操作して、延滞金を帳消しにしたりと……とても真面目とは言い難い勤務状況で、しかも……話を聞いた店長は、しばらく、言いづらそうにしていたんですが……あ、テシマトモロウというんですが、その……

店長のテシマによると、大村は自身のＩＤを使い、複数回にわたって会員の登録データを閲《えつ》覧《らん》、一部はプリントアウトしていた可能性もあるとのことでした」

山内係長が訊く。

「その、端末を操《あやつ》れる店員というのは、何人いるんですか」

「基本的には、全員だそうです」

ちょっと待て。それって、個人情報を扱う業種としては、管理体制が杜撰《ずさん》過ぎないか。

さらに山内が訊く。

「全員というのは、正確には何人ですか」

「店長のテシマ、チーフと呼ばれている、いわば副店長格のスタッフが四人に、普通のアルバイトが十……十四人なので、全部で十九人です」

「その全員が、自由に端末を使える状況だったと」

「はい、そのようです……さらに、会員リストを店長に調べさせたところ、本件マル害の長井祐子も、同店の会員であることが分かりました」

なるほど。そこで繋がるか。

大村は自身が勤務するレンタルビデオ店で、長井祐子という女性の存在を知った。店の端末を操作して長井祐子の個人情報を引き出し、なんらかの関係を迫った末、殺害に至った――大筋としては、そういう線を引くことはできる。

山内が玲子を指差す。

「姫川主任。畠中と、小幡の組を連れて、そのチェーン店のネットワーク構造、個人情報の取扱い状況、大村が持ち出した情報の特定を行ってください」

「分かりました」

翌日、玲子たちも「ぴいぷる青砥駅北口店」を訪ねた。

外からの見た目より、入ってみると「意外とせまい」というのが玲子の第一印象だった。せいぜい、中規模のコンビニくらいの床面積だ。玲子がよくいく豊島区要町《かなめちょう》のレンタルビデオ店と比べたら、品揃えは三分の一か四分の一くらいではないだろうか。

そんな小さな店だから、と言ったら失礼なのは百も承知だが、店長の手嶋智郎《てしまともろう》という男がまた、実にスケールの小さい、喩えるとしたら、雨に濡れて震えているチワワとか、あるいは——まあ、そんな感じの男だった。

その手嶋に、玲子は話を聞いた。

「改めてお訊きしますが、ごく普通のアルバイトの方も含め、ここで働くスタッフの誰もが、端末を操作して会員の個人データを閲覧することが可能なんですね？」

手嶋が、震えながら頷く。

「はい……すみません……」

「では、大村敏彦が端末を操作して会員のデータを閲覧したことを示す、記録のようなものはありますか」

「あ、はい、あの……この前、刑事さんに、作っておくように、言われたので……はい、これ……あ、違う……すみません、こっちでした。ごめんなさい」

彼が差し出してきたのは一冊のクリアファイルだ。中にはA4判の用紙が十枚ほど入っており、各々には、何かのデータがズラズラと印字してある。

「……あの、これじゃ、何がなんだか分からないんですが」

「あ、あ、すみません……この、一応、マーカーをしてあるのが、大村くんのIDでして、それを、こう、ツーッと見ていくと……これがそうなんですけど、ちゃんと、こっちに……その、長井祐子さんという、会員の方のデータを、開いているんです。お分かりに、なりますかね」

説明されれば、そうなのだろうとは思う。

「それは、長井さんが来店して、何かをレンタルしたとき、ということではなく？」

「はい、そういうのと、このリストは、モードが違うというか、まったくの別物なんですが、あの……必要でしたら、次までに、長井さんの、レンタルしたものの一覧表も、作っておきますが」

一瞬、要《い》らないかな、とも思ったのだが、何かの確認作業に必要になる可能性はある。

「はい、ぜひ、よろしくお願いいたします……他にもいくつか、教えていただきたいことがあるんですが……では、手嶋さんが大村さんの行動を不審に思ったのは、正確に言うと、いつのことですか」

手嶋は、額に手をやりながら、「はい」と頷いた。

「えっと、それは……ちょっと、さっきの、いいですか……これを見ると、あの、ですから、ここですね……九月の、二十六日に、なりますか……十八人分のデータを、大村さんがプリントアウトしていると、いうのが分かるんですが、私が見たのは、このときだと思います。何か、大村さんが、コピー機から抜き出して……あまり、勤務時間中に、アルバイトさんが、事務所にあるコピー機を使うことは、ないんですけど、でも大村さんは、何回かそういうことがあって……しかも、あとから考えると、ただ、コピーしてたにしては、上の、元原稿を置く、ガラスのところを開けなかったというか、出てきたものを持っていっただけ、みたいに、見えたもので……コピーじゃなくて、何かプリントアウトしたのかな、と」

この証言が事実だとすると、大村云々《うんぬん》とは別に、レンタルショップ「ぴいぷる」を運営する会社も、個人情報保護法違反に問われる可能性がありそうだ。

3

十月九日夜の会議では、「株式会社ぴいぷる」が運営する「レンタルショップ・ぴいぷる青砥駅北口店」において、個人情報保護法違反の疑いのある行為が繰り返されていたことが報告された。

菊田自身は、この「ぴいぷる」というレンタルビデオ店を利用したこともないし、たぶんいま住んでいる街にもないと思うが、どこかで看板を見て、そういう店があるということだけはかろうじて知っていた。

携帯サイトで調べてみたところ、「ぴいぷる」は会員数でレンタルソフト業界第七位、店舗数では第九位ということだった。とはいえ、レンタルソフト業界は一位と二位が六十パーセント以上を占める寡占状態らしい。それもあってか、三位以下は会員数・店舗数共に明記されていなかった。おそらく円グラフにしたら、「ぴいぷる」のシェアなどは髪の毛一本の細さになってしまうのだろう。

今回の事件にはどうも、この「ぴいぷる」の規模の小ささ、ひいては個人情報を扱う企業としての管理体制の甘さ、危機意識のなさが遠因としてあるように思われる。

報告に立っている玲子も、半ば呆《あき》れ顔だ。

「……大村が個人情報を盗み出していたことは明らかですが、この表を見るとですね、他にも、頻繁《ひんぱん》に閲覧していたスタッフはいるように読めます。中には、業務上必要な事項の確認というケースもあるのでしょうが、それにしても……まあ、これ以上は本件、長井祐子殺害には直接関係ないんですが、これを引き継ぐのが二課（刑事部捜査第二課）になるにせよ、それ以外になるにせよ、徹底的にやらせた方がいいと、私は思います。結果、この『ぴいぷる』は潰れるかもしれませんが、それくらいする覚悟で。手を抜くべきではないと思います」

玲子の報告によると、大村が店舗の端末から持ち出した個人情報は、全部で百三十三人分。その中には長井祐子も含まれるが、数えてみると男女の比率はほぼ半々で、大村は、特に女性を狙って個人情報を引き出していたわけではなさそうだ、ということだった。

「……本日は、以上です」

玲子が座り、山内がマイクに手を伸ばす。

「長井祐子を除く百三十二人についての捜査は、のちほど協議し、明朝、方針を発表する。次……菊田主任」

「はい」

菊田は昨日、今日と、大村の近所関係を洗っていた。

いや――。

洗ったといっても、ほとんど大村に近所との付き合いなどはなく、飲食店も居酒屋が一軒、定食屋が一軒、店員が「いつもどうも」と挨拶をする程度には顔を出していたようだが、それでも世間話や、個人的なことを話す間柄ではなかったらしい。結果からいえば、有力な情報は何も拾えなかった、としか言い様がない。

報告も「捜査員のアリバイ報告」的な調子になりがちだ。

「もう一軒……駅の方へと向かう、商店街の中ほどに、ニシオカというパン屋がありまして。食パンからサンドイッチ、調理パン、フランスパンとか……まあ、たいていのものはそこで焼いて売っている、ちょっと大きめのパン屋です。ここの店員が一人、大村のことを覚えていました。いつもカレーパン二個と、チョココロネを買っていくので、なんとなく印象に残っていたと……やはり、個人的な会話をするような関係ではなく、印象としては、ちょっと暗い感じの人、ということでした」

すぐに山内がマイクを握る。

「その店員というのは男性ですか女性ですか、年齢はどれくらいで、アルバイトですか経営者ですか」

マズった。山内はよく、そういった点を突っ込んでくるのだった。

「すみません。二十代の、女性のアルバイトです。経営者は、店舗の二階に住む西岡《にしおか》という夫婦で、アルバイトはその女性の他に二人、三十代と五十代の女性がいるそうです。ご主人は主に奥でパンを作っており、奥さんが接客に出ることも多いようですが、写真を見せても、奥さんは大村のことは覚えていませんでした。三十代と五十代の二人にも訊いてみる、と言ってはくれましたが、まあ分からないだろう、とも言われました」

その後も、特に大きなネタは報告されなかった。

やはり今日一番のネタといったら、玲子の持ってきた「情報漏えい百三十三人分」ということになるだろう。

会議の片づけも終わると、一般の捜査員たちは葛飾署が用意した弁当と鶏の唐揚げをツマミに、缶ビールやチューハイで酒盛りを始めた。遅れて戻ってきた捜査員も、特に重要な報告がなければ同様に弁当と唐揚げ、飲み物を確保し、どこかの輪に加わる。講堂に入るなり打ち合わせ中の幹部の輪に割って入り、興奮気味に新情報を報告するような捜査員は、残念ながら今夜は一人もいない。

その、打ち合わせに集まっている特捜幹部は、全部で七人だ。

山内係長、日下統括、寺田主任、葛飾署の井口刑組課長、強行犯捜査係の新内《しんうち》統括係長、それに玲子と菊田だ。今泉管理官は今夜、他の特捜の会議に出席しており、こっちには顔を見せていない。

いま話し合われているのは、大村が個人情報を盗み出した百三十三人のうち、長井祐子を除く百三十二人を誰に当たらせるか、という割り振りだ。

投入するのが五組なら、ひと組当たり二十六人ないし、二十七人受け持つことになる。十組投入なら、十三人か十四人。まあ、二日か三日で終わる仕事だ。しかし、十組もこのネタに投入するのはどうか、というのが今の流れだ。

日下が、会議机に並べた名刺を手早く並べ替える。

「ここは、まだ地取り（犯行現場周辺の聞き込み）に残して……菊田は、こっちに入れるな」

「はい、大丈夫です」

「姫川、お前は」

玲子が、眉をひそめて首を傾げる。

「すみません、どうも大村の名前が浮上してから、それに振り回されている気がして……よく考えたら私、小林美波に話を聞きにいく予定だったのに、いってないんですよ。さっきの報告だって……そうでしたよね？」

隣にいる葛飾署の新内統括係長が頷く。

「一応、姫川主任が聴取する予定になっていましたんで、小林は、誰も触っていないはずですが」

良くも悪くも、それが組織捜査におけるルールというものだ。

日下が、玲子の名刺を端に避《よ》ける。

「じゃあ、姫川は外して……日野、中松は入れられるか」

玲子が答える。

「日野チョウは、すみません、こっちに残してください。中松と小幡なら、振れます」

「じゃあ、中松と小幡を入れて……宇野《うの》は戻ってないから、まあ難しいか……寺田も、駄目なんだよな」

「はい、ウチと、畠中はまだ」

「だとすると、水谷《みずたに》か……あとは所轄ペアになるな」

結果、十組は無理だったが、なんとか八組を揃え、どの組にどの会員を担当させるかを割り振り、その指示書を作成し終えたときにはもう、午前一時近くになっていた。

最後まで残っていた幹部は、日下と玲子、菊田の三人だった。他の捜査員たちも、もうほとんど講堂にはいない。飲食を終えたら風呂に入って、早い者は道場に布団を敷いて寝ている頃だ。

モニターで文面を確認した日下が、メガネをはずす。

「……じゃ、あとこれ、プリントアウト、頼んでいいか」

ファイルを保存しながら、玲子が頷く。

「はい。幹部に十部、八ペアだから十六部……三十部もあれば、いいですよね」

「ああ、それでいい」

日下に、軽く肩を叩かれた。

「先に風呂、使わせてもらうぞ」

「はい、どうぞ……」

肩が凝《こ》ったのか、日下は首を回しながら講堂を出ていった。

玲子が印刷開始のボタンを押したのだろう。情報デスク横に設置された複合機が、ガシャン、と大きな音を立てて目を覚ます。

振り返った玲子が、冷やかすような目で菊田を見上げる。

「……そういえばさっき、ずいぶん携帯鳴ってたね。梓《あずさ》ちゃんからの、ラブメールだ」

「いや、別に、そんなんじゃ……業務連絡みたいなもんっすよ」

「やだぁ、業務連絡なんてひどぉい。新婚なのに、そんなこと言われたら、梓ショックぅ」

本当に意外なのだが、玲子は菊田と梓の結婚について、よく冷やかすようなことを言う。あまりふざけたり、冗談を言う人ではないのに、これに関しては、ちょっと鼻につくくらいの頻度《ひんど》で言われる。

「もう三年近く経ってますから、新婚ってことはないです」

「まあねぇ……アンケートとっても、新婚ってのは一年、って意見が多いみたいだからねぇ」

菊田は、複合機から出てきた指示書をまとめて取り出し、用意してあった新しい封筒に収めた。これは朝の会議まで、菊田が預かっておく。

「主任……そんなアンケート結果とか、見るんですか」

余計な切り返しだったか、急に玲子の頰から笑《え》みが消えた。

「さてと。あたしはゆっくり、ホテルのお風呂に浸《つ》かろうっと。お疲れさま、また明日ね」

自分のバッグを引ったくるように持ち、肩に掛けながら、玲子は上座側の出入り口に歩き始めた。

「お疲れさまでした」

菊田の挨拶には、肩越しに手を振っただけ。もう玲子が振り返ることはなかった。

上着のポケットから、携帯電話を出してみる。受信メールがあることを知らせるランプが点き、数秒消え、また青白く光る。電源を入れ、メールソフトを開き、未読の一覧を見ると案の定、梓から三件入っていた。

【カズさん　お疲れさま。今帰ってきました。私は今週末、普通に休みが取れそうなので、着替えとか交換しに、そっちいこうか。前みたいに、デスクの人に預けといてくれればいいし。　梓】

【カズさん　四階の島崎《しまざき》さんから、ご実家から送られてきたもののお裾《すそ》分《わ》けって、殻付きの栗をいただきました。カズさん、栗ご飯って好きだっけ。着替え交換のときに、ついでに持っていこうか。皆さんで食べてもらえるくらい大量に作っちゃおうかな。　梓】

【カズさん　そろそろ寝ます。ごめんね、私一人で、広々とベッド使っちゃって。カズさんは道場だよね。腰とか痛めないようにしてね。皆様にもよろしく。　梓】

菊田が特捜入りすると、たいてい毎晩、梓はこういったメールを送ってくる。今夜の三件はさすがに多い方だが、少なくとも一件は必ずある。着替えの心配、寝る場所の心配、睡眠時間の心配、食事の心配。話題は主にそんなところだ。

一応、菊田も一件は返すようにしている。

【梓　栗ご飯食べたいけど、特捜は今五十人以上いるから。ありがとう。今度の在庁のときに、また何か。着替えは来週に入ってからでいいです。布団関係。防災グッズの簡易エアベッドとか、わりといいかも。　和男】

今くらいの、特捜設置直後ならまだいい。だが捜査が長引き、同じネタが多くなってくると、正直返信もつらくなってくる。しかも、梓は日常の出来事を書けるからいいが、菊田は書けない。いくら梓が同じ警察官だからといって、他部署の人間に捜査内容を漏らすわけにはいかない。マル被の住居近くを聞き込みして回ってたんだけど、マル被がよく買ってたカレーパンってのが、けっこう旨《うま》そうだったんだよね、などと書くわけにはいかないのだ。

さらにいうと、意識してなのか無意識なのかは分からないが、梓は絶対に、玲子についてはメールで触れてこない。仮に菊田が書いて送ったとしても、その返信に玲子についての記述はない。

むろん、気持ちは理解できる。

梓はおそらく、菊田が玲子を好きだったことを知っている。知っているというか、感じたと思う。

二年半前の「ブルーマーダー事件」の直後、菊田の入院先に玲子が見舞いにきてくれたことがあった。あのときが二人の初対面だったと思う。その次は、今夜のメールにあったみたいな、梓が特捜に着替えを届けにきたとき。そのとき菊田は特捜にいなかったが、玲子にはあとで「梓ちゃん、きてたよ」と言われたし、梓からも「姫川主任とお会いした」と聞いた。警視庁による林の公葬でも、二人は顔を合わせている。だから、最低でも三回は会ったことがあるはずだ。特捜に着替えを持ってきたのは一回ではないから、本当はもっとあるのかもしれない。ただ、梓から玲子を話題にすることがないので、分からないだけだと思う。

亭主が、昔好きだった女と同じ職場で働いている。普通に考えたら、妻は面白いはずがない。今でこそ二人の階級は一緒だが、以前は菊田の方が一つ下の巡査部長だった。そのときの関係性が、今も色濃く残っている。菊田自身、昔と同じように、いや、昔以上に玲子を支えたいと思っている。というか、そのために菊田は玲子の元に戻ってきたのだ。

だがそれをいったら、玲子を支えようとしているのは何も菊田だけではない。十一係の統括になってからは、日下もかなり玲子を気遣っている。

日下は、玲子がときどきタバコ臭いことが気になったらしく、菊田に「なんでだ」と訊いてきた。分からないと答えると、「じゃあ調べろ」と半ばキレ気味に命じられた。仕方なく玲子を尾行し、カフェの喫煙席にいたがタバコは吸っていなかった、と見たままを報告すると、納得したのかどうかは分からないが、一応「そうか」と頷いていた。

今回の湯田とのペアも、発案者は日下だ。前日に「葛飾に特捜を立てる。隣の亀有署には湯田がいる。湯田と姫川を組ませたいと思うが、お前はどう思う」と訊かれた。いいと思います、と素直に答えると、日下は「そうか、分かった」と満足そうに頷き、人差し指をピンと立てて去っていった。傍目《はため》には「1」と示したように見えただろうが、あれは日下なりの「シーッ」の合図だ。「姫川に余計なことは言うな」という意味だ。まあ、わざわざ言われなくても、そんなことを玲子に告げ口する気は、菊田にはない。

もし言いたい相手がいるとしたら、それは梓だ。

姫川主任っていうのは、確かに優秀な人なんだけど、危なっかしいところもあってね。周りの人間が、何かと支えてあげないと——。

いいや、それはよくない。美人って得ね、羨《うらや》ましいわ、などと自棄《やけ》気味に言われたら、菊田には返す言葉がない。

しかし、なくても何かしら返さなくてはならない。それが家庭内の日常会話というものだ。

そうかなぁ？　姫川主任、そんなに美人かな。

カズさんは、長く近くに居過ぎて、麻痺《まひ》しちゃってるんだよ。姫川さんって、けっこうな美人だよ。私もあんなふうに生まれたかったな。スラッと背が高くて、目鼻立ちもバチッと整ってて。頭もよさそうで。

いやいや、あれでね、けっこうオッチョコチョイっていうか、ヌケてるところもあるんだよ。

いいよね、そういうギャップもまた、モテる要素なんだろうな——。

駄目だ。どこをどう弄っても、梓が機嫌を損ねる展開しか思い浮かばない。

前日に決まった通り、菊田の組は、大村に個人情報を盗まれた可能性のある「ぴいぷる」の会員を当たり始めた。

菊田たちが受け持ったのは十七人。ただし、大村が不正使用したのが青砥駅北口店の端末だからといって、情報を盗まれたのが全員、青砥駅北口店の会員というわけではない。そこだけは面倒なことに「ぴいぷる」本社のデータベースと繋がっており、他の支店の会員も同様の被害に遭っている。菊田たちの受け持ちではないが、遠いところでは茨城県在住という会員もいた。

とはいえ、何も遠いところから当たる必要はない。近いところから始めて、早く何か摑めればそれに越したことはない。

菊田の相方、葛飾署強行犯係の内村《うちむら》巡査部長が案内してくれる。

「最初は、青戸五丁目、沼尾清太郎《ぬまおせいたろう》さん……三キロ近くありますから、タクシーでいっちゃいましょう」

「そうですね」

訪問先にはあらかじめ連絡を入れてある。固定電話にかけて、出てくれればそれが一番いい。

「警視庁の者ですが、レンタルビデオ店の登録に関して確認したいことがあるので、ご在宅であれば、今からお伺いしたいのですが」

注意深い人であれば、詐欺の可能性を疑うだろう。だから、具体的なことはお宅に伺ってから、身分証を確認していただいた上でお話しする、と言い添えておく。

さすがに最近は少なくなったが、それでもパスケース型の警察手帳を見せると、たまに「手帳じゃない、偽物でしょう」と言われることがある。たいていは刑事ドラマもあまり観ないお年寄りだが、そんなとき菊田は、できるだけ優しく「じゃあ、交番まで一緒にお散歩しましょうか。そこで、制服のお巡りさんに見てもらえば、本物かどうか分かりますでしょ？」と言うようにしている。たいていは交番までいかずとも、「あらそうなの、最近はこうなの」と納得してくれるが、本音を言えば、どうせ一度疑ったのなら最後まで疑い通してほしいと思う。交番までいって、制服警官の手帳と見比べて、本物かどうかを確かめてほしいと思う。それくらいお年寄りも注意深くなれば、振り込め詐欺の被害なども激減するはずなのだ。

その良し悪しはさて措《お》き、電話に出た沼尾清太郎は、

『ああ、そうですか……分かりました。昼までは家にいるんで、どうぞ』

そう答えてくれた。

訪ねてみると、沼尾宅はわりと新しめの一軒家だった。カメラ付きのインターホンがあり、それに映るよう身分証を持ちながら挨拶をする。

「先ほどお電話いたしました、警視庁の菊田と申します。清太郎さんは、ご在宅でしょうか」

《はい、ちょっとお待ちください》

答えた声は年配女性だったが、玄関先に出てきたのは黒いジャージ姿の若者だった。手持ちのリストには年齢も職業も載っていないので、どういう身分なのかは分からないが、歳《とし》の頃は大学生くらいに見える。今日、十月十日は金曜日。大きなお世話だろうが、大学生だとしたら、なぜこの時間に家にいるのだろう。授業はないのか。

「お休みのところ、申し訳ございません。警視庁捜査一課の、菊田と申します」

「葛飾警察署の内村です」

沼尾はしげしげと警察手帳を眺め、微《かす》かに口元をほころばせた。

「ああ、はい……警察手帳、本物、初めて見ました」

そう簡単に信用してほしくもないが、時間がないので本題に入る。

「あの、本日お訪ねしたのは、レンタルビデオの会員登録に関することなんですが。沼尾さんは、『ぴいぷる』というチェーンの会員になっていらっしゃいますよね。登録した店舗は、青砥駅北口店」

「ああ、はい、しました。よく、使いますけど」

「それはそれとして……最近、何か変わったことはありませんでしたか？」

沼尾は「は？」と首を傾げたが、無理もない。

もう少し詳しく話そう。

「実は最近、その『レンタルショップ・ぴいぷる』の会員情報が漏えいするという事件がありまして、その、情報漏えいした会員の中に、沼尾さんのお名前が……」

そう、菊田が言っている途中から、

「あ……ああ」

沼尾の顔面は崩壊を始め、それでも感情が上手く処理しきれなかったのか、玄関先であるにも拘わらず、

「アアアーッ、ンアアアアアーッ」

叫び始めた。

「沼尾さん、どうしました」

内村と一緒に沼尾の肩を押さえる。家の中からは「なに、どしたの、せいちゃん」と声がし、年配女性が慌ててこっちに出てこようとする。

沼尾は、右手を変なふうに、小刻みなチョップのように揺らしながら菊田の方を向いた。

「あの、あれ、ほら、あれっすよ、け……携帯電話ッ、あとカード、クレジットカード。なんか、全然知らないアレが、契約の、確認なんとかってのがきて、なんだこれって、なんかの間違いだろって放っといたら、なんか請求書がきて。知らねーわそんなのって電話したら、確かに契約されてますとか言いやがって、フザケんなテメェって、ちょうど昨日の夜、もう大喧嘩っすよ」

なるほど。大村はストーカー殺人だけでなく、不正契約詐欺まで働いていたわけか。

4

長井祐子は愛知県豊田《とよた》市出身。三日前、七日火曜日の午前中には両親が上京し、祐子の遺体を確認したという。

その状況を思い浮かべるだけで、玲子は胸が痛くなる。

両親は当然、悔やんでいるだろう。愛娘《まなむすめ》を東京になんて出すんじゃなかった、大学は地元の学校を受験させ、親元から通わせるべきだったと。だが、どんなに悔やんでも過去に戻ってやり直すことはできないし、どんなに考えても、何が不幸の始まりだったのかなど突き止めることはできない。

冷たいようだが、親元にいようが東京にいようが、事件に遭うときは遭う。被害者に、なるときはなる。こうしてやればよかった、あんなことさせなければよかったと悔やむのが親心であり、被害者が生きていれば本人も同様かそれ以上に悔やむだろうが、それらはすべて、まったくの無意味だ。暴行被害に遭い、死すら覚悟した玲子が言うのだから間違いない。

悪魔は、いつどこにいようと、向こうから勝手にやってくる。

どんな日常を送り、どんな将来を思い描いていようと関係ない。問答無用で人の命は奪われ、未来は闇に閉ざされ、心はズタズタに切り裂かれ、腐敗する。平穏を望む者は、悪魔に対してあまりにも無防備で、無力だ。悲しいことだが、それが現実だ。

だが、乗り越えてほしい。玲子は残された遺族にも、生還した被害者にも強く願う。乗り越えてほしい。犯人逮捕がそのきっかけになるのなら、自分は命懸けでその犯人を逮捕する。未来を生きるに値する社会だと思ってもらえるように、一人でも多くの犯罪者を社会から隔離し、必要とあらば死刑台送りにしてみせる。

だから、乗り越えてほしい。

犯罪に、犯罪者という悪魔に、負けてほしくない。この社会は、共に生きると誓い合った我々のものであり、共生を誓えないならず者のためにあるものなんて、砂粒一つない。犯罪をゼロにすることは決してできないけれど、でも命懸けで、一つひとつ潰していくから、減らしていくから、だから、乗り越えてほしい――。

そう、心の底から思ってはいるのだが、事件捜査という実務は、そういった熱意だけでは進捗《しんちょく》しない。

今、隣にいる湯田は携帯電話で電車のダイヤを調べている。捜査実務とは、こういった地味な作業の積み重ねでしかない。

「……次の次の常磐《じょうばん》線なら、余裕で乗れますね」

祐子の通っていた協立大学は、千葉県松戸《まつど》市にある。

葛飾署から協立大学にいくには、タクシーで綾瀬《あやせ》駅にいって常磐線に乗り、松戸駅で下車、あとはまたタクシーか徒歩ということになる。ただ祐子のマンションからだと、ひょっとすると京成本線を使うルートの方が便利なのかもしれない。どちらにせよ、祐子は四十分近くかけて大学に通っていたものと思われる。

常磐線には予定通り乗れた。

湯田はまだ携帯電話を弄っている。

「しかし……なんで祐子は、葛飾になんて住んでたんでしょうね」

その点に関してはまったく、玲子は疑問に思っていなかった。

「そりゃ、せっかく愛知から出てきたんだから、都内に住みたかったんでしょ」

「だったら、東京の大学にいけばよかったのに」

「受けたけど、落ちちゃったんじゃないの」

「だったら……自分だったら、松戸近辺に住みますけどね。けっこう便利だと思いますよ。

駅の近くなら」

そういう基準で部屋を選ぶから、留守中友達に、ラブホテル代わりに使われてしまったのだろう。

「そりゃ、駅の近くは便利だろうけど、家賃とか案外高いんじゃないの？　だったら、ちょっと離れてても東京で、そこそこ安くて、そこそこ便利な葛飾に住もう、みたいな」

どうも納得がいかないらしく、湯田が首を傾げる。

「葛飾区青戸って、そんなに家賃安いんですかね」

「いや、そこまでは知らないけど……」

そんな、内容もあるようなないような会話をしているうちに松戸駅に着き、

「どうします？　タクりますか」

「一キロもないんでしょ。歩こ。別に急いでるわけじゃないし」

あとは徒歩で協立大学まできた。

これから会う小林美波には、昨夜のうちに連絡を入れておいた。今日、金曜日は一限目の講義に出て、二限目は空いているというので、その時間に話を聞かせてほしいとお願いした。

電話口の小林美波は、友人が殺人事件の被害者になったというショックからだろう、非常に怯《おび》えた様子だった。

『あの……私も、裁判とか、出なきゃ、いけないんでしょうか』

「いえ、そういう可能性も、ないわけではないですけど、必ずってことではないです。お嫌でしたら、出廷していただかなくても、まったく問題ありません」

待ち合わせは、中央広場に面したカフェテリアの前に、十一時とした。

当たり前だが、玲子には美波の顔が分からないので、目印になる持ち物か何かを教えてほしいとも頼んだ。

『じゃあ……ギターのバッグを、持っていきます。フェンダーっていう、ロゴの入った』

「分かりました……フェンディの、ギターバッグですね」

『いえ、フェンディじゃなくて、フェンダーです。フェンダーっていう、ギターのメーカーの、ソフトケースです。黒い、ナイロン製で、ロゴは白で、大きく入ってます』

自分でも復唱していて違和感を覚えたが、なるほど。ネットで調べてみると、確かに「Fender」というアメリカのギターメーカーが存在するようだ。バッグの画像も検索したので、イメージはバッチリ頭に入っている。

玲子たちが待ち合わせ場所に到着したのは十時四十五分。美波らしき学生が現われたのは、その五分後だった。

わりと小柄な子が、確かに「Fender」とロゴの入った黒いケースを持っている。本来は背中に背負うものなのだろうが、見えやすいようにという配慮だろう。今は脇に抱えてくれている。

辺りにスーツ姿の男女は玲子たちしかいないので、美波もすぐに分かったようだが、礼儀としてこちらから声を掛ける。

「恐れ入ります……小林美波さん、ですか？　私、警視庁の姫川と申します」

ケースを両手で押さえながら、美波が頭を下げる。

「はい、小林です。すみません、なんか……こんなところまで、きていただいてしまって……」

もともと色白の美人さんなのだろうが、今は緊張しているせいか、蒼白《そうはく》と言っていいほど顔に血の気がない。

「いえ、こちらこそ。授業もおありなのに、お時間いただいてしまって申し訳ありません……どこか、落ち着いて話せるところは、近くにありますか。なんでしたら、駅の方にご存じのお店があれば、そちらでもいいんですが」

美波が、カフェテリアの出入り口に目をやる。

「あの、まだ、昼休みじゃないし、そんなに人もこないと思うんで、そこでよければ」

「はい、私どもはこちらでけっこうです」

三人で店内に入り、なるべく人のきそうにない奥の席を選んで座った。湯田が何を飲むかを訊くと、最初、美波は遠慮していたが、

「じゃあ……ミルクティーを……すみません。砂糖少量で」

何度も頭を下げながら、そう注文した。

湯田が買いにいっているうちに、玲子だけでも身分の確認をしておいてもらおう。

「電話でしかお話ししてないから、一応、こちらでご確認ください。改めまして、姫川です。警視庁刑事部の、捜査第一課という部署にいます」

手帳を開いて身分証を見せ、部署名も入った名刺を一枚差し出す。美波はきちんと両手で受け取り、また小さく頭を下げた。

「捜査、第一課……なんか、聞いたことあります」

「うん、ドラマとかで、一番よく出てくるやつだから」

「はい……なんか、そうかもって、思いました」

玲子は、壁に立て掛けたギターのケースに目をやった。

「バンド、やってるんですか」

「はい……サークル、軽音楽部なんで。下手なんですけど」

見た目、美波にバンドっぽさやロックっぽさはない。どちらかというと「大人しそうなお嬢さん」といった印象だ。

なので、ちょっと驚いた顔をしておく。

「へえ、いいですね。私は、楽器とか全然できないけど、できたら楽しそうだなって、いつも思って見てます。どんなの、やるんですか？」

ほんの少し、美波の表情が和《やわ》らぐ。

「今は……椎名林檎《しいなりんご》のコピーバンド、です。あと、トウキョウジヘンの曲も、やります」

椎名林檎は分かるが、「トウキョウジヘン」というのはなんだろう。漢字にしたら「東京事変」か。やけに物騒な字面だが、事件とは関係ないので、分かった振りで流しておく。

「いいですよね、椎名林檎。カッコいいですもんね」

「はい。もうファーストの、ムザイモラトリアムから全部、全曲大好きなんです」

もはや玲子にはチンプンカンプンだ。なんだって？　ムザイモラトリアム？　意味が分からない。

でも、助かった。いいところに湯田が帰ってきた。

「はい、どうぞ。こちらが、ミルクティーになります」

「すみません、ありがとうございます……いただきます」

ちなみに玲子はブラックコーヒー、湯田のはミルク入りのようだ。

ひと口飲んだら、もう本題に入ろう。

「……でも、長井さんは、軽音楽部じゃないんですよね」

「はい、祐子は……一年のときは、テニスサークルに入ってました。でも、わりとすぐ辞めちゃいました」

「お二人は、学部も違うんでしたっけ」

「はい。祐子は英米文学科で、私は、法律学科です」

「じゃあ、祐子さんとは、何がきっかけで友達になったの？」

「えっと……一年のときに、体育が一緒で。あと、第二外国語の、ドイツ語も一緒だったんで。それで、なんとなく」

体育って、妙に懐かしい。玲子は、走るのはあまり好きではなかったが、バスケットボールやバレーボールといった球技はわりと得意だった。単純に、周りの子より背が高かったから有利だった、というだけの話だが。

祐子と美波は、体育と語学の友達、と。

「じゃあ、一年生のときから、仲良かったんだ」

美波が、溜め息交じりに「そうですね」と漏らす。

「私には、一応、軽音がありますけど……でも、そんな、凄い一所懸命やってるわけじゃないし……特に、私の学年は上手い人が多いから、なんていうか……仲は良いですけど、そんな、私は、サークルどっぷりって感じじゃないんで。だから、なんか……祐子は、サークルなかったし……自然と、一緒にいることが多くて……」

気持ちは分かるが、まだ泣かせるわけにはいかない。

「長井さんは、ずっとあの、青戸のマンションに住んでたんですか」

こくん、と美波が頷く。

「はい。一年のときから、あそこでした」

「小林さんは、遊びにいったことは」

「それはもう、しょっちゅう……私、実家が東松戸《ひがしまつど》なんで、だから、一緒に東京に遊びにいって、帰り、面倒になると、そのまま祐子の部屋に泊まったり、よくしてました」

「だから、よく知ってたんだ」

「はい」

少々訊きにくいが、祐子と最後に会ったときのこともはっきりさせておこう。

「それと……長井さんとは、一日の夕方六時頃に、浅草駅付近で別れた、って聞いてますけど。それは間違いない？」

きゅっ、と眉間に皺が寄ったが、でも大丈夫。泣くほどではなさそうだ。

「はい……二人とも、食べ歩き、好きなんで。昼頃から、上野に遊びに出て、浅草に回って、テレビで見た、有名な、パンケーキのお店にいって……私は、家庭教師のバイトの予定があったんで、それが、大学の近くのお家《うち》なんで、銀座線の方が便利かなと……浅草の駅近くで、別れました」

「長井さんは？」

「たぶん、浅草線で帰ったんだと思いますけど、でも、まだ六時だったんで。もう少し一人でブラブラしてから、帰ったのかもしれません」

そうなると祐子は、美波と別れたあとで、他の誰かと会っていた可能性もあるわけだ。続けて訊いてしまおう。

「長井さんには、カレシとかいたんですか」

ピクッ、と右の眉が震えた。何かあるのか。

「……カレシ、は……最近は、いません」

「前はいたの？」

「一年のときの、テニスサークルで、ちょっと付き合った人はいたんですけど、その人と別れてから、サークルも居づらくなっちゃって、辞めた、みたいな……」

何か、微妙にはぐらかされた気がする。

ちらりと湯田に目をやると、玲子にしか分からない程度に、微妙に口を尖らせている。やはり、違和感を覚えたのは玲子だけではなさそうだ。

少し切り口を変えてみるか。

「そっか。サークルもやってない、カレシもいない……じゃあ、長井さんは普段、大学の勉強以外、何をしてたのかな。アルバイトとか、してたんですかね」

美波が左下、テーブルの角辺りに目をやる。何か思い出そうとしているのか、あるいは適当な説明を捻《ひね》り出そうとしているのか。この段階ではまだ分からない。

「短期の、バイトとかは、たまに……してたみたい、ですけど」

「どんな？」

「えっと……なんだったかな……ちょっと、覚えてないですけど」

嘘だ。バイトの職種を覚えていないというよりは、短期のバイトをしていたみたい、という行《くだり》から、もう嘘なのだと思う。

なぜだ。なぜそんなところで嘘をつく。

「長井さん、お金は持ってた方？」

「……お金、ですか」

「一人暮らしで、バイトもあまりしてなかったら……もちろん、ご実家が裕福で、たくさん仕送りしてくれるご家庭なら別ですけど、でも……ねえ？　普通の大学生って、バイトしてない人は、たいていお金に困ってるじゃないですか」

申し訳ないとは思う。可哀相だとも思う。こんな、取調べと同じやり方で、理詰めで追い込んでいくなんて、玲子だってできればしたくはない。でもこれは、殺人事件の捜査なのだ。

「小林さん。これは、とても悲しいことだけど……私たちは亡くなってから、長井祐子さんって女の子のことを知ったの。普段は何をしていて、何が好きで、何が嫌いで、将来、何になろうとしていたのか……そういうこと、何も分からないの。東京で一人暮らしをしていたわけだから、ご両親だって、最近の長井さんのことは、あまりご存じない部分もあると思うのね。もちろん……あなたが第一発見者になってしまったというのは、不幸なことだと思う。

でも、あなたが最初に見つけてくれて、よかった面もあると思うの。あなたは、祐子さんのことをよく知ってる。たぶん、一番よく知っている。違う？　あなたより、祐子さんのことをよく知ってる人っている？　いるんだったら、その人を私たちに紹介してもらえないかな」

美波の頬に強張りが現われ、下瞼から、透き通ったものが湧き上がってくる。もう、泣かれてもいい。泣いて済むことがあるなら、泣けばいい。その代わり、その涙の分だけ、真実を明かしてほしい。それが自分の役目であることを、悟ってほしい。

「……小林さん。あなたは、一日の夕方六時頃に祐子さんと別れて、翌日から彼女が学校にきてないことで心配になって、土曜、日曜をはさんで、月曜日の夕方に、彼女の部屋を訪ねたんだよね。私はね、それ最初、羨ましいなって思ったの。何曜日にどんな講義があるのか、いま私は知らないで話してるんだけど、でも、二日や三日学校で見かけないからって、わざわざ部屋まで……それも、あなたの家からしたら、学校からさらに遠いところに住んでる彼女の部屋まで、心配だって理由だけで、訪ねてるわけでしょう。いいな、そんな友達、私にはいなかったなって、ほんと、羨ましく思ったの」

すまない。いま話していて思いついたことを、少し厳しい訊き方になるかもしれないが、ぶつけたいと思う。

「でも、ひょっとしたら……美波さん。あなた、そもそも祐子さんを心配する理由が、何か他にあったんじゃないの？　だから、学校にこなくなって、すぐに心配になって、連絡をとって、でも返事がなくて、また余計心配になって……」

もしかすると、あれも関係あるのか？

「心配っていえば……美波さん。あなた、捜査に協力したら、のちのち裁判にも出なきゃならないんじゃないかって、私に訊きましたよね。それって、どういう心配なのかな。こんなに祐子さんのことを気に掛けていたあなたが、裁判なんて面倒臭いとか、そんなこと思わないよね。もっと、別の何かを心配していた……そういうことじゃ、ないの？」

図星《ずぼし》かもしれない。美波の涙は勢いを増し、息は乱れ、両手は震え始めている。

そうだ。この子は法律学科の学生だ。それくらい察しがついても不思議はない。

「ひょっとしてあなた……犯人に、心当たりがあるの？」

美波の両肩に、変な力が入ったのが見ていて分かる。湯田がハンカチを差し出しても、すぐには手を動かすこともできない。

「美波さんは法律学科だから、もちろん知ってるはずだよね。殺人事件を起こしても、殺したのが一人だったら、滅多《めった》なことでは死刑にはならない。無期懲役といったところで、事実上は有期刑。いつかはこの社会に戻ってくる。そうなったら……あなたが犯人を知っていて、それを警察に話したことがきっかけで逮捕されて、刑務所に入って、でも殺したのは一人だから、いつかは必ず出てくる、そうしたら復讐されるんじゃないか、裁判で顔を合わせたら、顔を覚えられて、付け狙われるんじゃないか……」

　玲子だって、こういった論法が「諸刃《もろは》の剣《つるぎ》」になりかねないことは承知している。だが、それを怖《おそ》れてばかりいたら社会秩序は保てない。

　ときには、一部の警察官の職務怠慢によって、守られるべき市民が守られず、事件に巻き込まれてしまうケースもあった。それを擁護《ようご》するつもりは毛頭ないが、逆に、守られるべき市民がきちんと守られたケースだって、実際にはたくさんあることを分かってほしい。警察は何もしてくれない、ということは絶対にない。ミスがあるのは事実、怠慢があるのも事実。しかし決して、それがすべてではない。

「美波さん。あなたには、私が約束します。誓います。あなたが何か供述したからって、そのことは犯人に……犯人かどうかもまだ分からないけど、絶対に、伝わらないようにします。分からないようにします。裁判にも出ていただかなくて大丈夫です。名前も出さないように、分からないように、配慮を徹底します。だから……だから、もし何か知っているんだったら、私を信じて、話してください。いま一番怖いのは、祐子さんを殺した犯人を、捕まえもせず、のさばらせておくことだと思うんですよ」

　美波の、肩の震えは止まらない。嗚咽《おえつ》もやまない。でも、必死で抑え込もうとしているのは分かる。戦っているのが、玲子には分かる。

　かつての自分が、そうだったから。

犯人と再び対峙《たいじ》するのが怖くて、事情聴取や裁判での証言が怖くて怖くて、もう、事件に遭ったことなんて忘れて、なかったことにしてしまいたかった。でも、ある一人の刑事に教えられた。戦って、その恐怖を克服しなければ、未来はないということを。

そして玲子は、戦うことを選んだ。犯罪と戦い続ける道を選んだ。それは間違っていなかったと、今も胸を張って言うことができる。むろん無理強いはできない。できないが、心を込めて、訴えたい。

一緒に戦うから、私も、命懸けで戦うから、だから、あなたも諦めないで――。

目を閉じたままの、青褪《あおざ》めた美波の唇が、ゆっくりと開く。

「……祐子は……私も、よく、知らないんですけど……コガって男と、なんか、付き合ってるっていうか……」

心の内で、ほっと安堵の息をつく。

よかった。勘違いじゃなかった。ここまで浴びせかけて、大学の食堂で女子学生を泣かせておいて、何もなかったらタダでは済まない。

とりあえず、続けさせなければ。

「コガ……下の名前は？」

「リュウ……リュウイチか……リュウヘイとか……」

「コガ、リュウイチか、リュウヘイ」

「リュウジ、かも……私に話すとき、祐子は普段、コガって、呼び捨てにしてて。でもときどき、リュウちゃんとも言ってたんで。その下は、よく……」

まあ、そんな名前ということだ。

「じゃあ、漢字はどう書くか、分からない？」

「はい、分からないです」

「何歳くらいの人？」

「三十、何歳か……すごい、年上だって言ってました」

「どういう男なのかな、その人は」

するとまた、美波の顔がクシャクシャと歪《ゆが》む。本当に、白い紙を丸めるように、美波の顔が小さくなって見える。

「……怖い人だって、言ってました……ヤクザじゃないけど、でも、怖い人なんだって……」

「祐子さん、なんでそんな男と付き合ってたの」

かぶりを振り、美波が辺りに涙を飛び散らせる。

「私も、言いました。そんな人と付き合うの、よしなよって……なんか、ぶたれることもあるとか、言ってたし……でも、好きなところもあるんだって。優しいときは、すごく優しいって……なんか、お金も持ってるし、周りの大学生と比べると、全然大人だし。なんか、そういう人と付き合ってることに、ちょっと、優越感持ってるとこ、あったみたいで……」

決定的なことを、一つ確かめておこう。

「美波さんは、そのコガと会ったことは？」

「ありません。祐子が、携帯で撮った写真を見せてくれたことは、ありましたけど」

それは好都合だ。

「じゃあ……ちょっとこれ、見てもらっていいかな」

玲子は、バッグから大村敏彦の写真を取り出した。「コガ何某《なにがし》」というのは偽名で、実は、祐子が付き合っていた男というのは大村である可能性も、あると思ったのだ。

美波に写真を向ける。

「その、携帯の写真で見た男っていうのは、この人じゃなかった？」

湯田が手渡したハンカチで目元を拭《ぬぐ》い、美波が、目を細めて写真を見る。

「……いえ、違います」

「よく見て。全然、似てもいない？　髪型とか、表情とか、そういうのが違ったら、実は似てたりしない？」

それでも美波は、小さくかぶりを振った。

「私が見せてもらった写真の男は、こんなに不細工じゃありませんでした」

それ、そこまでハッキリ言わなくてもよくないか。

5

目を覚ますと、夕方の四時を回っていた。勝俣は疲れると、たまに一人でラブホテルに入って仮眠をとる。窓がないこの手の部屋は、昼寝をするのに持ってこいだ。まあ、三回に一回くらいは女を呼ぶこともあるが、たいていは一人だ。今日も、一人だ。

なので、仕事の電話もここで済ませていく。

『はい、もし……』

「おい、ツブ、例の件はどうなってる」

相手は捜査一課強行犯捜査二係長の田西《たにし》。名字の通り、顔も性格もスッ惚《とぼ》けた男だ。

『ああ、佐久間健司の件ですか。あれはまだ、本所が独自にやってますよ。殺人か傷害致死か、はたまた過剰防衛か、微妙な線らしいです』

「それはこの前聞いたよ。その続きはどうなってんだ」

『それがねぇ、報告が、ないんですよねぇ……たぶん』

「たぶんってなんだ、ボケ。どうなってんだくらい突っ込んで訊いとけ、このロリコンハゲが」

田西は徹底した少女趣味で、女は若ければ若いほどいい、若ければブスだろうが馬鹿だろうがなんでもいい、というなかなかのマニアだ。今の三人目の女房も二十歳近く歳の離れたおデブちゃんだが、それでも二十代後半に差し掛かってきているので、田西は最近、また出会い系サイトで新しい女を物色中だという。つい先日も、いま付き合っている娘は十七歳の家出少女だと、えらく自慢された。もちろん、それが明るみに出たら今の職は失うことになるが、そこは勝俣がなんとか抑えて事なきを得ている。

この男は、どうもその辺の状況が分かっていないらしい。

「下のモンに任せんなよ。オメェが直接いって訊いてこい」

『いやぁ、勝俣さんは、そう簡単に仰いますがね。あれ仕切ってるの、実際にはニョロだっていうじゃないですか。私なんかじゃ、怖くて訊けませんって』

「ヘビが怖くてウナギが食えるか」

『それ……は、よく分かりませんけど。とにかく、報告があったらお知らせしますから、もうちょっと待っててください』

役立たずと長話をしている暇はない。電話はそこで切った。

佐久間健司殺害及び傷害致死容疑で逮捕されたのは、大村敏彦という三十二歳の男だ。大村はすでに送検され、今は十日間の第一勾留期にある。

佐久間の事件は今のところ、新聞でもテレビでも一切報道されていない。マスコミ関係にも探りは入れてみたが、報道規制とか、知ってはいるがネタが小さ過ぎてニュースにならないとか、そういう話ではない。単純に、何も知らされていないようだった。まあ、記者クラブなんてのはいつの時代も警察発表を垂れ流すだけだから、本所署が情報を出さなければ報道されなくても不思議はない。

さて、この一件。勝俣としては、どう片をつけるべきか。

このまま大村が起訴されて、殺人か傷害致死で実刑を喰らって、何年か大人しくムショ暮らしをしてくれるのなら、それでいい。あのヘビ野郎がせしめる三千万も、別に妬《ねた》むほどの額ではない。

問題は、それが上手くいかなくなったときだ。

腐った魚も、袋に入っていれば処理は容易《たやす》い。だが袋の底が破けて辺りに腐れ汁を撒《ま》き散らしてしまうと、後処理は何倍も面倒になる。最も賢明なのは魚を腐らせないことだが、それはいっても始まらない。勝俣のところにくる魚は、最初から全部腐っているのだ。考えるべきは最適な保存方法ではない。あくまでも処理方法だ。

この袋の底が破ける可能性があるとしたら、何が考えられるのか。それは勝俣にもまだ分からない。公判で検察の主張が引っ繰り返されることだってあり得るし、大村が突如、無罪を主張し始める可能性だって大いにある。そんな事態になってから、あのヘビ野郎の肛門に火の点いた爆竹《ばくちく》を捻《ね》じ込んだところで意味はない。やるなら今だ。今、最善の策を講じるのだ——などと、珍しく真面目に考えていたら電話がかかってきた。

『……もしもし。勝俣さんですか』

よりによって、ご本人様からだ。

「んあ、なんの用だ。まさか、威勢よく断ったコンビニの巻き寿司が、今になって惜しくなったんじゃねえだろうな」

『余計なことしないでもらえますかね』

この野郎。

「オメェよ、ちったぁ口の利き方に気をつけろって言ってんだろ」

『死神がこっちにきましたよ。大村に会わせろって』

死神？　姫川玲子が、本所署にいったのか。

「なんだそりゃ」

『勝俣さんが入れ知恵したんでしょう』

「知らねえよ。なんの話だ」

『姫川は今、葛飾の特捜で女子大生殺しを調べてます。そっちでも大村の名前が出たようです。今、下手な横槍《よこやり》入れられたくないんですよ。しっかり処理しといてください』

フザケんなよ、こら。

「おい、人にものを頼む態度か、それが」

『よろしくお願いしますよ、勝俣先輩』

それを捨て台詞《ぜりふ》に電話を切ったヘビ野郎の態度にはむろん腹が立ったが、それよりも、この厄介な事案にまた、あの姫川玲子が絡んできた驚きの方が勝俣には大きかった。お陰で、大村の取調べの進捗については訊きそびれてしまった。

しかし大村に、佐久間とは別の殺人容疑か。

最終的に、佐久間もその女子大生も殺したのは大村だ、となるのなら問題はない。あるいは、佐久間を殺したのは大村だが、女子大生殺しの犯人は違った、というオチでも勝俣は一向にかまわない。マズいのは、女子大生を殺したのは大村で間違いないが、だとすると大村に佐久間を殺すのは不可能だ、となるパターンだ。それだけは、なんとしても避けたい。佐久間殺しの犯行時刻、大村にはアリバイがあったとか、佐久間殺しを否定し得る決定的な証拠が出てきてしまうとか、その手の可能性はいくらでも考えつくが、とにかく今回ばかりは、姫川に花を持たせてやるわけにはいかない。

あの女に、腐った魚の袋を触らせてはならない――。

とはいえ、個人的な事情を言えば、できるだけ姫川とは関わり合いになりたくない。下手に死神と関わればこっちの命が危なくなる。しかも、なんというか、そろそろ自分の順番なんじゃないか、みたいな、嫌な予感が漠然とある。勝俣だって、死ぬのは人並みに嫌だ。特にあの女のせいで死ぬのなんて、まっぴらご免だ。絶対に嫌だ。

なんとかあの死神と関わり合いにならず、しかも鴨志田の要求を満たす方向で、事件を落とし込むことはできないものだろうか。

そうはいっても、今すぐいいアイデアは浮かびそうにない。姫川が調べているという葛飾の事件について情報を仕入れ、整理し、最適な落とし処《どころ》を探る必要がある。そう、少し冷静になって、発想を切り替えてみるのがよさそうだ。

よし。とりあえず女を呼ぼう。

そもそも誰が一番の厄介者かといったら、それは鴨志田勝ということになる。

鴨志田は姫川と違い、死神ではないのかもしれないが、でも充分、疫病神《やくびょうがみ》ではある。あの男と知り合いさえしなければ、勝俣だってもうちょっとまともな警察官人生を歩んでいたはずだ。女房とも離婚せず、娘の教育にも熱心で、それなりに出世もして、部下にも慕われ――まで言ったら嘘臭くて、想像するだけで虫唾《むしず》が走るが、でも普通に捜査だけをしていれば、自分なら警視総監賞の五回や六回は授かっていたのではないかと思う。

事の起こりは、かれこれ二十年ほど前にさかのぼる。

当時、勝俣は三十四か、いってても三十五歳くらいだった。警部補試験に合格し、昇任配置で城東署《じょうとう》に異動になって、確か一年くらい過ぎた頃だ。

仕事は普通にしていた。勝俣の言う「普通」とは、他の刑事のおよそ倍くらいだ。聞き込みも調べものも、何もかも徹底的にやり通した。現場には誰よりも早く駆けつけ、鑑識がモタモタしていれば手伝いもした。捜査中は可能な限り、毎日現場に足を運んだ。犯人を見つけたら、泥棒だろうが人殺しだろうが、全力で追いかけてとっ捕まえた。意外に思われるかもしれないが、二十年前は足も速かった。不良少年と駆けっこになってもたいていは追いついた。脚力が落ちたのはその後、本部の公安部に配属されてからだ。

そう。勝俣の警察官人生において、公安部への配属は最も大きな転機といえるが、それに深く関わっていたのが、他ならぬ鴨志田勝だった。

始まりはなんてことない、よくある侵入窃盗事件だった。

被害者家族は年末年始、田舎にいっていて留守をしていた。帰ってみたら一階の和室の窓が割られていて、手提げ金庫と引き出しにしまっていた現金数万円、夫人の宝飾品が六十万円相当、息子に買い与えたばかりのパソコンなどが盗まれていた。

「パソコンってのは、こういう、テレビと本体の箱と、タイプライターが別々になったやつですか」

「いえ、ノートパソコンです」

一体型の、テレビがフタになって平たく畳める、あれか。

「お値段は、いかほどでしたか」

「秋葉原で割り引いてもらって、七十万円ちょうどでした」

顔にこそ出さなかったが、宝石より高いじゃないか、と内心驚きで一杯だった。ただ事情を聞き進めてみると、なるほどと合点がいった。

被害者である松島哲郎《まつしまてつろう》は大蔵省、今でいう財務省の官僚で、東大に通う息子は十九歳の二年生だという。勉強のためならパソコンくらい何台だって買ってやる、だからお前も役人になれ、それもできれば俺のような大蔵省の官僚になれ、というのが、松島哲郎の教育方針のようだった。個人的な印象でいえば、普通に嫌な奴だ。

「今どき、パソコンくらい自在に扱えないと、まともな仕事はできませんからね。なので、どうせなら最新型がよかろうと思って、奮発して買い与えたんですが……まさか、盗まれるとは思いませんでした。こうなると、持ち運びに便利なノート型より、セパレートなデスクトップにしておいた方がよかったんですかね」

知るか、とは思ったが、その場は「そうかもしれませんね」と返すに留めておいた。

幸いパソコンの個体番号は保証書から判明し、宝飾品に関しても詳細を聴き取り、それをもとに勝俣が、自ら質屋を回って贓品《ぞうひん》捜査を行った。二ヶ月近くかかったが、この事件も自らの手で解決することができた。

犯人は二人組だった。しかも夫婦者。夫が盗み出す間、妻は外で見張りに立っていたという。その後、二人で質屋に盗品を運び、妻の名義で質入れをした。用心深いんだか間抜けなんだか、よく分からない夫婦だった。余罪も少なからずありそうだった。

しかし、本当に問題なのはこの泥棒夫婦ではなかった。むしろ、被害者である松島哲郎の方だった。

侵入盗事件から何ヶ月か経った頃。勝俣は、隣接する葛西《かさい》署に設置された強盗殺人事件の特捜本部に、応援で入った。所轄署の刑事として、しかも隣の城東署から手伝いできているだけだから、そんなに「おいしい」捜査範囲は割り当てられるはずもない。

勝俣と、小松川《こまつがわ》署のデカ長のコンビが命じられたのは、事件現場から三百メートルほど離れた住宅地での地取りだった。

「地取り」とは「事件現場周辺での聞き込み」を意味する。三百メートル離れた住宅地って現場周辺か？　という疑問は大いにあったが、意見できる立場でもないので、勝俣たちは黙って割り当てられた仕事をこなした。

事件当日、当該時間はどこにいたか、何をしていたか、何か変わったことはなかったか。何十人、何百人と同じ質問をして回った。相手によっては質問の仕方を変えた。家の前で日向《ひなた》ぼっこをしているお年寄りには、天気や当たり障りのない世間話から始めた。飲食店の店主や従業員には前置きなしで、いきなり事件について何か知っていることはないかと尋ねた。

誰も、何も、事件については知らなかった。近所で強盗殺人事件があったことすら知らない人も少なくなかった。だからといって、刑事の側が「この人も何も知らないだろうな」などと思ってしまったら負けだ。この人は知っているかも、本人は気づいていなくても、重要な手掛かりとなる何かを目撃しているかも。そう自らに言い聞かせて、辛抱強く聞き込みを続けるしかない。

そうしていれば、たとえ事件とは直接関係なさそうな話でも、聞けるときがくる。

その情報をもたらしてくれたのは、冷蔵ショーケース一台分の間口しかない、小さなサンドイッチ専門店の女性店員だった。

「事件とは関係ないかもしれないですけど、そこのマンション……そう、あの、五階建ての、わりと新しい……ああいうの、なんていうのかな……裏風俗、っていうのかしら。そんな感じの女の子が、何人もいるんですよ。ちょっと派手なね、化粧の濃い娘たちが。たぶん、中国人なんじゃないかな。日本語、あんまり喋れないから。カツサンドとミックスサンドが人気ですけど、フルーツ系もね、デザート感覚なんじゃないですかね。仲間の分も、まとめて十個とか、よく買いにきますよ」

葛西署に確認してみないと分からないが、おそらくこの場所で風俗店を営むことはできない。そういった仕事の女性が居住することはむろん問題ないが、マンション内で客をとっているとなると、都の条例違反の可能性が出てくる。

その女性店員の言う通り、そこで風俗店が違法営業しているかどうかは、目下捜査中の強盗殺人事件とは関係ない。相方のデカ長とも相談し、この話は捜査会議で報告することも、報告書に記すことも控えることにした。この段階では、単なる噂話に過ぎなかったからだ。

ただ、個人的には気になっていた。

その日から勝俣は、夜の捜査会議終了後に葛西署を抜け出し、一人で例のマンションの出入りを見張るようになった。一応、相方のデカ長にも声は掛けたが、「本件とは関係ないでしょう」と渋い顔をされたので、それ以上は誘わなかった。自分の所属の管内ではないのだから無理もない。勝俣ですらそう思った。

そんな夜だけの、しかも単独の張り込みでも、四日も五日も続けていれば段々とマンションの出入りがどんなものか分かってくる。そもそも五階建ての全十四戸だから、さして難しい仕事ではない。

あのサラリーマンは三階、三〇三号の住人。ハンチング帽をかぶっている初老の男は、二階の角部屋の住人。派手なニットを着た中年女性は、近所のスナックのママ。作業ツナギにジャンパー姿で帰ってくる男は五階の五〇一号。時間帯もあるのだろうが、子供の出入りはまったくなし。

しかしそれらとは別に、確かにマンションから出ていく若い女性たちの姿が目についた。サンドイッチ屋の店員の言葉通り、派手な服を着、派手な化粧をしている。彼女らは、勝俣がくる前にマンションに入り、仕事を済ませて帰っていくのだろうか。

さらに、スーツ姿の男が一人、ないし二人でマンションに入り、一時間か二時間で出てくるのも何度か目にした。派手な女性たちが帰っていくのは、決まって彼らよりもあとだった。

おそらく、外国人女性を使った裏風俗というのは間違いない。もう少し探って、決定的証拠とはいわないまでも、客観的に示せる材料が得られたら、葛西署の生活安全課に教えてやろう——そう、勝俣は思っていた。

だが、客であろう男たちの中に、あの松島哲郎がいることが分かった段階で、勝俣は考えを変えた。というか、ただの都条例違反では済まないかもしれないとの疑いを持った。

大蔵省の官僚が、外国人女性を使った裏風俗に通っている。しかも松島は同じ年頃の、五十歳前後の男に連れられてきていた。知的な雰囲気で、かつ気の強そうな顔つきの男だった。最悪のケースを想定した。

もし、あの男も中国人だったら、どうなる。

まもなく葛西署の特捜は強盗殺人犯を検挙し、事件は解決を見るに至った。そうなれば特捜は解散、捜査員はそれぞれの所属に戻ることになる。勝俣にとってそれは、城東署刑事課の通常勤務に他ならない。だが勝俣は、以後もマンションの張り込みをやめなかった。それに留まらず、マンションに出入りする男たちの身元を、一人ひとり洗い出していった。

結果、恐ろしいことが分かった。

松島哲郎の他にも、外務省や文部省、今でいう文部科学省の官僚たちがその裏風俗を利用していたのだ。それだけではない。あの、松島をマンションに案内していった男、あれが中国大使館、正確にいうと中華人民共和国駐日本国大使館に出入りしていることまで確認できた。

勝俣が頭に描いた絵図は、こうだ。

中国の駐日外交官のように見えるあの男は、実は中国人民解放軍に属する工作員で、日本の省庁の官僚をハニートラップに掛け、スパイに仕立てようとしている。外務官僚を抱き込めば、外交交渉において中国側に有利な情報を引き出せる。文部官僚は、おそらく歴史認識に関わる教育問題辺りが狙いだろう。大蔵省に至っては、日本国の財布そのものを握っているわけだから、その中枢に喰い込めば、自動的に日本という国のありとあらゆる情報を手に入れられる。下手をしたら、日本の国家予算が中国にかすめ取られる可能性だってないとは言えない。

ここまでやってみて、ようやく勝俣は肚を決めた。

これは、一刑事の手に負える事案ではない。

勝俣は取り急ぎ一連の経緯を報告書にまとめ、城東署刑事課長と警備課長、警備課公安係長にそれぞれ提出した。二週間ほどして、公安係長から「本部で扱うことになった」と聞かされはしたが、しかしそれ以後は特に何もなく、関連がありそうなニュースが世間を騒がせることもなかった。

その後、しばらくは特捜に呼ばれることもなく、城東署管内で起こる小さな事件の捜査に奔走する日々が、かれこれ三年ほど続いた。

そろそろ、城東署からも異動になる時期だった。次はどの辺りだろう。考えても意味はなかったが、もう少し都心に近い、忙しそうなところがいいな、くらいのことは思っていた。

だが、直後に勝俣が受け取った人事異動通知書には、あまりにも意外な部署名が書かれていた。

【所属職名　警視庁城東警察署
氏名　勝俣健作
階級　警部補
異動内容　警視庁公安部勤務を命ずる。】

目を疑わずにはいられなかった。警視庁に奉職《ほうしょく》してこの方、交番勤務以外は刑事しかやったことがなかった。それがいきなり、公安部とはどういうことだ。刑事部の間違いではないのか、とも思ったが、それはないようだった。

翌週から勝俣は、桜田門にある警視庁本部の所属になり、公安部公安第一課第六係の主任として勤務することになった。

最初の一ヶ月は右も左も分からず、係長から指示された対象者をただ尾行したり、建物に出入りする人物のチェックをしたりするだけだった。だが慣れてしまえば、それもさして難しい仕事ではなかった。要は立件ではなく、継続的な監視をすればいいのだ。もっと大雑把にいえば、犯罪を犯す可能性の高い人物や団体が、公安一課ならば極左の過激派が、悪さをしないように見張っていればいいわけだ。

そして、公安部にきて半年ほどが経った頃。

突如、勝俣は公安一課長に呼び出され、本部に上がった。しかし勝俣に用があるのは課長ではなく、別の人物らしかった。指定された会議室で待っていると、やがてえらく血色のいい、見るからに高級そうなスーツを着た男が入ってきた。

「……やあ、勝俣さん。久し振り」

久し振りと言われても、その顔に覚えはない。でも偉そうな男なので、一応、失礼のないように挨拶はしておいた。

「警視庁公安部の、勝俣です」

男は、満面に笑みを浮かべて頷いた。

「知ってるよ。だって、あなたを公安部に引き上げたのは、私なんだから」

男が警察関係者というのは間違いなさそうだが、制服を着ているわけではないから、いくら見たところで階級など分かるはずもない。

「あの、大変、失礼とは存じますが……」

「うん、いいよ別に。気にしないで。それよりさ、あのレポート、物凄く面白かったよ。大変参考になりました」

もう何年も経ってはいたが、でもすぐにあの一件ではないかと思い当たった。松島哲郎ほか数名の官僚が、中国外交官のハニートラップに掛かっていると報告した、あれだ。

男は内ポケットから名刺入れを取り出した。

「いや、久し振りって言われても、あなたの方は困っちゃうよね。でも私は、ほら、例のレポートも読んでるしさ、遠くからではあるけれども、ずっとあなたのことを見てきたから、勝手に親近感持っちゃってるところ、あるんだよね……ご挨拶が遅れました。私、カモシダマサルと申します」

差し出された名刺には【公安調査庁　調査第二部　公安調査管理官　鴨志田勝】とあった。おそらく、警察庁から公安調査庁に出向中ということだろう。

鴨志田が続けた。

「あのレポートを受け取ったとき、私はちょうどここの公安外事二課長でね。公安部員でもない、ただの刑事が……あ、ただのなんて、失礼な言い方だね。撤回させてちょうだい……でも所轄署の刑事さんがさ、ここまで詳しく調べて知らせてきてんのに、お前ら何やってんだ、この件、ちゃんと把握してたのかって、どやしつけてやったよ。それから、だよね。あなたから目が離せなくなっちゃったのは」

そう言われても、勝俣は正直、むず痒《がゆ》さと薄気味悪さしか感じなかった。男、鴨志田勝の妙に朗《ほが》らかな様子も、その得体《えたい》の知れなさを覆い隠す灰色のベールにしか見えなかった。初めて会うタイプの男だった。

何者だ、この男——。

そしてこのとき、勝俣は決定的なことを言い渡された。

「勝俣ちゃん……お前の面倒は、これから俺が見るから。よろしくな。頼りに、させてもらうぞ」

声が、まるで別人のそれに聞こえた。姿形は変えないまま、その中身だけが入れ替わったかのようだった。いや、入れ替わってすら、いなかったのかもしれない。喩えるなら、騙し絵のからくりに気づいたときの感覚、だろうか。目の前にある絵柄は同じなのに、それの示す真の意味に気づき、ぞくりとする、あの感覚に似ていた。

こいつは、とんでもねえ化け物だ――。

灰色のベールはいつのまにか失せ、鴨志田の背後にある闇の深さ、その強大なうねりまで、垣間見《かいまみ》た気がした。

この日から勝俣の、警察官人生の転落は始まったといっても過言ではない。

第三章

1

皮肉にも、俺は初海がいなくなって初めて、初海の家に上がることになった。

厳密に言うと、それまでにも二回だけきたことはあったが、一度目は借りっ放しだった古文のノートを返しに、二度目は英語のプリントを借りるだけだったので、二回とも用は玄関先で済んでしまった。

本当は初海の部屋にも入ってみたかったし、俺の部屋にも呼びたかったけれど、あまりにも近所過ぎて気恥ずかしかったというのと、あとやはり、ずっと部活で忙しかったのとで、なかなかそんな機会は持てなかった。それと、初海の親と顔を合わせる気まずさというのも、当然のことながらあった。

その日、俺が通されたのは一階のリビングだった。印象としては、俺の家と大差ない、ごく普通の中流家庭といった感じだった。父親が警察官だから、と感じさせるものは特になかった。

L字形に置かれた布張りのソファ。正面にあったテレビはまだブラウン管式だった。ちょっと変わってるなと思ったのは、そのテレビの右側に水槽があったことだろうか。何を飼っているのかは訊かなかったが、水草が何本か泡に揺れていた。ポンプか何かのモーター音が終始鳴っていたのも、覚えている。

初海の母親が紅茶を淹れてきてくれた。持ち手と縁が金色で、花柄が入ったティーカップだった。初海がそれで紅茶を飲む姿を想像してみたが、あまり似合わない気がした。もっと単色でシンプルな、大き目のマグカップを両手で持って飲む方が、初海には合っているように思った。

父親、庄野正彦が、母親を見る。

「お前は、下がっていなさい」

母親は眉をひそめた。その表情は、初海がするそれと、どことなく似ていた。

「でも……」

「いいから。大丈夫だから、下がっていなさい」

母親は俺に小さく頭を下げ、下がっていった。俺も、なんとなく倣《なら》うように頭を下げ、だがすぐ、ティーカップに目を戻した。

「どうぞ、召し上がってください」

「はい……どうも。じゃあ……いただきます」

ひと口だけ飲んではみたが、味なんてなんにも分からなかった。ただの赤いお湯だった。

庄野正彦は、よく見ると優しそうな顔をしていた。目の形が、少し初海と似ているように思った。

「江川くんは、ずっと部活が一緒で、初海とは、親しくしてくれていたんですよね」

これくらいの歳の男といったら、当時の俺は父親と学校の先生くらいしか知らなかったが、それと比べても、声が柔らかく、とても穏《おだ》やかな人物であるように感じられた。

「はい……あ、いえ、こちらこそ」

正彦はゆっくりと、一つ頷いた。

「実は、家内から、聞いているんです。その……つまり、部活友達という以上の、お付き合いをしていただいていたようだと」

別に、謝らなければならないようなことは何もしていなかったが、でも、ぼんやりとした後ろめたさはあった。すぐには返事もできなかった。

正彦は続けた。

「朝のジョギングも、実は、ずっと一緒だったんだと……初海は、江川くんのことが、とても……うん、好きだったようです。家内には、よくそんな話を、していたみたいです。またあなたも、同じように、初海を想ってくれているようだと……そう、私どもは、認識していたのですが」

認識、というひと言に違和感は覚えたが、率直に言ってもらえたお陰で、先の後ろめたさはいくらか薄らいだ。

「……はい。あの」

「いえ、いいんです。そんな、初めて会った大人に、こんなことを面と向かって言われても、困りますよね……分かります。こちらこそ、こんな、探るような訊き方しかできなくて、ごめんなさい。ちょっと、事情が事情なもので」

正彦の穏やかさ、真面目さは充分伝わってきた。それだけに「事情が事情」という言葉が、俺には重く響いた。

「あの、それは……」

正彦が目を合わせてくる。

「ええ。こういうことは本来、私が申し上げるべきことではないし、あなたのような……仮に初海と、友達以上のお付き合いを、していただいていたお相手だとしても、やはり、申し上げるべきではないのかもしれない。でも……私は、時間が惜しい。居ても立ってもいられないとは、こういうことなんです。だから、包み隠さずに、お話ししたいと思います。その上で、何かご存じのことがあれば、お伺いしたい」

次第に、ザラザラとささくれ立っていく正彦の声音《こわね》が、俺をひどく不安にさせた。

俺はこれから、何を、聞かされるんだ。

「今月、一月九日の夜から、初海の行方《ゆくえ》が分からなくなっています」

その日は一月三十一日だった。

「そのとき、私はまだここに戻っていませんでした。初海はちょっと走ってくると、ナイロン地の、黒色のスポーツウェアの上下を着て、二階から下りてきたそうです。家内は、夜だからよしなさいと言ったようですが、初海は、二十分で帰るからと、スニーカーを履いて、出ていったそうです。二十一時を少し過ぎた頃です。しかし三十分経っても、一時間経っても初海は戻らない。二十二時頃には私も帰宅し、すぐに近所を捜して回ったんですが、初海は見つかりませんでした。私は県警に連絡を入れ、事情を説明し、所轄署に出向いて、捜索願を出しました」

初海が学校にこなくなって、ちょうど三週間。いなくなったのは、その前日。

「初海は、走るのに邪魔だからと、財布も家の鍵も持たずに出ていったそうです。出ていったとき、玄関の鍵を閉めたのは家内です。なので、家出ということは極めて考えづらい。そういった兆候も、普段の様子からはまったく感じられなかった。受験勉強のストレスは、多少はあったのかもしれないが、でもそれを理由に家出するような娘ではない。それは、あなたもご存じだと思います」

頷くしか、なかった。

「事故か事件に、巻き込まれた。そう、考えざるを得ません。しかし、初海がいなくなった夜に、この近くで交通事故が起こったという記録はない。そうなると、子供が所在不明になったとき……十八歳の娘を『子供』と呼ぶかどうかは別にして、やはり考えられるのは、営利誘拐です。しかしこれまで、身代金を要求するような連絡は、一切入っていません。なんの連絡もないまま、すでに三週間です。営利誘拐という線も、いよいよ考えづらくなってきました」

言葉の端々《はしばし》に、やはり、この人は警察官なのだなと、窺わせるものがあった。

そんな俺の気持ちを、正彦は見透かしたのだと思う。

「……警察官の娘が行方不明だというのに、警察は何をしてるんだと、思われるかもしれませんが、組織というものには、いろいろと、面倒な決まり事や、事情がありまして。決して、何もしてくれていないわけではないんです。やれることは、やってくれている……でも、結果が出ない。今は、そういう状況です」

こんな話が聞きたかったわけじゃない。そう思う一方で、父親であるこの人だって、したくてこんな話をしているのではないだろう、とも思った。

短く、正彦が溜め息をつく。

「……恥ずかしながら、私には捜査経験というものがない……つまり、刑事をやったことがない、ということです。管理部門、と聞いても、ピンとはこないかもしれませんが、要するに、警察官としては、裏方仕事を長年、やってきたわけです……まあ仮に、刑事の経験があったところで、失踪した身内を警察官として捜索するということは、やはりあり得ないわけで……つまりこの件において、私は、他の多くの方と同じように、ただ娘の姿を見失ってしまった、一人の、父親に過ぎないんです」

日が陰り、室内が、徐々に暗くなってきた。

正彦の表情も、少し見えづらくなっていた。

「それでも、届出をした所轄署には、何人か知り合いがいるので、問い合わせは続けています。その知り合いには何度か、直接会いにもいっています」

受け取った名刺には【埼玉県浦和東警察署】と書いてあった。ここは朝霞市。最寄りの警察署は朝霞署。つまりこの人は、この地域の警察官ではない。だから、自分では自分の娘の捜索ができない。そういうことらしかった。

「すると……まあ、簡単に言えば、初海の失踪はちゃんと捜査していると、単なる失踪という以上の規模で、専門部署が捜査をしていると、いうことを、教えてくれました」

やはり、これ以上この話は聞きたくない。そう思った。

営利誘拐かと思ったらそうではなく、単なる失踪でもない、専門部署が捜査をするような、そんな「事故や事件」って、なんだ。

いや、だから、知りたくないんだ。聞いてしまったら、もしかしたら、もう全部、終わってしまうかもしれないじゃないか。

誘拐じゃないのに、三週間も戻ってこないなんて、初海の身に、一体、何があったっていうんだ。

「さらに私は、その捜査の専門部署の関係者と接触を図りました。向こうは、あまり会いたくなかったと思いますが、それでも、幹部の一人が会ってくれました。その幹部は一つだけ、重要な見解を示してくれました」

俺は、最悪のひと言を覚悟した。それを聞いてしまったら、俺はもう二度と、初海には会えないということを、認めざるを得なくなる。聞かなければ会える、わけではないけれど、でも、聞いてしまったら、それは決定的になる。

しかし、正彦の口から語られたのは、俺の想定とはまったく異なる見解だった。

「初海は……北朝鮮の工作員に、拉致《らち》された可能性があると」

声は出なかったが、俺は、目では聞き返していたと思う。

北朝鮮？　工作員？　拉致？　もう、まったく意味が分からなかった。授業をもっと真面目に受けて、新聞も読んでいれば理解できたのだろうか。いや、この時代、まだ北朝鮮による日本人拉致は、今ほど話題にはなっていなかったと思う。

それでも正彦は続けた。

「それが本当だとすれば、確かに、一警察署や、県警本部レベルで解決できる問題ではないのでしょう。ましてや、私のような捜査経験のない警察官に、どうこうできる事案ではないのかもしれない。でも……じゃあ何もしないでいろと、しないでいられるのかと、そんな馬鹿な話はない。経験があろうがなかろうが、やるんです。私は私で、初海を捜すんです。ひょっとしたら、初海はまだ日本国内にいるかもしれない。今ならまだ間に合うかもしれない」

正彦の目に、溶けた鉄のような熱が宿るのを、俺は見た。

「だから、江川くんも協力してもらえないだろうか。あなたは、私たちが知らない初海を知っている。何も、特別なことでなくてもいい。初海とどこを走り、どこに腰掛けて休憩をし、ひょっとしたら誰かに話し掛けられたり、よく見掛けたり、すれ違う人だっていたんじゃないかな。どんな些細《ささい》なことでもいい。初海と過ごした時間、一緒に見たもの、聞いたもの……一緒のときでなくてもいい。初海の言っていたこと、他の友達と……そう、江川くん以外の友達でもいい。何か知っていそうな子がいたら、その子からも聞いてみたい。頼む……私たちには、時間がないんだ」

この人は、狂い始めている。そう思った。

だから俺も、一緒に狂うしかなかった。

この頃、俺は初めて「勉強」ということをしたのだと思う。中間試験とか大学受験とかいう類のものではなく、自分が進むべき道を見定めるための、本物の、命懸けの勉強だ。

最初は北朝鮮の正式な国名も知らなかった。「朝鮮民主主義人民共和国」とあるのを見て、「なんだ民主主義か」とか、「共和国って、意外と平和そうだな」などと思うレベルだった。

しかしかの国が、我が日本国や西側諸国とは相容《あいい》れない共産主義国家であること、金《キム》一族と朝鮮労働党による一党独裁体制下にあること、朝鮮半島の南半分、大韓民国とは今も休戦状態にあること、日本とは国交がないことなど、知れば知るほど、事態が深刻であることが分かってきた。

また一九七〇年代から八〇年代にかけて、北朝鮮から送り込まれた工作員と、「土台人《どだいじん》」と呼ばれる在日朝鮮人の協力者、さらには共産主義を標榜する日本の左翼過激派らにより、日本人の拉致が多数行われてきたことも分かってきた。

ここで注意しなければならないのは、これをもって在日朝鮮人を押しなべて犯罪者のように、北朝鮮工作員の協力者のように思い込むのは間違いだ、ということだ。「土台人」は在日朝鮮人のほんの一部に過ぎない。しかも、工作員に協力したのは土台人だけではない。れっきとした日本人である、「よど号グループ」と呼ばれた左翼過激派も同じように協力、ときには実行すらしていたのだ。問題は朝鮮人か日本人か、ではない。北朝鮮の工作員に協力し、拉致の実行に手を貸したのかどうか。その一点に尽きる。

もう一つ。一般的に、北朝鮮による日本人拉致は八〇年代で終わったかのように思われているが、本当はそうではない。拉致された人たちが日本に帰国できていない、という現状もそうだが、実際には、九〇年代に入ってからも拉致は続けられてきたと考えられる。ただ事件が新しければ新しいほど、北朝鮮による拉致と断定する材料は少ない、よってなかなか断定するには至らない、というだけのことだ。

たとえば、北朝鮮から逃げ出してきた、いわゆる「脱北者」が、何年もかかって日本にたどり着き、北朝鮮国内で見知った日本人拉致被害者の情報を、日本の捜査機関に提供したとする。これは大変勇気ある行動であるし、極めて貴重な情報であることは間違いない。しかし、それはもう何年も前の話である、というのもまた一方にある事実だ。

拉致された日本人が、長い間北朝鮮国内で生き長らえ、そこで出会った朝鮮人のごく一部の人たちが命懸けで脱北を試み、さらにその一部の人たちだけが生きて国を出ることに成功し、そのまたごくごく一部が韓国や日本にたどり着き、ようやく「〇〇さんを見た」という情報が一つ伝わり、「〇〇さんは北朝鮮に拉致された」と認知されるようになる。逆に言ったら、最近拉致された人の情報が日本側に入ってくるのは、また何年も、ひょっとしたら何十年も先になるかもしれないのだ。いや、情報など入ってこない可能性の方が、むしろ高いのかもしれない。

そういった情報がない場合、拉致された人たちは日本国内ではどう扱われるのか。

単なる「失踪者」だ。

初海は、まさにそうなりかけていた。

初海について覚えていることは、すべて正彦に話した。

「税大《ぜいだい》研修所前」交差点で待ち合わせ、陸上自衛隊朝霞駐屯地の周りを一周して別れる。休憩はほとんどしなかったし、いつも同じ人とすれ違う、ということもなかった。ジョギング中ではないけれど、初海の家の先にあるファミレスには、何回か一緒にいった。図書館の近くの公園で、一時間くらい話し込むこともよくあった。

一緒に走ってくれと正彦に頼まれ、初海としたのと同じ場所、同じ時間に待ち合わせ、同じコースを走った。初海とのときと比べるとペースはだいぶ遅かったが、正彦は満足げだった。

ただ、俺の心境は複雑だった。

初海の話をすればするほど、俺の中では、初海が思い出になっていく気がした。いま初海はこの街にいないという事実を、繰り返し繰り返し、自身に言い聞かせているように思えてならなかった。

やがて、初海がいなくなってから半年が過ぎた。

俺は大学に通い始めたものの、勉強にもバレーボールの部活にも、まるで身が入らなかった。先輩や同級生と話していても、頭の中はいつも初海のことで一杯だった。

今こうしている間も、初海はあの、貧しい北の荒野で泣いているに違いない。何をされ、何をさせられ、どんな思いをしているのかなど、想像したくもなかった。ただ、泣いていると思った。

ずっとずっと、初海は海の向こうで泣いていた。

いつもいつも、初海は俺の中で泣いていた。

泣きながら、俺に訴えてきた。

江川くん、助けて。早く、助けにきて、江川くん——。

こんなことをしている場合ではないと思った。大学もバレーボールも、もうどうでもよかった。初海を助ける、拉致被害者を救出する、そのことばかりを考え続けた。でも、何から始めていいのか、まるで分からなかった。

そういったことについても、正彦とはよく話し合った。場所は、初海とよくいった公園だったり、初海の家だったり、いろいろだ。その日は初海の家の、あのリビングでだった。

正彦はもう、ほとんど警察には期待していなかった。

「警察は、国内の治安を守るのが仕事だ。日本国内であるならば、相手が誰であろうが、人さらいを放っておいたりはしない。捜査をし、所在を特定し、生存を確かめたら、人員を揃え、救出作戦を練り、実行に移すだろう。だが、こうも時間が経ってしまうと……国外に連れ去られてしまったら、正直、警察では打つ手がない」

本職の警察官である正彦にそう言われると、どうにも腹が立って仕方がなかった。

「じゃあ、どうしたらいいんですか。だって、あっちの警察に捜索を頼んだって、意味ないわけでしょう。拉致自体、あの指導者の命令でやってるんだから、現地警察がそれを捜査するなんて、あり得ないでしょう」

そのときはまだ、北朝鮮は「国として日本人を拉致した」と認めていなかったが、拉致被害者家族や、その他の関係者は「これは北朝鮮の、国家ぐるみの犯罪だ」という認識で一致していた。そして俺自身、自分はもう「その他の関係者」に含まれると思っていた。

正彦が眉間《みけん》に皺《しわ》を寄せる。この半年で、彼はだいぶ老《ふ》けた。

「可能性があるとしたら……自衛隊、ということになるだろうな。海外では、こういったケースに対応するのは軍隊だ。中でも、人質救出任務を担《にな》うのは特殊部隊だ。警察の特殊部隊ではなく、軍隊の、それも陸軍に属する、特殊部隊だ」

勉強の成果か、そのことは俺も薄々分かっていた。

大雑把に言えば、軍隊とは攻撃能力はもちろんのこと、輸送、通信、炊飯、補給、医療など、直接戦闘とは関係ない能力までを備えた、自己完結型の組織だ。なぜなら、それらがなければ敵地に攻め入り、継続的に戦闘行動をとることができないからだ。よく自衛隊関連の報道で「後方支援」という言葉が出てくるが、まさにそういうことだ。第一線で戦闘行動をとるのだけが軍隊ではない。後方支援部門まですべて備えて、初めて軍隊と呼ぶことができるのだ。

ただし、通常はこれが分業化されている。戦闘は戦闘部隊が、通信は通信部隊が、補給は補給専門の部隊が行う。

しかしこれを、すべて内包した少数精鋭部隊が存在する。それが、いわゆる「特殊部隊」だ。

敵陣に入り込み、孤立無援の状態でも、継続的に戦闘行動をとることができる。移動も、通信も炊飯も医療も、必要とあらば食料の調達すらも敵地で行える、完全自己完結型の部隊だ。国外に連れ去られた国民の救出任務を担《にな》えるとしたら、そういう部隊しかない。

だがこれには、大きな問題がある。

「でも、今の自衛隊に、特殊部隊はないんですよね」

正彦は頷いた。

「確かに、今はない。ただし、警視庁には非公式にせよ、人質救出作戦を遂行できる特殊部隊が存在する。警察にはあるのに自衛隊にはなくていいのか、という議論が最近になって、防衛庁内部から出始めていると、私はある関係者から聞かされた。拉致被害者を取り戻すには、自衛隊内に特殊部隊を設置する以外、ないのではないかと……私は今、そう思っている」

問題はまだ他にもある。

「でも、自衛隊に特殊部隊を作っても、それで北朝鮮まで人質を救出しにいける、ということには、ならないんじゃないですかね」

正彦が、ハッとしたように俺を見た。

「利嗣くんは、ほんと……最近、よく勉強しているね。それはつまり、あれだろう。憲法九条がある限り、自衛隊が他国の領土に入って、戦闘行為に発展する可能性がある、救出作戦を遂行するなど不可能だと、そういうことだろう」

俺は大きく頷いてみせた。

1．日本国民は、正義と秩序を基調とする国際平和を誠実に希求し、国権の発動たる戦争と、武力による威嚇《いかく》又は武力の行使は、国際紛争を解決する手段としては、永久にこれを放棄する。

2．前項の目的を達するため、陸海空軍その他の戦力は、これを保持しない。国の交戦権は、これを認めない。

これを読んでしまったら、自衛隊が拉致被害者を救出にいけるなどとは、とてもではないが思えない。

「そういう、ことです。特殊部隊の設置と、憲法改正と、どっちの方が時間がかかるのか……俺も、勉強し始めたばかりなんで、詳しく分かんないですけど。でも、憲法改正の方が、全然大変そうじゃないですか。戦後、日本は一度もやってないんでしょう。そんなの……ちょっとやそっとじゃ、無理なんじゃないですかね。それをしないで、特殊部隊だけ作っても、結局、なんにもならないんじゃないかな、って」

「確かに、普通はそう考えるよな。ただ、拉致問題について真剣に考えてくれている有識者の中には、ちょっと違った意見を持つ人もいる。憲法九条の制約があっても、今ならば……北朝鮮が、日本人拉致を国家犯罪と認めていない今ならば、逆に自衛隊による人質救出は可能なのではないかと」

残念ながら、この時点ではまだ、俺は彼の言うことの意味を理解できなかった。

2

あれはもう、一年半ほど前のことだ。

玲子は一度、被疑者も逮捕された傷害・殺人事件の後処理をさせられに、班員三人と本所署に送り込まれたことがある。なんでそんな、終わりかけの事案を捜査一課がやらなければならないのか、と疑問には思ったが、実際本所署まできてみると、それも無理からぬことと納得した。いや、納得というよりは、同情に近かったかもしれない。

本所署には当時、消費者金融を狙った連続強盗殺人事件を捜査する、千葉県警との合同捜査本部が設置されていた。これにごっそりと人員をとられ、本所署はすでに三ヶ月、三班体制で本署当番を回しているということだった。

本署当番とは、要は宿直だ。所轄署の内勤者は通常、六日に一回本署当番に入る。六日に一回の泊まり、これが「六班体制」だ。これが倍のサイクルで回ってくる「三班体制」が如何《い》に過酷《か》かは、もはや説明するまでもないだろう。

朝八時半に勤務し始め、普通の日勤日なら夕方の十七時十五分で勤務終了だが、当番日は翌朝の八時半まで、休日が絡めば十時半まで勤務は続く。だが、ここできっかり勤務が終わることはむしろ稀《まれ》で、急ぎの書類だってあるし、簡易裁判所にいかなければならなくなることだって、取調べをしなければならない場合だってある。結局、帰れるのは午後から夕方。帰宅して風呂に入って食事をして、寝て起きたら、また八時半からの通常勤務。その翌日はまた本署当番で泊まり。日勤、当番、明け、日勤、当番、明け、延々とこれの繰り返し。日勤が休みになるかならないかは、はっきりいってその前日の状況次第。それが、あの時点ですでに三ヶ月も続いていたというのだから、気の毒としか言い様がない。

そのときの刑事課強行犯捜査第一係担当係長が、越野忠光警部補だった。

「刑事課は……正直もう、みんな倒れる寸前です。なので、本部の方に、そういう性格の事案ではないと、言われればそれまでなのですが……現在もマル被の監視には、無理を言って、警備の係員についてもらっています」

その一件は姫川班で丸ごと引き受け、きっちり解決もさせた。越野担当係長にはあのときの貸しがある。それを今、返してもらおうと思う。

携帯電話の番号は分かっている。

『……もしもし』

六回コールしたあとの、このひそめた声。ディスプレイに出た玲子の名前を見て、慌てて廊下まで出て通話ボタンを押した。おそらく、そんなところではないか。

「もしもし、捜査一課の姫川です」

『はい、ご無沙汰……でも、ないですか』

「ええ。一昨日、そちらに伺いました」

『一瞬、こちらをご覧になりましたね』

「越野さんがいらっしゃるかどうか、確かめたかったので」

『そんな気がしました。目が、合いました』

玲子は、知識人ぶって「世の中には二種類の人間がいる」と語り始めるあれが、実を言うとあまり好きではない。だが今は、あえて言いたい。

世の中には二種類の人間がいる。玲子の言うことを聞いてくれる人と、聞いてくれない人だ。この越野忠光という男は、間違いなく「聞いてくれる人」に入る。

そう、玲子は確信した。

「越野さん。あの……サクマケンジ殺しについて、なんですが」

『はい、そうだろうと思いました。でもあれ、本当に知能班の連中が囲い込んでて、全然、私たちには触らせないんですよ』

「じゃあ、越野さんもマル被の大村敏彦については、何もご存じない？」

『分かりません。ちらっと、調室に入るときに見た程度で。しかも、どういう調べをしているんだか、妙に静かなんですよ。普通、近くで聞き耳を立ててたら、何を喋ってるか分かるじゃないですか』

分かるというか、むしろ筒抜けが当たり前だ。

「逮捕されて、何日ですか」

『ちょうど一週間です』

第一勾留期。送検は済んでいる。

「越野さん。一つ、お願いがあるんですが」

『はい。なんでしょう』

「サクマケンジ殺しの、公判担当検事の名前、調べられますか」

『まあ、留置係に訊けば、分かると思います。地検まで、付き添いでいってるんですから』

「お願いできますか」

『分かりました。三十分……余裕を見て、一時間ほどいただけますか。調べたら、この番号宛てにメッセージをお送りします』

きっちり一時間後、越野は玲子の携帯にメッセージを送ってきてくれた。

【お疲れさまです。佐久間健司殺害事件の担当検事は、東京地方検察庁　公判部　武見諒太です。】

ありがたい。これで一歩前に進める。

しかし、武見《たけみ》諒太《りようた》か。知らない名前だ。

聞き込みや書類仕事の合い間に電話をしてみたが、武見とはなかなか直接話をすることができなかった。女性の検察事務官は『折り返しお電話いたしましょうか』と言ってくれたが、その折り返し電話にこっちが出られない場合もあるので、またかけ直しますとだけ言って電話を切った。

ようやく話ができたのは、十三日の月曜日になってからだった。体育の日で祝日だったが、逆にそれがよかったのかもしれない。

「もしもし。捜査一課の姫川と申します」

『あ、はい、ちょうどよかったです。今、代わります』

ようやく取り次ぐことができて、事務官もなんだか嬉しそうだった。

『……はい、武見です』

冷たい、まではいかないけれど、でも低めで、冷静沈着といった印象の声色だった。歳の頃はどうだろう。玲子よりは上、でも日下よりは下、くらいだろうか。

「警視庁捜査一課の、姫川と申します。すみません、何度もお電話してしまって」

『いえ、こちらこそ。なかなか出られなくてすみませんでした……しかし、姫川さん。あなた、なかなかいい声をしてますね。芯が通っていて、バイオンが豊かで、透明感がある……うん、とても、いい声だと思うな』

バイオン、ってなんだ。

「それは……どうも」

『で、なんでしたっけ』

なんだろう。この人とは、会話のリズムに微妙なズレを感じる。

「はい。実は、佐久間健司殺害事件の公判は、武見検事が担当されると聞きまして。まず、その点を確認させていただいてよろしいでしょうか」

『うん、よろしいですよ。その件は、俺がやります。間違いなく』

「ちなみに、被疑者の大村敏彦とは、お会いになりましたか」

『会ってない。新件調べで回ってきた調書を、読んだだけ』

「弁護士は」

『なし。今のところはね』

回答が早いのはありがたいが、でもやはり、リズムが合わない。何かこう、無視しようにも無視できない違和感を覚える。靴の中に入ってしまった、小さな石ころみたいな。

「武見さんは、どう思われますか、この事件」

『そりゃ、まだ分かんないよ。だって、新件調べだけだもん。あっちだって、逮捕して一日取調べしたら、もう送検でしょ。やったの、やってないのって訊いて、やりました、ってだけなんだから……それよりも、一つ訊かせてもらっていいかな。姫川さん、今どこ』

今いるこの場所についてなら、恵比寿《えびす》駅の、山手《やまのて》線のホームということになるが、そういう意味ではないようだった。

『本部で在庁？　それとも、どっかの特捜？』

「ああ……葛飾署の、特捜本部です」

『あれか、女子大生殺しか』

「そうです」

『それでなんで、佐久間健司の事件について知りたいの。個人的な興味？　それとも、その二件には何か関係でもあるの』

武見は回答も早いが、質問する側に回ってもテンポが速い。しかも、基本的に早口だ。玲子はかろうじて大丈夫だが、公判などでは聞き返されることも多いのではないだろうか。誰もが武見と同じテンポで考え、議論を進めていけるわけではないと思う。

それはさて措《お》き。

「実は……こちらでも、被疑者として大村の名前が挙がっておりまして」

『ああ、そういうこと。だから会いたいのね』

「ええ、まあ、会えるものなら会いたいですけど、でも難しいようなら、せめて大村に関する情報を得られたらと」

『そんなの、本所署の連中から聞けばいいじゃない』

「普通はそうなんですが、どうも……この件に関しては、本所署の協力は得られそうにないので」

『あ、そうなの。姫川さん、今夜時間ある？』

「は？」

あと一分で電車がくる。もう、あまり時間はない。

「夜は、捜査会議が」

『それ、絶対に出ないとダメ？』

「絶対、というわけでは、ないですけど」

『じゃあさ、今夜は所轄の相方にでも任せて、休みなよ。西麻布《にしあざぶ》にさ、カーブドエアってバーがあるから、そこでどう』

カーブドエア。曲がった空気、という意味か？

「ということは、私一人で、ということでしょうか」

『そう。だって、二人でくるってことは、それは正式な捜査の一環ってことでしょう。そうしたら、俺も表向きの、当たり障りのない話しかできないよ。でも姫川さん一人だったら、他にも解釈の余地がある。俺だって、個人の裁量ってもんを、拡大して話すことができる。情報交換って、元来そういうものでしょう』

どこか、論議のボタンを掛け違っているような気がしてならないが、何しろ今は時間がない。

「分かりました、西麻布のカーブドエアですね。何時に伺えばいいですか」

『何時でもいいよ。できるだけ早くおいで』

武見はそう言って、自ら電話を切った。

携帯で【西麻布　カーブドエア】を調べてみると、住所は西麻布一丁目、最寄り駅は六本木《ろっぽんぎ》のようだった。オフィシャルサイトを開くと、最初に【Curved Air】のロゴが大きく現われる。片仮名表記は【カーヴド・エア】だ。

いやいや。そんなことより問題は営業時間だ。

【PM9:00～CLOSE】

玲子のスケジュールに照らすと、なんとも中途半端としか言い様がないが、仕方がない。

「康平、悪いけど今日、一人で会議に出て」

「分かり、ました……でも逆に、主任、一人で大丈夫ですか」

「何が」

「いや、なんか、さっきの電話、主任ちょっと、顔が引《ひ》き攣《つ》ってましたよ」

よく見てるな、まったく。

「大丈夫。マル被やマルBに会いにいくんじゃないんだから」

湯田とは新宿駅で別れ、その後は一人で時間を潰した。

六本木に着いたのは十九時半。有名なカフェチェーンの喫煙席に座り、持出可能な資料と手帳を開いて、また性懲《しょうこ》りもなく、林だったらどうするだろう、どこに穴を見つけるだろうと考え始めた。資料と手帳をしまって、化粧室にいったのが二十時半頃。ちょっと早いかな、とは思ったが会計を済ませて、カーヴド・エアの場所を確認したのが二十時四十五分。

近所を二周くらい歩いて、とりあえずいってみるかと思ったのが、開店の七分前。

エレベーターでビルの三階。ドアは一つだけなので迷いようもない。すでに【OPEN】のプレートが出ている。

ドアを開けると、

「いらっしゃいませ」

わりと若い女性の声と、ゆっくりめのジャズに迎えられた。

出入り口から見える場所に、長めのバーカウンターがある。その中で、ワイシャツに黒色のベストを着用した女性が、グラスを一つひとつ丁寧に、カウンターに並べている。ハーフアップにした長い黒髪をまとめているのは、リーフの形をした金色のバレッタ。あれ、簡単そうでいい。

「こんばんは……」

二、三歩入ると、すぐに店内が見渡せた。

そこそこ派手な装飾の店だった。アイランドテーブルは、それ自体が照明になっており、ぼんやりと淡い光を放っている。長いソファと、そこに置かれたクッションはナイトブルーのビロード。バーカウンターと、その向こうの壁はグレーの石目調。

カウンターの先、少し奥まったところには小さめのボックス席がある。そこに一人、男がいた。真っ直ぐ左手を挙げ、玲子に掌《てのひら》を向けている。

あれが武見諒太か。

「失礼します……」

カウンターの女性に会釈《えしゃく》しつつ、奥の席に向かう。彼女も待ち合わせだと聞いていたのだろう。玲子に「どうぞ」と言いながら、笑みを返してきた。

大袈裟に組んでいた脚を解き、男がソファから立ち上がる。こっちはワインレッドのビロードだ。若干嫌らしくはある。

「あの、失礼ですが、たけ……」

「武見です。お待ちしてました」

細いフレームのメガネ。毛先を遊ばせた、やや長めの髪。明るいグレーのスーツに、大きめのドットが入った濃紺のネクタイ。背は、百八十センチちょうどくらいか。

武見は、テーブルに置いていた名刺入れを左手ですくい上げた。

「初めまして」

差し出された名刺に、特に新しい情報はない。普通に、東京地検公判部の検事だ。

「ありがとうございます。本日は、急にお時間頂戴《ちょうだい》いたしまして、すみません。警視庁捜査一課の、姫川です」

逆に、武見は玲子の名刺をじっと見ていた。刑事の名刺なんて、今さら珍しくもなんともなかろうに。

武見は、いかにもフィットネス通いをしていそうな、引き締まった体形をしていた。検事というより、遊び好きのぼんぼんといったイメージだ。歳は、どうだろう。四十代、前半にも後半にも見える。

「どうぞ、掛けてください」

「はい、ありがとうございます」

まだ、玲子の名刺を見ている。

「玲子のレイは……綺麗の『麗』じゃ、ないんですね」

よく言われる。というか、そんなに熟読して、それか。

「でも、武見さん、よく私だって、お分かりになりましたね」

「ええ。知り合いに、背が百七十センチくらいある、犬顔の美人だって聞いてましたから」

思わず「は？」と、眉を段違いにして聞き返しそうになった。確かに、自分でも猫顔だとは思わないが、でも、犬顔なんて言われたのは初めてだ。

「はは……私、犬顔ですかね」

「うん。もちろんブルドッグとかじゃないよ。たとえば、ゴールデンレトリーバーとかさ」

褒めてるのか貶《けな》してるのか、微妙な線だ。

「……それって、単に大きい、ってだけじゃ」

「うん、そうかも」

なんだこいつ。普通にムカつく。

武見はバーカウンターに向け、また左手を挙げた。

「姫川さん、なんにします」

「あ、私は、勤務中ですんで」

「通常勤務は夕方五時十五分まででしょう。その後は飲むのも仕事の内だよ。下戸《げこ》なら無理には勧めないけど」

この男は、何か魂胆《こんたん》があってこういう話し方をしているのだろうか。まったく意図が摑めない。

「じゃあ……赤ワインを」

「銘柄は」

「お任せで」

すぐにカウンターの女性がきた。

「えっとね、こちらにお勧めの赤ワインを……ごめんね。俺、ワインって全然分からないんだ。俺は、ブラックブッシュ、ダブルのロックで。あと、ハムとチーズとドライフルーツとナッツ……姫川さん、お腹空いてる？」

駄目だ。やはり、どうしてもリズムが合わない。

「……いえ、そんなには」

「ナポリタンとか食べる？」

「そんなの、あるんですか」

「ないよ。じゃあ、アンチョビのピザね」

今のところ、大村の情報に行き着くまでどれくらいの時間がかかるのか、まったく見当もつかない。訊いたらすぐに答えてくれる気もするし、長々と引き延ばされた挙句に、はぐらかされて終わりのような気もする。

武見が、テーブルに置いていた玲子の名刺をポケットにしまう。

ても不思議はない。

「姫川さんって、あれでしょ……『ストロベリーナイト事件』とか、やったんでしょ」

どういう知り合いに聞いたのかは知らないが、まあ、有名な事件ではあるから、知ってい

「ええ、やりました」

「あと、あれ。池袋の、取り込み詐欺のやつ」

そっちは、けっこう小さな事件だが。

「よくご存じですね。あんな事件のこと」

「うん。でも、自分が会う人の情報くらい、事前に仕入れるのは当たり前のことでしょう。あと、なんでヒラ警部補のまま捜査一課に戻ってきたのか、とか。けっこう、興味深い経歴の持ち主だよね、姫川さんって」

マズい。武見がどこまで自分のことを知っているのか、これまた見当がつかない。逆にこっちは、まったく武見について調べてなどこなかった。迂闊といえば迂闊だ。煙たい喫煙席で資料など読んでいないで、可能な限り武見について情報収集すべきだった。まだまだ、林の境地にはたどり着けそうにない。

武見が、小さく右頬を持ち上げる。

「そんなに、怖い顔しなさんな。俺は、あなたに興味を持っているし、電話で少し話しただけだけど、好意だって持ってるんだよ」

分からない。武見の真意も、話の行き先も。

「……それは、どうも」

「あなたみたいな女性が、なぜ刑事になったのか。弱冠二十七歳で警部補になったにも拘わらず、なぜ警部にはなかなか昇任しないのか。独身でいる理由は。数々の難事件を解決に導いてきた、その原動力とは一体、なんだったのか」

周りで、上司や部下が次々と死ぬのは、なぜか。

「……いいね、その目」

恩人も、愛した人も、みんな死んでしまう。

「吸い込まれそうになる」

武見の言葉は、耳に届いていた。意味も理解できた。でも、それに自分がなんと答えたのか、自分では聞こえなかった。トランペットかサックスか、うねるような旋律《せんりつ》が服の上からまとわりついてくる。

飲み物と、ドライフルーツが運ばれてきた。

乾杯をした。ワインも、ひと口飲んだ。だがそのひと口で、何かが体から、抜け出てしまったように感じた。

いや、体ではないかもしれない。心と脳を繋ぐプラグのようなものが、抜けてしまったのかも。思考回路が接触不良を起こしている。

「姫川さんは、大村について知りたいんだよね。俺は、申し訳ないけど、彼について多くを知らない。でも、ちょっとクサい事件だなと、思ってはいたんだ。刑事部に……もちろんウチのね、地検刑事部に、少し丁寧に見るようには言っておいた。ただ、結局のところ……下手な証拠と調書を喰わされて、恥を掻くのは俺自身だからね。ある程度、自分で納得できるところまで調べてみようと思ってたんだ。俺、刑事部が長かったからさ。捜査は、決して嫌いじゃないんだ」

武見が、ぐっと身を寄せてくる。

「……あなたにその気があるなら、俺は、組んでもいいと思ってるんだ。どうする」

検事が、別件を捜査している刑事と、組む？

3

大村敏彦によって盗み出された、レンタルショップ「ぴいぷる」会員の個人情報は百三十三人分。特捜の捜査員がこれらを虱潰《しらみつぶ》しに当たり始めたのが、十月十日の金曜日。菊田たちの受け持ちは、その内の十七人。

当初、四日もあれば当たり終わるだろうと思っていたが、甘かった。金、土、日ときて、今日、十三日が体育の日で祝日。週末と三連休が連結したせいか、どうにもアポイントがとれず、今日夕方の時点で聴取し終えたのは十人ちょうど。明日丸一日を使っても、残りの七人全員に会えるとは到底思えなかった。

これではマズい。せめてもう一人、今日の内にがんばって会いにいこう。そう相方の内村巡査部長と励まし合い、幸いにして関根久美《せきねくみ》という世田谷区在住の女性が都合をつけてくれ、話が聞けることになった。

自宅まで訪ねて事情を説明すると、二十三歳と若いこともあり、レンタルショップの登録情報が漏れたことにはショックを受けていたが、

「……え、クレジットカードとか、携帯電話ですか？　いえ、別に、そういうのは、特にないですけど……うん、ないですね。郵便物も普通にチェックしてるんで、それはないです」

実被害はないということで、最終的に本人は「安心しました」と言っていた。菊田たちにしてみれば、決して彼女に被害に遭っていてほしかったわけではないが、やはり、若干の肩透かし感は否《いな》めない。

内村巡査部長も、浅く溜め息をついていた。

「ま、何もなくて、よかったですよね」

「そういうこと、ですね……じゃ、もう上がりますか」

最寄り駅の祖師ケ谷大蔵《そしがやおおくら》まではタクシー、そこから小田急《おだきゅう》線に乗って、葛飾署の特捜に戻ったのが二十一時半。捜査会議はすでに終盤に差し掛かっていた。

別に、遊んでいて遅くなったわけではないので堂々と入っていけばいいのだが、やはり、大勢が揃っている会議にあとから参加するというのは、なんとなく気が引けるものだ。最後列を迂回《うかい》し、気持ち背中を丸くしながら窓際を通り、前から三列目の定位置を目指す。

その途中で、菊田は気づいた。

玲子がいない。湯田はいつもの席に座っているのに、その隣は空席になっている。たまたま今、何かで中座しているというのではなさそうだ。菊田、内村の席と同様、会議開始前に配られた資料がそのままテーブルに載っている。そういった資料も、警察では前後左右の席と完全に同じ位置に置くよう指導される。よって開始前は、資料が机上に、タイルの如《ごと》く綺麗に並ぶことになる。玲子の席のそれは、菊田の席とぴったり同じ位置にある。玲子はまだあれを触っていない、つまり戻っていないということだ。

ようやく自分の席にたどり着いた。

それとなく後ろを見て、中松と目を合わせる。どういう意味か、中松は小首を傾げてみせた。今のところ特に重要な報告はない、ということか。それとも、玲子が戻っていない理由は分からない、という意味か。

会議自体はその後、特に大きな進展もなく終了した。菊田組と同様に「ぴいぷる」の会員を当たっている組から、携帯電話の不正契約が一件、新たに報告されたが、中松に確認すると、どうもそれが今日一番のネタだったようだ。

「そうですか……でもこれ、穿《ほじ》れば穿るほど、殺人班の仕事じゃなくなっていきますよね」

「まったくだ。どうせ最後は、二課に引き渡すんだろう。なんでその下調べを、俺たちが……とか、思っちゃいけねえんだろうけどな。上も、さっさと二課にくれてやりゃあいいのに」

中松の階級は巡査部長だが、菊田にとっては大先輩、まだ新米刑事だった大森《おおもり》署時代に面倒を見てくれた恩人だ。捜査や会議が終われば、二人の関係はすぐに先輩後輩のそれへと戻る。

「ちなみに、姫川主任は戻ってないんですかね」

また中松が小首を傾げる。さっきのあれは、やはり玲子の不在についてだったらしい。

「湯田くんが言うには、アポのとれた会員と待ち合わせてたんだけど、その相手がこなくて、でも姫川主任は、もう少し待ってみるって、相手は女性だから一人でいいって、それで彼だけ上がってきた……みたいな話だったけどな」

菊田は「すんません」と中松に断わり、湯田の席を見た。そこにはいなかったが、講堂を見回すと、下座の出入り口付近、弁当を受け取る列の中に湯田の姿があった。

おかしい。旧姫川班時代がそうだったように、湯田はこの特捜でも、会議が終わったらいつも必ず、「このあと、どうします?」と菊田に予定を訊く。玲子がいないからといって、一人で特捜の冷えた弁当をもらいにいくとは、らしくない。

菊田が近づいていく間も、湯田はこっちを見ようとしない。これだけの体格の男が早歩きで向かっていくのだ。知り合いでなくたって、なんだろう、誰だろうくらいの目は向ける。だが湯田はまるで気づかぬ振りで、列の先を見ている。今日のおかずはなんだろう。そんな、子供じみた芝居を続けている。

「……康平、ちょっといいか」

近くまでいって、そう菊田が声を掛けて——湯田は、まるでいま初めて気づいたと言わんばかりの表情を浮かべた。

「ああ、菊田さんも、弁当にしますか」

「いいから、ちょっとこい」

「え、でも弁当」

「なくなったらあとでコンビニで買ってやるから、いいからこい」

強引に腕を取り、そのまま廊下に連れ出す。声が響いては意味がないので、このまま屋上まで引っ張っていく。

「ちょっとちょっと……なんなんすか、菊田さん」

「黙ってついてこい」

「分かりました。いきますから、引っ張らないでください」

ここの屋上に出るのは初めてだが、警察署の建物なんてどこも似たり寄ったりだ。別に何が置いてあるわけではない。殺風景なコンクリートの地面と、場所によってはエアコンの室外機とか、そんなものがあるだけだ。

手を離すと、湯田はスーツの袖と襟を直してから菊田に向き直った。

「……なんなんすか、乱暴だなぁ」

「主任はどうした」

湯田が、スッ惚けた顔で菊田を指差す。街の明かりも階段室の照明もあるので、表情ははっきりと見える。

「そういうのいいからよ。姫川主任はどこにいったんだって訊いてんだよ」

「あれ、菊田さん、自分が報告してるとき、いませんでしたっけ」

「いなかったけどウチのデカ長から聞いたよ。アポとった相手が待ち合わせにこなかったから、もうちょっと待ってるって」

「なんだ、知ってんじゃないすか」

「嘘だろ」

湯田が左右の眉を段違いにする。

「なんで、自分が菊田さんに嘘つかなきゃなんないんすか」

「主任に単独行動を許したからに決まってるだろ」

「いや、だから、それは……相手がこなかったから」

「じゃあその相手はなんて名前だ」

一瞬、湯田が言い淀《よど》む。

「……え、っと……スズキ……」

「主任の受け持ちにスズキなんて名字の会員はいない」

実を言うと、菊田もそこまで把握しているわけではない。湯田がどう出るか、鎌《かま》を掛けただけだ。だが案の定、この場限りの言い逃れだったようだ。

「ん、あれ、違ったかな？」

「正直に言え。主任はいま何をしている。誰と会ってる」

「んもう……菊田さぁん」

湯田が、埃《ほこり》でも払うように菊田の肩を叩く。

「姫川主任のことになると、相変わらずおっかないなぁ」

「茶化すな。俺は真面目に訊いてるんだ」

「自分だって真面目に答えてますよ……っていうか、菊田さん、ムキになり過ぎっす」

体の向きを少し変え、湯田が夜空を仰ぎ見る。分厚い雲が広がっているだけで、月も星も見えない。

「菊田さん、なに焦《あせ》ってるんすか」

「焦ってねえよ。俺は主任に単独行動をさせたくないだけだ。お前だって、姫川班が解散になった一件、忘れたわけじゃないだろう」

湯田が頷く。

「覚えてますよ、もちろん。覚えてますけれども、でも……姫川主任だって、子供じゃないんですから。単独行動したからって、そう毎回毎回何か起こるわけでもないでしょう」

チリッ、とこめかみ辺り、生え際の髪の毛が焦げた気がした。

「フザケんなよ、康平。何か起こってからじゃ遅《おせ》えんだよ。そういうことがないように、お前が付いてんだろうが」

「そういうことがない、ように、自分が付いてるわけではないと思いますけど、まあ、それはいいとして……菊田さん、ちょっとなんか、姫川主任のことを、守ろう守ろうとし過ぎじゃないっすか？　自分、それはちょっと、違うんじゃないかと思うんすけどね」

「知ったふうな口利くな。お前に何が分かる」

目をまん丸くして、湯田が菊田を指差す。

「あー、そういうとこ。姫川主任のことは俺が一番分かってる、みたいな、まさにそういうとこ……そりゃね、自分は菊田さんみたいに、年がら年中姫川主任と一緒にいるわけじゃないですよ。ほんと、今回だってお久し振り、って感じっす。でもね、だからこそ見える部分ってのも、あると思うんですよ。逆に言うと菊田さんは、姫川主任と近過ぎちゃって、見えなくなってる部分もあるんじゃないかな、って」

正直、面白くない言われ方だが、ここは最後まで聞いてやろう。

「……自分は、今回、姫川主任と一緒に回ってみて、ああ、この人、どんどん強くなってるなって、思ったんですよ。そりゃね、林さんの件は、ショックだったと思います。自分はあんまり、林さんと親しくさせてもらってたわけじゃないんで、アレですけど、主任にとっては、大きかったと思います。重かったと思います。でもそれを、主任は乗り越えていこうとしてるじゃないですか。さかのぼれば、大塚さんのことだってありました。姫川班の解散だってありました。挙句に今年になって、林さんでしょ……つらいと思いますよ。つらいと思いますけど、でも自分は、思ったんですよ。大塚さんが亡くなったときとは、全然違うなって。悲しんでないとか、そんなんじゃないっすよ。ちょっとした瞬間、電車から外の風景見てるときとかね、寂しそうな顔してますよ。何を思い出したんだか、泣いちゃいそうな横顔、何度も見ました。でもそれでも、違うな、大塚さんのときとは違うなって、感じましたもん。たまに会うとね、たまに会う人の方がね、そういうこと、よく分かる場合って、あるんですよ。菊田さん、もうちょっと姫川主任の、そういうとこも認めるべきなんじゃないっすかね」

湯田の言い分も、分からないではない。

だが、それとこれとは話が別だ。

「……で、姫川主任は今、どこにいる。誰と会ってる」

湯田が、小さく舌打ちをする。

「あれれ……今のじゃ、誤魔化《ごまか》されませんか」

「誤魔化されるわけねえだろ。いいから白状しろ。主任は今どこで何をやってる」

両腕を組み、湯田が「うーん」と唸る。

「でもなぁ、言葉にすると、微妙にアウト臭くなっちゃうからな」

「この野郎……」

思わず手が出た。湯田の上着の襟を摑み、絞り上げていた。

「だから言ってんだよ、俺は。普通の捜査だったらお前も一緒にいけばいいだろ。でも主任が一人でいったってことは、何かしら後ろめたいことがあるってことだ。俺はそれを許すなって言ってんだよ。服務規程がどうこうの話じゃねえぞ。何かあってからじゃ遅いから、一人でいかせるなって言ってんだよ」

湯田が「いやいや」と避けるような仕草をする。

「そんな、そんな危険な相手じゃないですって」

「だから、それが誰なんだって訊いてんだろうがさっきから」

それでもしばらく、湯田はジタバタしていたが、菊田に胸座《むなぐら》を摑まれてどうこうできるわけがない。逃げられるわけがない。そもそも体格が全然違うのだ。

「……分かりました、言います」

「最初からそうすりゃいいんだよ」

手を離してやると、襟元とネクタイを直しながら、一つ咳払いをする。

「ううん……どうしよっかな」

「お前なァ」

「嘘です、ちゃんと言います」

ちょこんと頭を下げ、菊田に向き直る。

「……本所のヤマの、検事です」

「本所のヤマって、大村が逮捕された、殺人事件のか」

「そうです」

「新件調べの？」

「いえ、公判担当検事らしいです。自分も、そんなに詳しくは聞いてませんけど」

なるほど。

「公判検事から、大村の事件の詳細を聞き出そうって肚か」

「そう、だと思います」

「微妙なアウトじゃねえ。完全にアウトじゃねえか」

「え、そうですか？」

「主任はともかく、向こうはアウトだろ。検事の守秘義務はどうなってんだって話だよ」

とはいえ、玲子らしいといえば、らしいやり方ではある。

だが、問題はそこではない。

「……で、なんでお前は一緒にいかなかった」

「いや、なんか、電話してたら、そういう流れになったみたいっすよ。たぶん、相手がそう言ってきたんだと思います」

「名前、分かるか」

「タケミリョウタ、って言ってました」

「タケイ？　タケミ？」

「タケミ、です。たぶん」

「どういう字だ」

「それは知りません。主任から、口頭で聞いただけなんで」

分かった。そんなにありふれた名前ではないので、漢字は分からなくても調べはつく。

菊田のような主任警部補クラスだと、普段、検事と直接顔を合わせる機会はほとんどない。担当検事の方から特捜や警察署に出向いてくることも、まずない。あるとすれば、係長警部が着手前に、地検に相談にいくくらいだろうか。相談というのは、被疑者をこういう理由で逮捕しようと思う、証拠はこういうものがある、これで公判は維持できるだろうか、といったことだ。

今の所属でいえば、山内係長がそれに当たる。だがしかし、山内に「タケミリョウタという検事を知っていますか」と訊くわけにはいかない。それについての回答を得る前に「なぜ菊田主任はそんなことを訊くんですか」と、ごく当たり前のように質問返しをされるに決まっている。そして最終的には、こっちの事情を白状せざるを得なくなる。ちょうどさっきの湯田の立場に、今度は菊田が立たされるだけだ。

他に誰かいないのか。今泉管理官か。山内係長よりはマシだが、それでも探りは入れられるだろう。日下統括はどうか。いや、日下と玲子は昔から反目している。個人的な印象でいえば、今泉は自分が管理官になって、係長時代ほど現場を見られなくなった。具体的に言うと玲子を直接コントロールすることができなくなった。だからこその林統括だったのだし、その後釜が日下なのだと思う。その日下に訊いても、結局は「それで姫川は単独行動をしているのか」と見破られる気がしてならない。それでは元も子もない。

さて。これは一体、どうしたものか。

解放してやると、湯田はそのまま特捜に戻っていったが、菊田は今さら冷めた弁当を食べる気にもなれず、なんとなく署の一階まで下りてきた。携帯と財布はポケットに入っている。ラーメン一杯食べてくるくらいは問題ない。

だが玄関を出たところで、菊田は意外な人物と出くわした。庁舎警備の係員と話し込んでいる、垢抜けないラクダ色のブルゾンを着た、夜でもキラリとよく目立つ、白い出っ歯の男。

「……おい、お前」

念願叶《かな》って捜査一課入りしたにも拘わらず、姫川班とは微妙に距離のある殺人班七係の所属になった、

「おーう、菊やぁん」

井岡博満《いおかひろみつ》。こんなところで何をしていると訊くのも馬鹿らしいが、それ以外に掛ける言葉もない。

「お前、何やってんだこんなとこで」

「いやぁ、たまには玲子主任としっぽり、熱燗《あつかん》でも酌《く》み交わしたいなぁ、と思て」

そんなことだろうと思った。というか基本的に、それ以外の行動原理はこの男にはない。

「仕事はどうした」

「今ワシ、在庁やもん。ええやろが、遊びにきたって」

「いいわけねえだろ。遊びになんてくんなよ、こっちは仕事してんだからよ」

「それはお疲れさん……で、玲子主任は？　あれ、もう先に飲みにいってる感じ？　これから菊やんも合流？　どこの店？　店だけ教えてくれたら、別に菊やんはこんでもええで」

まあ、たまにはこんな奴を相手に飲むのもいいだろう。熱燗を酌み交わそうなんてケチは言わない。五本でも十本でも、泣くまでラッパ飲みさせてやる。

「そう言うな。ちゃんと仲間に入れてやるから、ついてこい」

「え、マジで。なに菊やん、今日は優しいやん」

ちょっと歩いたところにファミレスがある。熱燗があるかどうかは分からないが、井岡相手ならそこで充分だ。

署を出て右、国道の方に歩き始める。すんなり誘われたのがよほど嬉しかったのか、井岡は軽くスキップを踏んでいる。

「あれなん、今そっちは、捜査どうなん」

「ん、ああ……まあ、ぼちぼちだよ」

「ぼちぼちかぁ、そらあかんなぁ。やっぱり、玲子主任のおそばには、ワシみたいな優秀なデカが必要なんちゃうん」

暑くもなく、寒くもない。少し湿気を含んだ秋風が、頬に心地好《ここちよ》い。隣にいるのが井岡でさえなければ、なかなか悪くない夜の散歩ではある。

「井岡、お前さ……地検に知り合いなんて、いないよな」

質問が唐突だったか、井岡が躓《つまず》きそうになる。年甲斐《としがい》もなくスキップなんかしているからだ。

「ん、え？　知り合い、ってほどではないけども、おらんでもないよ。ワシ、三鷹署で一瞬、留置係におったし」

留置係か。

「まさか……タケミリョウタって検事のことなんか、知らないよな」

また井岡がたたらを踏む。

「おいい……タケミなら知ってるで。あらあかんわ」

本当か、こいつ。

「あかんって、何が」

「あの男については、碌《ろく》な噂あらへん。検事やのに、やったら捜査に口出ししてくるわ、デカの真似事して、勝手に聞き込みはするわ。あれに絡まれたら、現場はええ迷惑らしいで。おまけに、女好きで有名やしな。事務官はいっつも若い女で、しかも美人やぁゆうし。ワシは直接会ったことないけどもそこそこええ男らしいしな。まあ、そうゆうてたワシの知り合いも、比べたらワシの方がハンサムやぁ……と、ゆうてたとか、ゆうてなかったとか」

なるほど。タケミという検事は、そういう男なのか。

4

玲子も、すぐには返答できなかった。

東京地検公判部の検事が、警視庁捜査一課の刑事と「組む」とは、どういうことだろう。

「どうする？　姫川さん」

しばらく黙ってしまったが、やはり、これだけでは「イエス」とも「ノー」とも言えない。

「あの……ご連絡を差し上げたのは、私ですから、私は、武見さんから情報をご提供いただければ、助かります。嬉しいです。でも仮に、その……組む、として。武見さんには、何かメリットはあるんでしょうか」

武見が、細いフレームのメガネをはずす。

「さっき言ったでしょう。俺も、この案件はちょっとクサいと思ってた。調べるよ、自分でも。可能な限りね。でもあなたと組めば、ひょっとしたら……あなたの摑んだ情報と照合できるかもしれないし、場合によっては、あなたに何か確認してもらうことになるかもしれない。結果、喰っても大丈夫そうだとなったら、むろんこのまま公判を担当するよ。逆に駄目そうだったら、起訴は見送ることになる。当たり前だよね」

確かに、双方にメリットはありそうだ。

だが玲子が応《こた》える前に、武見は左手の人差し指を立て、小さく振ってみせた。

「それと……そういう口実があれば、またあなたに会うことができる。それは俺にとって、決して小さくはないメリットだよ」

なるほど。武見諒太とは、そういうタイプの男か。

ならば、用はない。

「……すみません。このお話、なかったことにしてください。失礼いたします」

バッグのストラップを摑み、そのまま立とうとした。でもそれより、武見のひと言の方が早かった。

「あなた、佐久間の顔写真、持ってるの？」

大村敏彦が殺したとされている、被害者。佐久間健司。

「……いえ」

「本所がどういう容疑で大村を逮捕したのか、正確なところは知らなくていいの？　何時何分に大村が逮捕され、供述内容はどうなってるのか……それ次第で、おたくの捜査もだいぶ流れが変わってくるんじゃない？　そういうことを確認したいから、俺に接触してきたわけでしょ、あなたは。別に、ケツを撫《な》でられたわけでも押し倒されたわけでもないのに、ちょっと、警戒し過ぎじゃない？」

会話とは、基本的にはコミュニケーションの手段であると、玲子は思っている。取調べですら、捜査員と被疑者は互いを理解するために多くの会話を費《つい》やす。ただ、自白させるまでの過程に限って言えば、それは少し違うかもしれない。相互理解というよりは、罠《わな》にはめていくような――と言ったら言葉は悪いが、たとえばチェスのような、対戦式のボードゲームをプレイするのに近い感覚はある。

そういった意味では、武見の言葉選びは「自白させるまでの過程」に近いように感じる。相手と同じ立場には立たず、むしろコントロールしようとする。会話全体がゲームであり、そこには彼なりの勝負論があり、こちら側としては、常に挑まれているような、追い込まれていくような感覚がある。

いいだろう。面倒な相手だというのが分かれば、こちらもそれなりの覚悟で挑むまでだ。

「……分かりました。今のは、撤回させてください。改めて、情報交換のお約束をさせてください」

武見が、フッと息を漏らしながら笑みを浮かべる。相当な自信家なのだと思う。とてもではないが、玲子には真似のできない芸当だ。

「いいね、そういう潔《いさぎよ》さ。俺は好きだよ。とはいっても、今ここで渡せるものは何もないからさ、写真は明日、改めてメールで送るよ。アドレス、教えておいて」

一度は割り切ったつもりでも、なお拭いきれない、この「ナンパされてる」感。これは、どうにかならないものだろうか。

検事が多忙な職業であることは承知しているが、それでも朝の七時にメールを送り付けられると、ちょっと驚く。

内容の方も、なかなかのドッキリ具合だ。

【姫川玲子様

おはようございます。お約束の写真をお送りします。昨日は顔写真と申し上げましたが、だからといって証明写真の類《たぐい》ではありません。検死のときに撮影された、遺体の顔写真です。佐久間健司の生前の写真は今現在、私の手元にもありません。

佐久間健司が死亡した件について、どのようにお聞き及びかは存じませんが、現状では、傷害致死なのか殺人なのか微妙な線です。本所署の方針は、六四で傷害致死が強めです。

もう一つ、佐久間健司の現住所をお教えしておきます。

東京都葛飾区西新小岩《にししんこいわ》五丁目△―●● サンコーハイツ二〇二号

健闘を祈ります。　　　　　　　　　　　　　　　　　　　　　武見諒太】

朝っぱらから、しかも初めてメールする相手に、遺体写真を送り付けてくるとは。

「やっぱ……変な奴」

添付ファイルを開いて写真を見る。正面と横顔、というか、仰向けに寝かされているのを真上から撮影したものと、左側から撮影したものの二種類だ。顔と首周りの肉付きからすると、わりと痩《や》せ型なのだろう。髪型は五分刈りくらいの短髪。口周りにヒゲを生やしており、頭髪と共に白いものが目立つ。五十代の男性とは聞いていたので、そこに違和感はない。左の目尻と頬骨の辺りに打撲痕のような黒い痣《あざ》があるが、これは生活反応ありと見ていい。生前、それも死亡より少し前に負ったものと思われる。

死んでいるという点を除けば、ごく普通の中年男性だ。初老、と見る人もいるだろう。三十二歳の大村が、この、さして強そうでもない初老の男を死に至らしめたというのか。印象だけで言えば、かなり悪質な行為のように思う。

典型的な不良顔の大村が、この遺体の男の顔面に容赦《ようしゃ》なく拳を打ち下ろす――玲子の脳内イメージでは、完全なる殺人だ。到底、傷害致死などでは済まされない。

それはそれとして。

「おはようございます……」

玲子が葛飾署の講堂に入った瞬間、上座に近い窓際の席で誰かが立ち上がった。誰か、というか菊田だ。肩を怒《いか》らせて、玲子がいくのを待ち構えている。

むろん、何が言いたいかの想像はついている。

「おはよ」

「おはようございます……主任、ちょっと」

一つ、頷いてみせる。

「なに、康平から聞いた？」

「はい」

「でしょうね。別に口止めとかしてないし。上はともかく、あたしも菊田にまで秘密にするつもりはないから」

「……はあ」

とっちめてやる、くらいの肚積《はらづ》もりだったのだろう。菊田は、いかにも肩透かしを喰ったような顔をしている。分かりやすい人だ。

外に出るほどの時間はないので、話は講堂の端っこで済ませる。

「……で、どこまで聞いてる？　本所のヤマの」

「武見諒太という、公判担当の検事と会ったということだけですが」

「まあ、それだけっちゃあ、それだけだけど」

「どんな男でした？」

まずそこか、とは思ったが、菊田が今も玲子に対し、そういう心配をしてくれるのは、素直に嬉しい。

「どんな男、か……ひと言で言ったら、変な奴かな。あっちも、本所のヤマはちょっとクサいと思ってるみたいで。情報交換しようって持ち掛けられた。とりあえず、向こうからジャブがきたんだけど……見る？」

「ジャブ？　なんですか」

「佐久間健司の顔写真。ただし、遺体のね」

さっき開いたばかりなので、電源を入れるとすぐにその写真が表示された。

携帯を菊田に向ける。

「ほう……これがジャブ、ですか」

「これと、現住所はもらった。それ以上は、こっちの返し次第ってことなんでしょう。でも……住所と遺体の顔写真だけじゃね。聞き込みするにしたって、素人《しろうと》に見せられるわけじゃないし」

「確かに」

話していたら、いいことを思いついた。

「……ねえ、菊田。確か前に、美大出の女子で、似顔絵が上手い巡査がいるって言ってなかったっけ」

「ああ、千住《せんじゅ》署のオザキですか」

「今もその子、千住？」

「ええと……一昨年で、入庁二年目とか言ってたから、昇任試験に合格でもしてなければ、まだ千住だと思いますけどね。連絡してみましょうか」

「それ、助かる。で、内緒で描いてくれるように頼んでみて。ラーメンでも焼き鳥でも、なんでも奢るから」

「そこそこケチりますね」

それ以上は、似顔絵の出来次第ということで。

早速連絡をとってくれたのか、朝の会議が終わるや否や、菊田から声を掛けてきた。

「主任。意外にも、いっこ昇任して異動してました」

「ほう、巡査部長になった。偉いじゃない。でどこ」

「小松川です」

小松川署は葛飾署の真南。隣接しているため、何人かは小松川署の捜査員もこの特捜に応援にきている。

「近いじゃない。ラッキーラッキー……ちなみに配置は」

「地域課です」

「なるべく早く会いたいんだけど」

「ちょうど今日が休みで、午後なら空いてるそうです」

「よし、それいこう。アポとって」

その似顔絵が得意だという尾崎《おざき》巡査部長とは、新小岩駅近くのファミリーレストランで待ち合わせた。菊田に同席してもらうかどうかは迷ったが、相方の内村巡査部長に下手な言い訳をさせるのも悪いので、玲子と湯田の二人で会うことにした。

待ち合わせは十四時。二十分早くいって奥まった席をとり、店員にもう一人くるから、それっぽい人がきたら案内してくれるよう頼んでおいた。

尾崎巡査部長が現われたのは意外と早く、その三分後。玲子ほどではないが長身の、わりと細身の娘だった。二十五、六にしては、童顔な方かもしれない。ブルドッグのイラストが入った、大きめのコットントートを提げている。

「失礼いたします。あの、本部の……」

立ち上がり、湯田と二人で会釈を返す。

「姫川です。お休みのところ、無理言ってすみません。こちら」

「亀有の、湯田です」

名刺交換は座ってからにした。

【警視庁小松川警察署　地域課第四係　巡査部長　尾崎友梨奈《ゆりな》】

名前が可愛い。ちょっと気に入った。

オーダーは三人ともドリンクバー。彼女はオレンジジュース、玲子はジャスミンティー。

湯田に取りにいってもらった。

「あの、早速で申し訳ないんですけど」

「はい、顔絵ですよね」

「菊田から、聞いてますか」

「はい、なんでも……遺体の顔写真しかない、と」

「ええ。それで、描けますか」

「それは、全然大丈夫です。むしろ目撃者に、特徴を聞きながら描くのより簡単だと思います」

そう自分で言ってから、別の可能性に思い至ったらしい。

「えっ……もしかして、グチャグチャですか?」

「いえいえ、それはないです。痣があるくらいで、綺麗なもんです。まあ、いい歳のおじさんだから、綺麗ってのも変ですけど」

特捜でこっそりプリントアウトしてきた写真を尾崎に見せる。大きい方が見やすいのか、小さい方がいいのか分からないので、A４判一枚ずつのと、半分にして二枚並べたのと、三枚ある。

「ああ、なるほど……はい、全然問題ないです。もう描き始めちゃっていいですか」

「はい、お願いします」

湯田が持ってきたオレンジジュースは最初にひと口飲んだだけで、尾崎は輪郭から目鼻立ち、髪型と進んで、徐々に細部の仕上げに入っていった。

「……菊田さんとは、そんなに、仲良かったわけじゃないんですけど……三回くらい、飲みにいったことがあって……そのときに、姫川主任のお話、伺いました……凄い人で、尊敬してるって……」

描きながら喋るのは問題ないらしい。

「そんな……別に、普通の刑事ですよ」

「でも思った通り、お綺麗な方で、びっくりしました」

「いやいや……尾崎さんみたいに、若くて可愛い人に言われると、なんか……でも、嬉しいです」

「ここ、違和感あるかもしれないですけど」

急に何かと思ったら、佐久間の目だ。

「ん、そこが？」

「遺体って、表情筋も弛緩《しかん》してますし、こう、なんていうんでしょう……仰向けなんで、この写真だと、のっぺりした印象の顔だと思うんですけど、本当はこんなじゃないはずです。これくらいの歳だと、瞼も垂れてきてるので、この方だと、奥二重がけっこうくっきりしてたと思うし、頬も、ここを見ると……ね？　ちょっと弛《たる》んでるじゃないですか。これが重力に従って、縦方向に垂れるので、ほうれい線も、けっこうあったはずです……これくらいは、あったと思います」

言いながら、ちょちょいとほうれい線を描き足す。なるほど。今のがあるのとないのとでは、かなり印象は変わってくる。

「ああ、歳相応な感じ」

「生前を知っている方には、この方がしっくりくるんじゃないかと」

尾崎はものの十五分ほどで、佐久間健司の顔を完成させてしまった。湯田は、似顔絵を描く場面に立ち会ったことがないらしく、終始「すげえ上手い」を連発していた。

最後に、下描き段階で入れた十字の線を消したら、完成だ。

「……はい。こんな感じですけど、いかがでしょうか」

「うん、いい。すごくいいと思います。助かります」

「よかった。お役に立てて、光栄です」

尾崎が両手で差し出してきたそれを、玲子も両手で丁寧に受け取った。

「休日に呼び出して、急いで描いてもらって、お礼とか、どうしようか迷ったんだけど」

用意してきた封筒をバッグから出し、尾崎に向ける。多くても逆に気を遣うだろうから、一万円ポッキリだ。

「いえ、そんな……それは困ります」

「でも、勤務外だし。タダ働きじゃ、私の方が申し訳ないから」

尾崎は「困り眉」を寄せて、受け取ったら、震えるようにかぶりを振った。

「ダメですダメです。あとで私が菊田さんに叱られちゃいます」

「それはないですよ。そんなことは、私がさせない」

「でもダメです、ほんと……じゃあ、あの、今度ご飯、連れてってください。ラーメンでも焼き鳥でも、なんでもいいですから」

菊田め、余計なことを――。

高級フレンチだって、「叙々苑《じょじょえん》」の焼き肉だってOKくらい言っとけ。

本来であれば、あとから受け持った情報漏えいの被害会員を当たるべきなのだが、もうすぐ夕方、今からアポをとるのも難しい。なので、夜までは佐久間健司の自宅周辺を洗ってみることにした。

湯田がボヤく。

「会員当たらないで……会議、なんて報告するんですか」

「どうしようかしらね。康平、なんか上手い言い訳、考えといて」

葛飾区西新小岩五丁目。ファミレスから一キロくらいなので、歩いていくことにした。平和橋《へいわばし》通りをしばらく進んで、消防出張所を過ぎたら次の角を左に入る。そこから先はもう、ずっと小さな二階家ばかりの住宅地だった。商店は一軒もない。自動販売機すら、一台もなかったのではないか。

また湯田がボヤく。

「こんなとこのアパートの住人なんて、絶対、近所付き合いないですよ。店もないし……顔見知りなんて、せいぜい管理人くらいじゃないんですか」

佐久間が住んでいたのは、サンコーハイツ。正面に見える、あれか。物干し場が上下十ヶ所、こっち向きに並んでいるアパート。あれの二〇二号室だ。

「管理人のいるアパートだと、いいけどね」

見たところ、二階の左端と、一階の右から二番目の部屋は洗濯物を干しているが、その他にはない。

建物右側に回ってみる。二階への上り階段が架《か》かっており、その手前には集合郵便受がある。ネームプレートはどこも空欄。昨今は、こういうところに名前を出さない方が普通になりつつある。

アパートの裏側に回ってみた。二階まで合わせて、十戸分あるドアはどれも均等な間隔で並んでいる。各戸の違いは窓の数くらいで、間取りはおそらくどこも同じなのだろう。こういう場合、管理人がいるとすれば一〇一号室ということになる。

一階の一番手前、東向きに窓がある、一〇一号の呼び鈴を押してみた。が、応答はない。様子を見つつ、三回ほど続けてみる。

「留守、ですかね」

「そのようね。次、いこうか」

だが隣の一〇二号室は、一回で応答があった。

「……はぁい」

顔を出したのは五十代半ばの女性。上衣《じょうい》は黄緑色のフリース、下衣《かい》は花柄のスカート。歳の頃からすると、やや派手好みの部類に入ると思う。

「突然お訪ねいたしまして、申し訳ございません。私、警視庁の者です」

湯田と二人で身分証を提示する。

「……はあ、警視庁……何か、事件でもあったんですか」

もう、この時点で違和感は充分にあった。ここの住人が殺人事件の被害者になったのだ。本部捜査にこそなってはいないが、本所署の捜査員が鑑取《かんど》り（関係者に対する聞き込み）にくるくらいはあって然《しか》るべきだ。

それが、なかったというのか。

「あの……二〇二号室の、佐久間さんについて、なんですが」

女性が、怒ったように眉をひそめる。

「二〇二って、この真上ですよ。この上は、ずっと空室ですよ」

どういうことだ。

「ずっとって、どれくらいですか」

「どれくらい、かな……ああ、二年は経ってるかな」

佐久間健司は二年以上前にここから転居し、しかし住民票を移していなかった、ということか。しかし、そんな基本的なことも調べずに、刑事が調書に記載することなどあるだろうか。

「じゃあ、空室になる前に住んでいたのは、佐久間健司さんという方では、なかったでしょうか」

「健司さんかどうかは知らないけど……うん、佐久間さんだったような、気はしますね。ちょっと小太りな。冬になると、焼き芋屋さんやってた人」

小太り、って。

「ちょっとすみません、これを見ていただけますか」

さっき描いてもらった似顔絵を、あらかじめコンビニでコピーしてきた。その一枚を女性に見せる。

「佐久間さんというのは、こういう方ではないですか」

女性が、さらに眉をひそめる。

「……んーん、こんな人じゃないですよ。もっと、ぷくっとしてて、だから……あれよ、七福神の、布袋様《ほていさま》みたいな感じよ。あそこまで太ってはいなかったかもしれないけど、でもあいうタイプよ。じゃなかったら、なに、ほらあの、大阪の……こてんと座って、足の裏を出してる」

隣で湯田が「ビリケンさんですか」と訊く。

「そぉ、そうそう、あんな感じの人よ。こんなに痩せてないわよ。それは間違いない……」

そう言ってから、女性はまた佐久間の似顔絵に目を戻した。

「どうか、されましたか」

「ん、うん……あれ？」

まさか。

「ひょっとして、他に誰か、お心当たりでも？」

「うん、ええと……あれ、なんだろ……誰だっけな」

何度か経験のある、この薄暗い、黒ずんだ予感。おそらく湯田も同じものを感じているのではないだろうか。黙って、女性の次の言葉を待っている。

やがて、はっと息を吸いながら、女性は顔を上げた。

「もしかして、あれかな……その、佐久間さんってさ、引っ越す前に、しばらく留守してたのよ。たぶん、仕事の関係とかじゃなくて、病気とか言ってたかな……それはまあ、ちょっと確かじゃないけど。とにかく、しばらく連絡もとれなくて。管理人さんも……お隣ね、ゴトウさんっていうんだけど、ゴトウさんも、大家さんも困っちゃってて。でも、何ヶ月かした頃、弟さんだって言ったかな、従弟《いとこ》って言ってたかな、忘れちゃったけど、まあ親類の人がね、ご迷惑かけました、片づけますって、急にきてくれて。軽トラできて、佐久間さんの部屋、片づけてってくれたのよ。滞納してた家賃も払うって、言ってたらしいけど……それはどうなったのかな。大家さんに訊いてみないと分かんないけど」

要するに、こういうことか。

「……その、親類の方というのが、こんな感じだったんですか」

「そうそう。そう思って見てみると、よく似てるわ。何せほら、一人できてるわけだから、片づけるったって大変じゃない、二階だし。階段だって、ここせまいでしょ。手伝ったのよ、あたしだって。だから、顔はね、覚えてるの。うん……こんな感じだったと、思うんだわ。

なんだったら、ゴトウさんにも訊いてあげようか。五時か、それくらいには帰ってくると思うから」

携帯番号を書いた名刺を彼女に渡し、玲子たちはいったん、サンコーハイツから引き揚げた。

ようやくだ。ようやくこっちも、臭うようになってきた――。

この似顔絵の男は佐久間健司ではなく、佐久間健司を騙《かた》っていただけだった。そればかりか、本当の佐久間健司が所在不明になったのちに、親類を装って住居を引き払っている。つまり、この似顔絵の男は計画的に、佐久間健司に成りすましていた可能性が高い。

その「成りすまし」男が、今度は大村に殺された。

大村――。お前が殺したのは、本当は、誰なんだ。

5

朝五時半。

葉山則之は、目覚まし時計が鳴る数分前から目を覚ましていた。

静かだな、と思う。

カプセル型の黒いデジタル時計。その上端にある平たいスイッチを押し、鳥の声に設定したアラーム音を止めてしまえば、この部屋は無音になる。

静かだ。

この街も、この部屋も、自分の心の内も。

今年の三月までは、北沢《きたざわ》警察署の待機寮にいた。北沢署に勤務していたのは去年の九月十二日まで、翌十三日からは本部の捜査第一課殺人犯捜査第八係の所属になったが、その後も半年ほどは北沢署の待機寮に住み続けた。本部勤務になれば、自室で過ごす時間などほとんどなくなる。それは姫川班時代によく分かっている。どうせ帰って寝るだけなら、待機寮住まいでも一向にかまわない。わざわざ自費でマンションやアパートを借りる必要性など、当時はまるで感じなかった。

だが春が近くなり、やがて知らない署員も入寮してくるであろうことを考えたら、急に居づらく感じるようになった。今、廊下ですれ違う署員はたいてい顔見知りだが、春からはそれも変わる。署内では見かけない葉山について、彼らは近しい署員に訊くだろう。

六号室の人って、どこの係の方ですか。

ああ、葉山ならここじゃなくて、本部、捜査一課だよ。

なるほど、どうりで署内では見かけないと思いました――。

それを居候《いそうろう》と思われるかどうかは、葉山にも分からない。だが一課に異動し、自身も三十になってみて、何も待機寮に住み続けなくてもいいかと思うようになった。いい加減自立したくなった、と言ってもいい。

そう。警視庁という組織からの、ちょっとした自立だ。

葉山は中学二年生のときに、ある殺人事件を目撃している。被害者は有田麗子《ありたれいこ》という、偶然にも葉山の家庭教師をしてくれていた近所の女子大生だった。その事件がきっかけで、葉山は警察官を志すようになった。理由は二つ。一つは、有田麗子を殺害した犯人を捕まえたいという、いま思えば子供じみた発想だ。だがもう一つは、もう少し切実だった。

事件を目撃した自分も、口封じのため、あの犯人に殺されるかもしれない。誰かに守ってほしい。親では駄目だ。相手が人殺しでは頼りにならない。警察だって、おそらくずっとは警備してくれないだろう。しかも葉山は、事件を目撃したこと自体、警察には話していなかった。それすら怖くて言えず、自分一人で抱え込んで、布団の中で震えていただけだった。

それが、どこの時点で「警察官になろう」という発想に切り替わったのかは覚えていないが、犯人の影に怯《おび》えるだけの自分を変えたい、そういう気持ちがあったのは間違いない。

ところが、昨年の冬だ。

たまたま実家に帰り、久し振りに両親と食事をしていたら、母親に言われた。

「そういえば、あんたの家庭教師してくれてた、麗子先生。あの事件の犯人って、もう、五年も前に捕まってたんですってね」

さすがに、その瞬間は言葉が出なかった。

「なんか、新潟だかどっかで捕まって、そのときに、麗子先生の事件のことも、自白してたんですって。あんた知ってた？」

葉山はかぶりを振り、慌てて口の中にあるものを飲み込んだ。

「……全然、知らなかった。それ、誰から聞いたの」

「川崎《かわさき》さん。あそこのほら、上のお嬢さんが麗子先生と同級で、親同士も仲良かったから、今も連絡とかとり合ってるんでしょ。それが、ついこの前よ。商店街の、お茶屋さんのとこで、ばったり川崎さんと会って。お久し振りねぇ、なんて話してるうちに、有田さんの話になって、麗子先生の話も出て。そしたら、やだ、それだったらもう、何年も前に捕まってるわよ、って。たぶん、五年は前だって」

痛いくらいの熱と、冷たさと、光と、闇と、悔しさと、安堵《あんど》と、悲しみと、脱力感と——あまりにも多くのものが一度に押し寄せ、自分でも受け止めきれなくなった。

有田麗子を殺した犯人は、もうとっくに、捕まっていた——。

「やだ、則之……あんた、泣いてんの？」

父親が、黙って差し出してくれたティッシュペーパーで、葉山は涙と鼻水を拭った。

「ああ、そう……よかった……そっか、捕まったのか……よかった……よかったよ」

毎日毎日、有田麗子のことばかり考えて生きてきたわけではない。だが一日たりとも、そのことを忘れた日はなかった。武道や逮捕術の稽古、射撃訓練、昇任試験の勉強、日々の捜査や書類作成。葉山が、何事も手を抜かずにやってこられたのは、あの事件がいつも頭の隅にあったからだ。

強い警察官になりたい。

漠《ばく》とした言葉だが、その思いが葉山のすべてだったと言っても過言ではない。

弱かった自分、犯人を見たと言い出せなかったずるい自分。それを少しずつ削《そ》ぎ落とし、代わりに警察官の皮を一枚一枚、貼り付けていく。まだ足りない、まだ一人前じゃない。そう自身に言い聞かせ、歯を喰い縛って任務に徹してきた。

気づいたら、十二年も経っていた。その間に、いつのまにか有田麗子を殺した犯人は逮捕されていた。

どっしりと、重くなった自分の体を意識した。もう三十になっている。中学時代と比べたら、体も大きくなっていて当然だ。俊敏性は多少落ちたかもしれないが、持久力はむしろ若い頃よりあると思う。格闘にしたって、ナイフ一本の相手だったら素手でも負ける気はしない。実際、それに近い相手を取り押さえたことだって、これまでに二度ほどある。

今もお前は、あの犯人が怖いかと、自問してみる。

いいや、もう怖くはない。

それは、犯人が逮捕されたと聞いたからではないのか。

そうじゃない。いつのまにか、怖くなくなっていた。そのことに、いま初めて気がついた。犯人が逮捕されたと聞いて、決して負け惜しみではなく、自分でも逮捕できただろうと、冷静に思えるようになった。冷静に思う、自分に気づいた。一枚一枚貼り付けてきた警察官の皮膚が、ようやく体に馴染《なじ》み、血が通い、厚みのある筋肉もついたのだと思う。ずるかった自分、弱かった自分も、少しは残っているけれど、でもそれは、これからも大切に、胸にしまって生きていきたい。

じゃあ、もう本当に、怖くないんだな。

ああ、怖くない。

ほんとに、怖くないのね？

うん、本当に、怖くないよ。

俺は、もう大丈夫そうです。

いえ、大丈夫です。

麗子先生――今まで、本当に、ありがとうございました。

巡査部長への昇任、二度目の捜査一課、有田麗子事件の解決。他にも理由やきっかけはいくつかあった気がするが、とにかく葉山は一人暮らしをするようになった。

場所は文京区根津《ねづ》二丁目、四階建てマンションの三階。ここにした理由は単純だ。警視庁本部がある霞ケ関《かすみがせき》までは千代田線で一本、三十分かからずにいけること。千代田線を反対方面にふた駅乗れば西日暮里《にしにっぽり》、山手線にもすぐ乗り換えられて、都内の移動が楽なこと。この二点だ。

簡単なものしか作らないが、よく自炊をするようになった。今朝もサラダとハムエッグを作って、トーストを二枚食べてきた。普段は作り置きの野菜スープも付けるのだが、昨日の夜に食べきってしまったので、今朝はナシにした。どうやら自分は料理が嫌いではないらしい。そう気づいたのはごく最近だ。

それから支度をして、出かけるのが七時頃。七時半ちょっと過ぎには本部に着く。

「おはようございます」

徳山大吾の事件捜査を終え、殺人班八係は現在、在庁期間にある。今日はA在庁。殺人事件が起こり、特捜本部が設置されたらすぐに臨場する待機の係だ。

刑事部捜査一課は、庶務まで合わせれば四百人近い人数になるが、本部庁舎六階にあるこの大部屋は、いつもがらんとしている。今も、徹夜で書類作成でもしていたのか、遠くの方に何人かいるのは見えるが、それ以外の机はすべて空席だ。書類や事務用品が載っている机もない。

よって、葉山の挨拶に誰かが応《こた》えることもない。当たり前だ。八係でいちばん早いのが葉山なのだから。

自分のデスクに着き、駅で買ってきた新聞だけ残して、あとは引き出しにしまう。途中で何か買ってきて、ここで朝飯を食べる者もいるが、どうも葉山は、それはする気になれない。ひょっとすると自分は、食べているところを誰かに見られるのが好きではないのかもしれない。だから自炊をして、一人で食べるのかもしれない。

それも一人暮らしをしてみて、初めて気づいたことの一つだ。

社会人として当たり前のことではあるが、勝俣以外の係員は全員定時には出勤し、待機に入っている。係長警部、統括主任警部補が一名ずつ、担当主任警部補が三名、巡査部長が六名。これに勝俣を加えた十二名が「殺人犯捜査第八係」の係員だ。

在庁待機中は、特に決まった仕事はない。通信指令センターが振り分けて流す、傷害・殺人事件関係の無線を片耳で聞きながら、新聞を読んだり、本を読んだり、個人的に気になることを調べたり、過ごし方は人それぞれだ。葉山は普段、本を読んでいることが多い。以前は海外のSF小説を好んで読んだが、それもいい加減飽きたので、最近は歴史関係や英会話の本を読んでいる。理由は特にない。単なる知的好奇心からだ。

昔の刑事は、こういう時間によく将棋や囲碁をやったらしいが、今はほとんど、そういう人は見かけない。少なくとも葉山の周りにはいない。葉山自身も、将棋は駒の動かし方を知っている程度、囲碁に至ってはルールもまったく分からない。

今日は夕方までに二冊読み終わった。一冊は前田利家《まえだとしいえ》、一冊は途中まで読んで放置していた『三日でマスター 簡単英会話』という本だ。しかし読み終わっても、英語が話せるようになった気はまるでしない。

「じゃ、そろそろ上がるか」

十七時十五分を過ぎたところで、係長の坂口《さかぐち》警部がそう声を掛けた。それぞれが「お疲れさまでした」と挨拶を交わし、帰り支度を始める。読みものが途中なのか、中には席を立たない者もいる。

勝俣が大部屋に姿を見せたのは、ちょうどそんなタイミングだった。まるで、ほんのいっときトイレにいっていたような顔で、八係の机が並んだ川に近づいてくる。

「ほい……お疲れさん」

係長のところまでいき、勝俣はこちらに背を向ける恰好で何やら立ち話を始めた。小声なので、内容は分からない。

葉山は、この好機を逃すべきではないと判断した。

「お疲れさまでした」

あえて勝俣とは言葉を交わさず、目も合わさず、大部屋を出る。

多くの捜査一課員が思っているように、葉山も常々疑問に思っていた。あの勝俣健作という男は、頻繁に職務を離れて、一体何をしているのだろうと。だがそれを上司が咎《とが》める場面は見たことがない。そういう話が出たことすらない。

パチンコ屋や競馬場に入り浸っているのか。それとも情婦のところか。いや、勝俣はそういう男ではない。真面目か不真面目か、と訊かれたら答えに困るが、しかし職務を放棄して遊び呆《ほう》けているとは、葉山にはどうしても思えない。

勝俣は、捜査が難しい段階にあるときほど、よく会議に出席する。言葉遣いに難はあるものの、積極的に発言もするし、捜査方針を左右するような重要な報告も上げてくる。やがて捜査に目処《めど》が立った頃、ふいに行方をくらます。あるいは、捜査自体が難しくない案件だと、特捜には最初から顔も出さない。ただしそれらは、すべて「あとから思えば」というのに過ぎない。ふと気づくと、勝俣はいない。それでも係はなんとか遣《や》り繰《く》りできているので、誰も大きくは騒ぎ立てない。そして事件は、問題なく解決する。次の事件も、そのまた次の事件も。葉山がこの一年に見てきたのは、そんなことの繰り返しだった。

単なる興味とは、少し違う。もしかすると、自分は勝俣という男を信じたいのかもしれない、とも思う。

だから今日、勝俣を尾行してみようと思う。

本部庁舎を出て、正面にあるトチノキの陰に身を寄せ、勝俣が出てくるのを待つ。係長との話がそんなに長引くはずはない。せいぜい五分か十分、その程度だろう。

案の定、十分ほどすると勝俣が本部庁舎から出てきた。先ほど見たグレーのスーツ姿のまま、カバンの類は持っていない。両手をスラックスのポケットに突っ込み、ぶらぶらと霞ケ関駅の入り口に向かって歩いていく。特に周囲を警戒する様子もないので、尾行自体は難しくなさそうだった。

勝俣が乗ったのは日比谷《ひびや》線だ。三駅乗って、東銀座《ひがしぎんざ》で浅草線に乗り換える。いま勝俣がどこに住んでいるのかは知らないが、なんとなく、このまま家に帰りはしないだろうという予感はあった。

降りたのは、葛飾区四《よ》つ木《ぎ》の四ツ木駅だった。

改札を出て階段を下り、左へ。そこから線路沿いの一本道を右に歩いていく。道の左側は二階家が連なっているが、右側は高架下とを隔てるフェンスが延々と続いている。タイミングが悪いと身を隠す場所もない。振り返られたら終わりだな、と思っていたが、幸いそれはなかった。

勝俣は、しばらくいって左に曲がった。大きな公園の脇を抜け、幅のせまい住宅街の道を、またひたすら歩いていく。一度は対向二車線の比較的広い道路に出たが、それも横断し、再び正面の細い道に入っていく。尾行に気づいているのか、撒こうとしているのか、とも疑ったが、その確証もなく、自ら放尾《ほうび》するのは馬鹿らしい。いけるところまで付いていくしかない。

対向四車線の都道六〇号線に出たところで、勝俣は急に歩をゆるめた。葉山も民家のブロック塀に半身を隠し、しばし様子を窺う。

勝俣は信号待ちをしている。その視線の先にはベージュ色の、タイル貼りの建物がある。

あれは、葛飾警察署ではないか。

その夜、勝俣は少しずつ場所を変えながら葛飾署の出入りを見張り続けた。

庁舎警備担当の立つ正面玄関こそ明るいものの、ほとんどの窓はもう明かりも消えている。状況的には「ひっそりと静まり返っている」と言って差し支えない。

葉山は勝俣の背中を見つめながら、ここを刑事が張り込む意味について考え続けた。その気になれば、勝俣はいつだって中に入っていけるはず。だがそれはしない。なぜか。ここに出入りする人物の動向を密《ひそ》かに探りたいからだろう。それは警察官か、被疑者か、その他の関係者か。可能性としては警察官が一番高いだろう。でもなぜ。監察の真似事でもして、何者かの不正を暴こうとでもいうのか。それとも、目障りな誰かの弱みを握るための下調べか。

答えは、どうやら後者に近そうだった。

二十三時近くになって、庁舎から出てきた三人組。勝俣はそのあとを追って歩き始めた。葉山も続いたが、そのときから嫌な予感はあった。

三人のうち一人は女性だった。わりと背が高い。あれは、姫川玲子ではないか。だとしたら、左側にいるえらく体格のいい男は菊田和男だろう。右側を歩いている男は、残念ながら二人ほどは特徴がないのでよく分からない。

勝俣は、姫川たちの何を狙っているのだ。

三人は、葛飾署から歩いて数分のところにあるファミリーレストランに入っていった。珍しいとは思ったが、この近くには彼らが話し込むのにちょうどいい居酒屋がないとか、そういうことかもしれない。あるいは、ちょうどいい店はあるけれど、もう何日も通って飽きてしまったとか。

軽く食事をしながら、ビールやチューハイ、ハイボールか何かを二、三杯飲むとして、ざっと一時間半。長くても二時間にはならないはず。

そんなことを考えていたら——マズい。いつのまにか、勝俣の姿が見えなくなっている。いつからだ。決して何分も目を離していたわけではない。せいぜい何十秒か、いや、葉山の感覚でいったらほんの数秒だ。

どうする。捜しにいくか。勝俣が、姫川たちのあとを追って店に入った可能性はあるか。だとしたら、どうする。自分も入るか。しかし、姫川たちがどこの席にいて、勝俣がどこに陣取ったかも確かめずに入店するのは危険だ。しかも、勝俣が中に入ったとは限らない。相変わらず外で張っているとしたら、飛んで火に入る夏の虫。自ら姿を晒《さら》すだけのことだ。

だが、そんなことは考えるだけ無駄だった。

真後ろから声がした。

「……おい、葉山。お前、そんなとこで何やってんだ」

ファミレスから見たら、国道を渡ったところにある自動販売機の陰。勝俣がいたのは、隣の物流会社の駐車場入り口。それでなぜ、背後をとられたのだ。

振り返ると、勝俣はニヤニヤ笑いながらタバコを吹かしていた。

「何やってんだって、訊いてんだよぉ、葉山よぉ」

答えるべきか。黙ってここから立ち去るべきか。

「オメェ、本部から、ずっと尾《つ》けてきたのか……ご苦労なこったな、仕事でもねえのに」

それはあなたも同じでしょう、と思いはしたが、口には出さなかった。

出さなくて、正解だった。

「でもそういう、好奇心旺盛なところは、嫌いじゃねえぜ。昔の、俺の若い頃にそっくりだ……でもまあ、そうだよな。碌に仕事もしねえで、あの野郎はどこで何をやってやがるんだと、不思議に思うわな、普通は。ところが、だ……誰もそれを止めようとしない。詮索《せんさく》もしない。オメェみたいに、わざわざ尾行してくる物好きなんざ、いたって十年に一人か二人だ」

勝俣が、タバコを足元に落とす。踏んで消すまではしないので、まだ火種は暗いアスファルトの上で赤く遊んでいる。

「見てて分かったろ。俺がしてたのは、死神の行動確認だ」

思わず「死神？」と聞き返してしまった。

「姫川だよ、姫川玲子。あいつに関わると、碌なことにならねえのは分かってるんだが、どういう巡り合わせか、関わらねえわけにはいかなくなる……なあ、葉山。オメェ、明日はB在庁で暇だろう。俺の代わりに、あの死神の行動確認、引き継いでくんねえか。細かいこたぁ分からなくていい。今日は一日、相方連れて聞き込みしてました、夕方には特捜に戻りました、出てきたら男と待ち合わせてラブホテルに入りました……とかよ、そんな程度でいいんだ。ま、本当に男と逢引《あいび》きしやがったら、その相手の身元くらいは押さえといてもらいてえが、無理にとは言わねえよ。いつもの、捜査会議のまとめ、あんな調子でいい。メールで簡単に知らせてくれれば、それでいいんだ……どうだ。引き受けてくれるなら、駄賃は弾むぜ」

そんなことは、考えるまでもない。

「お断りします」

勝俣は頬を引き攣らせ、歪《いびつ》な笑いを浮かべてみせた。

「それでいい、葉山……今はまだ、それでいい」

そう言って勝俣は葉山に背を向け、交差点の方に歩き始めた。

葉山はそれを、黙って見送るしかなかった。

十月の、生ぬるい夜風が全身を撫でていく。
ワイシャツが急に冷たく、肌に張り付くのが分かった。
だいぶ、緊張していたらしい。

第四章

1

俺は二年の夏で大学を辞め、陸上自衛隊に入隊した。

大学中退では、当然のことながら幹部候補生にはなれない。よって一般曹候補士《そうこうほし》、今でいう一般曹候補生としての採用だった。

俺が目指したのは、二等陸士採用前から——いや、実際には陸上自衛隊の採用試験を受ける前から、第一空挺団だった。自衛隊唯一の空挺部隊であり、当時、最も特殊部隊に近い性質を持つと言われた第一空挺団に入れなければ、自衛隊員になる意味はないとすら思っていた。

そのためにはレンジャー課程を修了している必要があった。言わずと知れた、自衛隊で最も過酷な訓練課程だ。

山地潜入、空路潜入、水路潜入等の特殊技術を持ち、潜行、伏撃、襲撃といった遊撃行動がとれる特別な隊員を養成するのが、その主たる目的だ。俺は、レンジャー課程の素養検査に、落ちても落ちても希望を出し続けた。ようやく合格したのは四回目だった。

レンジャー隊員には、並外《なみはず》れた基礎体力が求められるのは当然として、極限まで追い込まれた状況でも、冷静に作戦を遂行可能な思考力、精神力、記憶力、戦闘力、そして何より、忍耐力が必要とされる。それらすべてをレンジャー課程で養う、というよりは、持ち得る者を選別する、持たざる者を振るい落とす訓練、と言った方が正しいかもしれない。

たとえば、常人では直立すら不可能な重さの背嚢《はいのう》を負い、山中を延々、歩行移動する。基礎訓練におけるその中身はレンガだが、これが作戦を模した想定訓練では大量の予備弾薬になる。さらに自動小銃、ごく少量の食料と水を携行し、何日もかけて目的地を目指す。時間制限があるため、睡眠をとることすら許されない。

食料と水はすぐに尽きる。そもそも尽きる量しか持たされていない。尽きれば、あとは現地調達するしかない。生き抜くためなら、ヘビだろうが草だろうが食べる。泥水だって飲む。そうやって全員が、サバイバル術を身につけていく。

他にも、水路潜入のための着装泳訓練、ボート転覆・復旧訓練、ニュースなどでもよく取り上げられるロープ橋訓練、さらに救急法、ヘリから降下するリペリング訓練など、一つひとつ挙げ始めたら切りがない。これらを九十日間耐え抜いた者にだけ、中央にダイヤモンドが輝く、あの「レンジャー徽章《きしょう》」は与えられる。

苦しいとか、つらいとかいうレベルの話ではない。死ぬかと思ったことも一度や二度ではない。もともと体力、体格、根性には自信があったが、それは「高校生、大学生にしては」というだけのことであり、自衛隊員に交じってしまえば特別でもなんでもなかった。俺より小さくても、強い奴はいくらもいた。岩のように鍛え上げた肉体を持つ者もいた。もう、戦場で何人も殺してきたような目をした奴までいた。俺なんて、なんの特徴もない、その他大勢のうちの一人に過ぎなかった。

ただ俺には、他の隊員にはない、確固たる目的があった。それは唯一、特別だったと思う。初海をこの手で救出する。日本に連れ帰る。必ず連れ戻す。

心が折れそうになったとき、俺を支えたのは間違いなく、初海の顔だった。笑顔ではない。泣き顔だ。足首の靭帯を断裂し、俺の腕の中で嗚咽を漏らした、あのときの初海の顔だ。

今も初海は俺を待っている。俺が助けにいくのを、泣きながら待ち続けている。こんなところで諦めて堪《たま》るか。倒れて堪るか。死んで堪るか。俺は、たとえ一人でも初海を助けにいく。背負ってでも、そのまま海を泳いで渡ってでも、初海をこの日本に連れて帰る。そう思えば、背嚢の重みすら愛《いと》しく感じられた。この重みが初海であってくれたらとすら、本気で思った。

レンジャー課程は五月末から八月末まで。それでも夜間、山中で雨に打たれれば体は冷える。しかし、北の荒野はもっと寒いはず。極寒と言ってもいい。それと比べたら、こんな気温では生温《なまぬる》い。もっと降れ。もっと強く吹き付けろ。俺は山中の闇を睨みながらそう唱え続けた。

ある訓練後に、バディを組んでいた訓練生に言われた。

「お前、あの嵐の中で、笑ってたぜ……マジで、頭がおかしくなったのかと思ったよ」

いや。俺は正常だったし、冷静過ぎるくらい冷静だった。むしろそのとき、俺の頭の中を占めていたのは「こんなことでいいのか」という疑問だった。その後、俺はレンジャー課程を無事修了し、元の隊に戻ったが、先の疑問はずっと脳内に燻《くすぶ》り続けた。

なぜここには、拉致被害者を救出しようという隊員が、一人もいないのか。

自衛隊の在り方として、それが優先順位の低い任務であることは分かる。初海の父親、庄野正彦は「警察は、国内の治安を守るのが仕事だ」と言った。同じ見地で言えば、「自衛隊は国民を守り、国土を守り、国の価値を守るのが仕事」ということになる。領海、領空を侵犯されれば追い払い、万が一上陸されれば、その勢力に立ち向かう。それが自衛隊だ。

しかし、それでいいのか。拉致され、国外に連れ出されてしまったら、それはもう「国民」ではないのか。「元国民」だとでもいうのか。違うだろう。初海は今だって紛《まぎ》れもない日本国民だ。日本国が守ってやらなくて、誰が守ってやる。自衛隊が連れ戻してやらなくて、どうやって日本に戻れというのだ。

そういった意味では、俺と正彦はよく似ていた。

正彦は、警察がやらないのなら、自分一人で初海を捜すと言った。経験がなかろうと、畑違いの越権行為と言われようと、初海の拉致事件を捜査すると言った。

俺も同じだ。自衛隊にその気がなくても、たとえ一人でも、初海を取り戻しにいく。そう心に誓った。己が魂に誓った。

そんな中、衝撃的な事件が起こった。

一九九九年三月二十三日に発生した、能登《のと》半島沖不審船事件がそれだ。一般には、自衛隊初の海上警備行動が発令された事件として知られているが、事はそれに収まらない。

事件自体は、能登半島沖で北朝鮮のものと思われる不審船が発見され、海上保安庁の巡視船がこれを追跡、停船を呼び掛けるが不審船はこれに応じず、威嚇《いかく》射撃を行うと増速してさらに逃走、翌二十四日になり、運輸大臣より「海上保安庁の能力を超えている」との連絡を受けた防衛庁長官が、持ち回り閣議での承認を受け、初の海上警備行動を発令した——というのが大まかな経緯だ。

逮捕権・捜査権を持たない海上自衛隊は通常、このような不審船に対して何もすることができない。この「海上警備行動」が発令されて初めて、威嚇射撃や立入検査が可能になる。この任に当たった海上自衛隊の護衛艦「みょうこう」は残念ながら、結果的に不審船を取り逃がしてしまうが、これがのちの海上自衛隊を変えるきっかけとなった。

二〇〇一年、海上自衛隊は「特別警備隊」を創設する。陸海空、全自衛隊で初の、正式な「特殊部隊」だった。

俺はこれを知ったとき、正直、入るところを間違えたと思った。

この特別警備隊創設に深く関わった「みょうこう」の元航海長、伊藤祐靖《いとうすけやす》氏はのちに、

「我々はあの北朝鮮の工作船の中に日本人がいる可能性が非常に高いと考え、日本人が乗っていることを前提に任務遂行を考えました」

と語っている。

彼らは、北朝鮮による拉致に果敢《かかん》に立ち向かい、その失敗から、堂々と特殊部隊を創設した。そういった動きは、いつか必ず「自衛隊による拉致被害者救出の実現」に繋がると、俺はそのとき確信した。と同時に、己の不運を恨み、臍《ほぞ》を嚙んだ。

特別警備隊員もまた、陸自においてレンジャー課程を修了することが必須になる。同じ課程を修了した者が、海自では正式な特殊部隊に招集されている。しかし、俺自身はどうだ。陸自はどうだ。第一空挺団に転属願は出しているがいまだ叶《かな》わず、その第一空挺団とて正式な特殊部隊ではない。陸自では最もその性質に近い、というのに過ぎない。

さらに時代は望ましくない方に動いていく。

二〇〇二年にはときの内閣総理大臣と、北朝鮮の国防委員会委員長による日朝首脳会談が行われ、その席で北朝鮮側は、日本人十三人を拉致したことを認めた。誤解を恐れずに言え

ば「認められてしまった」ということだ。

北朝鮮が日本人拉致を認めたことで、のちに五人の拉致被害者の帰国が実現したことは大きな成果だったと思う。五人の中に初海がいなかったことに関しては、「残念」などという言葉ではとても言い尽くせない、地の底が抜け落ちる以上の落胆を覚えたが、一方では「次に帰ってくるのは初海かも」という希望の灯《ともしび》になったのも、また確かな事実ではあった。

しかし「自衛隊による拉致被害者の救出」という希望は、これによって完全に潰《つい》えた。なぜか。まさに、北朝鮮が拉致を認めたからだ。北朝鮮が、国家として日本人を拉致したことを認め、謝罪したからだ。

日本国憲法第九条にはこうある。

【武力による威嚇又は武力の行使は、国際紛争を解決する手段としては、永久にこれを放棄する。】

国際紛争を解決する手段、つまり、相手が国家である場合、自衛隊は文字通りの「自衛」以外、何もできないということだ。

これについて正彦から聞いたのは、もうずいぶん昔のことだ。

「憲法九条の制約があっても、今ならば……北朝鮮が、日本人拉致を国家犯罪と認めていない今ならば、逆に自衛隊による人質救出は可能なのではないか」

詭弁《きべん》であることは百も承知だ。だが自衛隊自体が、まさにその詭弁によって存在しているではないか。陸海空軍その他の戦力は、これを保持しない。なのに自衛隊はいいのか。自衛隊は、他国から見れば軍隊だ。人員も装備も訓練も、立派過ぎるほど立派な軍隊だ。それを「自衛のためだけの組織だから軍隊ではない」などと、一体どんな頭と、どんな口なら言えるのだろう。物を知らないにもほどがある。

だがその詭弁すら、いよいよ主張できなくなってしまった。

朝鮮民主主義人民共和国という国家が、日本という国家の国民を拉致したと認めたのだ。自衛隊は紛《まぎ》れもなく、日本国が有する実力部隊である。これが武装の上、北朝鮮に拉致被害者を取り戻しにいくという行為は、武力で国際紛争を解決しようとするそれ以外の何物でもない。

俺は、なんのために自衛隊に入ったのだ。なんのために命懸けの訓練を耐え抜き、レンジャー徽章を手に入れたのだ。

この、日朝首脳会談から二年遅れて、陸上自衛隊内に「特殊作戦群」が設立される。待望の、我が陸上自衛隊初の特殊部隊だ。さらに三年後の二〇〇七年には「中央即応集団」が創設される。有事において、第一空挺団や特殊作戦群、中央特殊武器防護隊などを、迅速かつ一元的に管理・運用し、その教育訓練までをも統合的に指揮するため、新設された組織だ。

だが、もう遅い。

拉致問題は、すでに国家間における、立派な国際紛争になってしまった。これに自衛隊が関与することはできない。拉致問題を解決するためには、日本という国に現状ある「何か」を変える、大きな決断をしなければならない。

憲法違反を承知の上で、自衛隊に拉致被害者救出作戦を命ずるのか。あるいは、自衛隊が拉致被害者救出に出動できるように、憲法を改正するのか。

自衛隊が過ちを犯すのか。憲法の誤りを正すのか。

具体的に言ったら、この二つに一つということになるだろう。


自衛隊員になったのちも、正彦とは密に連絡をとり合っていた。時間が許せば庄野宅まで赴き、夕飯を呼ばれていくことも少なくなかった。

場所は、初めてきたときに通されたリビングと続きになっている、ダイニングキッチンだ。四人用のダイニングテーブルには、所せましと母親の手料理が並べられている。

初海の母親は、夏子《なつこ》という。顔立ちというよりは、表情に初海を思わせるものがあった。親しくなったのは初海がいなくなってからなので、さすがに明るい印象はないが、それでも穏やかで優しい話し方、言葉遣いには好感を持っていた。

俺は酒があまり得意ではなかったが、正彦に勧められれば少しは飲んだ。実の父親とは猪《ちょ》口《こ》一杯、酒を酌み交わしたことがないというのに。

「利嗣くん、冷めないうちに、食べて」

「はい……いただきます」

その日の献立は、筍《たけのこ》の煮付けと、大根のサラダ、出汁巻《だしま》き卵、ロールキャベツ、豆腐と油揚げの味噌汁、それと、あとからコロッケが出てきた。俺がいなければ、これよりひと品かふた品少ないのではないか。

まずは、出汁巻き卵をいただく。

「……うん、やっぱり、美味《おい》しいな」

これは初海の好物で、俺がいくと、必ず作ってくれるひと品だ。程よく出汁が利いていて、ほんのりと甘みがある。ふわりと心まで柔らかくなるような、優しい味がした。

料理は、どれも四人分用意されている。ご飯も、味噌汁も、箸も、箸置きまで全部だ。正彦と夏子と、俺。もう一人前あるのは初海の兄の分、ではない。初海の分だ。

夏子は初海がいなくなってからも、一日も欠かさず、初海のための食事を作り続けている。いわゆる「陰膳《かげぜん》」だ。

俺はずっと、陰膳とは故人を偲《しの》ぶために作るものだと思っていた。なので、最初は面喰らったというか、正直、縁起の悪いもののように感じてしまった。しかし調べてみれば、本来の意味は「旅などに出た人の無事を祈って、留守宅の人が供える食膳」なのだという。

それを知ったとき、俺は一人で泣いた。

夏子は毎日毎日、初海が無事に帰ることを祈りながら、米を炊き、味噌汁を作り、出汁巻き卵を焼くのだ。正彦は警察官だから、何日かに一回は必ず宿直がある。初海の五歳上の兄は、すでに独立している。家には夏子一人という夜も、週に一、二回はあるはずだ。そんなとき、夏子は初海の陰膳と向かい合い、一人で食べることになる。

それでも、夏子は作り続ける。

初海が帰ってくるまで、何年でも、何十年でも。

夏子の料理には、そんな、食べきれないほどの愛情が込められている。溶け込んでいる。

それが、ひと口ごとに溢《あふ》れてくる。

「美味しいです……ほんと」

正彦がビールの瓶を差し出してくる。

「もう一杯くらい、大丈夫でしょう」

「ありがとうございます。いただきます」

コロッケを揚げ終えると、夏子も席についた。

「……いただきます」

そう言ってから、俺の隣の席に微笑みかける。初海も食べなさい。言葉にしなくても、俺にはそれが聞こえる。

ビールの瓶を横に置いた正彦が、浅く溜め息を漏らす。

「利嗣くんには、ほんと……申し訳ないと、思っているんだ」

「なんすか、また」

「正隆《まさたか》な……あいつ、仙台に、異動になった。次は東京本社だって、言ってたのに……まったく、役に立たん奴だ」

初海の兄、正隆について、正彦はたまに愚痴《ぐち》をこぼす。滅多に話題に上らない人物ではあるが、話が出るとすれば、それは決まって愚痴だった。

「おやっさん、そりゃ、しょうがないですよ。新聞記者は、そういう仕事なんですから」

正彦をなんと呼ぶべきかは、何年も迷った。俺が初海と結婚の約束でもしていれば「お義父《とう》さん」と呼びたいところだが、それはない。かといって「おじさん」と呼ぶには、あまりに関係が近くなり過ぎた。結局、同じ目標を持って行動する、大先輩と若輩者というか、師弟関係のような意味合いで、「おやじさん」「おやっさん」と呼ぶようになった。それもいつの頃からか、なんとなくだ。

「君は、初海のために、自衛隊にまで」

「いや、だから、それは……確かにそうですけど、でもこれは、俺自身が、選んだ道ですから」

「奴は、実の兄妹《きょうだい》なのに、なんの役にも立たない、ブンヤなんぞになって」

「いや……お兄さんだって、初海について何か分かればと思って、記者になられたんですよ。決まってるじゃないですか」

もう、二人の前で「初海」と呼び捨てにすることにも、抵抗を感じなくなっていた。それくらい、俺たちの付き合いは長くなっていた。このやり取りも、もう何回となくしてきたが、結論のようなものはない。ただ正彦が愚痴り、俺が聞く。夏子が、悲しげに微笑《ほほえ》む。その繰り返しだった。

「……あなた、それはもう」

「利嗣くんだって、他にやりたいことがあっただろう。初海のことがなければ、大学だって、バレーボールだって……」

それは違う、という話も、ずっと繰り返してきている。

「おやっさん。俺は、初海と出会ったことも、一緒に過ごした二年九ヶ月も、一度だって、悔やんだことはありませんよ。これが二年九ヶ月で終わりだとも、これっぽっちも思っちゃいません。続きはあります……いえ、続けるんです。だから、この命に代えてでも、俺が初海を、北朝鮮から取り戻します。ここに、連れて帰ります」

正彦が、うん、うん、と低く頷く。

いつもそうだった。俺がここにくる。食事をする。変わらない決意を語る。正彦が頷く。そういう席だった。そのための時間だった。

俺には正彦の不安が、目で見ればその色が映るほど、手を伸べればすくい取れるほど、よく分かった。

多くの国民の、拉致事件への関心が日々薄らいでいくように、この男もまた、少しずつ初海を忘れていくのではないか。たった三年足らず、部活を共にしたというだけで、互いに好意を抱いていたという程度で、そんなにいつまでも、いなくなった娘の捜索に力を貸してくれるだろうか。むしろ、もう忘れたいのではないか。この件から手を引きたいのではないか。自分になど、この家族になど、もう関わりたくないのではないか。すべて忘れて、自分自身の人生をやり直したいのではないか――。

当然だと思う。疑っていいと思う。俺自身、なぜ、と思うことがある。なぜこんなにも、初海を想うのか。忘れられないのか。恋なのか、愛なのか、それすらも分からない。分からないが、迷いはない。初海に会いたい。初海をこの腕に抱きしめたい。この日本に、この家に、初海を連れ帰りたい。そのためなら、この命を惜しみはしない。矛盾しているが、何千回、何万回自問してみても、それが俺の、偽らざる本心なのだ。

初海に会いたい。ただ、それだけなのだ。

しかし、この夜の正彦は、何やら少し様子が違っていた。

うん、うん、という低い頷きが、やけに長い。自らに何かを言い聞かせ、納得させているような。正解のない問いの答えを、なんとかして捻り出そうとしているような。

いや、そうではない。

正彦は、何かを、躊躇《ためら》っている――。

「おやっさん……何か、あったんですか」

そう訊くと、正彦は頷きを止めた。

それが、まさしく答えだった。

何もないなら、ないと答えればいい。答えないということは、つまり何かあるということだ。表情を変えなかったのは、警察官特有のポーカーフェイス、だったのかもしれない。しかしそれでは不充分だ。何もないなら、意外そうな表情を浮かべて「ん？　いや、別に、何もないよ」と、少し明るめに答えるべきだった。だがそれをするには、かなりの演技力が必要だ。正彦は良くも悪くも、芝居ができるような性格ではない。

「おやっさん。何があったんですか」

何度か繰り返して訊くと、正彦も決心を固めたのか、最後には深く、ゆっくりと頷いた。

「実は……ある筋から、情報を、提供された」

正彦が職務の傍ら、個人的に様々な人物と接触を図り、拉致事件の情報収集をしていることは知っていた。

「なんです」

「うん……」

それでもまだ、躊躇《ちゅうちょ》が拭い去れたわけではないらしい。

「おやっさん。今さら俺に、隠し事はナシですよ」

それはそうだと思ったのか、正彦が今一度、深く頷いてみせる。

「うん……実は、初海を……拉致したのではないかという男の、名前が分かった。写真も、あまり鮮明な写りではないが、手に入れた」

全身の血が瞬時に沸《わ》き立ち、逆流するのが分かった。

初海を、拉致した男。初海を、北に連れ去った男——。

「……見せてください」

だがそれは、自分でも意外なほど落ち着いた声だった。誰か、別の男が喋ったかのようだった。初海の拉致に関与した疑いのある男の、顔と名前を知る。何年も何年も待ち侘《わ》びた瞬間なのに、その興奮を抑え込もうとしている自分がいる。頭に上った血を次の瞬間には「下げよ」と、脳から命令が発せられている。

正彦は立ち上がり、食器棚の前までいった。二つある引き出しの右側を開け、封筒らしきものを取り出して戻ってくる。

「これ……なんだがね」

封筒から出てきたのは、一枚のスナップ写真だった。居酒屋の小上がり。だいぶ酒も入っているのだろう、写っている四人の男の表情はいずれも明るく、ひどく陽気な雰囲気だった。

だがその写真をテーブルに置き、正彦が指差したのは、その四人のうちの誰でもなかった。背中合わせに座る、隣の卓の客。短髪、小柄で中肉、ワイシャツにスラックスという恰好で、こちらに右肩を向けて座っている男。それでも、たまたま何かに気を取られ、こっちを向いた瞬間だったのだろう。顔だけは、ほぼ正面に近い角度で写っている。

こんなことを言ったら本職の方に失礼だが、なんとなく、東北で漁船にでも乗っていそうな、そんなイメージの男だった。

「名前は、カン、ミョンス」

正彦は振り返り、真後ろにある電話台に手を伸ばした。そこにあったメモ紙と、ボールペンを手に取る。

「……字は、こう書くらしい」

姜明秀。名字はともかく、名前は「あきひで」と読めば、そのまま日本人としても通用しそうだ。

「在日朝鮮人ですか」

「いや、姜自身は完全な朝鮮人だ。様々な手段で日本と北朝鮮を行き来している、いわゆる……工作員だそうだ」

カン・ミョンス、姜明秀。北の、工作員——。

正彦が続ける。

「話をしてくれたのは、今は川崎に住んでいる、在日朝鮮人の……まあ、土台人ということに、なるんだろうね。姜が東京にきたときに、何度か自宅に泊めたり、車を都合してやったり……もう何年も前らしいが、そういう世話を、したことがあるそうだ。彼自身は拉致に関わってはいないが、姜がそれを主導する立場にあったことは、薄々知っていたらしい。その中に、埼玉の、十代の女性という話があって……それが、初海のいなくなった時期と、とても近いんだ」

その時点で、初海の失踪からすでに十年以上が経っていた。

「そんなこと、よく、聞き出せましたね」

「これも、北が拉致を認めたことの、影響の一つかな。朝鮮総連の弱体化が著《いちじる》しい。在日朝鮮人の態度も、少しずつだが変化してきている。私も気を弛《ゆる》めず、さらに情報収集に努めるよ」

父親は、いつまで経っても父親だ。正彦の、初海を想う気持ちには微塵《みじん》の変化もない。迷いもない。

だがそれを、俺はもう、頼もしいとは思えなくなっていた。

「おやっさん。今後は……たとえばその、姜明秀について、何か新しい情報を摑んだとしても、絶対に、一人では行動しないでください。必ず、俺に知らせてください。おやっさんがいくときは、俺も一緒ですから。そのことだけは、忘れないでください。絶対に、一人ではいかないと、俺に約束してください」

正彦は、静かに頷いた。

俺が、まだビールが半分残っているグラスを向けると、正彦も自分のグラスを取り、合わせてきた。

その隣で、夏子はやはり、悲しげに微笑んでいた。

2

玲子は早速、検事の武見諒太に連絡をとった。

直接携帯にかけると、さすがに出るのも早い。コール音は一回半くらいだった。

『はい、もしもし。姫川さん？』

「お疲れさまです。今ちょっと、お話ししても大丈夫ですか」

『うん、大丈夫。カフェオレに絵を描いてただけだから』

何をやっているんだ、この平日の夕方から。

「今し方、いただいた住所のアパートを調べてきたんですが、本所署、碌に鑑取りもしてないですよ。佐久間健司は、もう二年以上も前にあのアパートを退去しています」

『ん、どういうこと』

「お忙しいでしょうから、今は結論だけ簡単に申し上げます。大村が殺害したとされている男性は、本当の佐久間健司ではありません。つまり、お送りいただいた写真の男は、佐久間健司ではなかったということです」

『おや。佐久間じゃないとしたら、誰なのかな』

「分かりません。それはこれから調べます」

『ま、そうだよね……じゃあ、今夜にでもまた、カーヴド・エアにきてよ。諸々《もろもろ》、詳しく聞きたいから。ちなみにあそこのラザニア、けっこう旨いよ』

なんだろう。この許し難い人間性の軽さは。

「申し訳ありません。今日中にその正体が判明するとはとても思えませんし、私も会議に出席しなければならないので、今夜は無理です。それから、もう少し情報をいただけないでしょうか。遺体の顔写真と昔の住所だけでは、これ以上の解明は困難です」

『そうかなぁ。姫川さんなら、案外できちゃうんじゃないの？』

「時間がないんです。お願いします」

『もっと情報を、か……具体的には、何が欲しいの』

「佐久間健司の事件の詳細を教えてください。犯行の経緯、逮捕されたのはいつで、容疑はどうで、何を供述したのか……もう、分かること全部です」

武見が、電話の向こうで溜め息を漏らす。

『いや、さすがにさ……俺も、現役の検事だからねぇ』

「もう手遅れです。すでに遺体の顔写真は流出させてるんですから、これ以上何が漏れても五十歩百歩です」

『ま、それもそっか……うん、分かった。じゃあ、あとで適当に見繕《みつくろ》って、送っとくよ』

軽い。けど今は恩に着ておく。

「あと遺体写真の、顔以外の部分もお願いします」

『どの辺が見たいの？』

「全身です。全部お願いします」

この期《ご》に及んで、どの辺もクソもあるか。

疲れる。物凄く疲れる、この人。


やや早くはあったが、葛飾署の特捜に戻った。

しかし、

「おい、姫川」

あと一歩で講堂、というところで、後ろから呼び止められた。声で誰かは分かっている。

統括主任の日下だ。

振り返ると、日下はいつもの無表情で仁王立ち。上着は着ておらず、ネクタイも気持ち弛《ゆる》めてある。

「……はい」

「ちょっとこい」

顎で階段の方を示し、そのまま歩き出す。

隣にいた湯田は両手を出し、玲子のバッグを預かろうとする。

「……ご無事を、お祈りしております」

湯田も元は姫川班。日下の怖さはよく知っている。

「何よ。康平も一緒にきてよ」

「いやいや、呼ばれたの、主任じゃないですか」

「そんなこと言わないで」

なんの冗談か、湯田が背筋を伸ばして敬礼をしてみせる。

「残念ですが、私ではお役に立てないと思います。できることと言えば、せいぜいカバン持ちくらいかと」

確かに。湯田を連れていったところで、お前は講堂に戻っていろと、すぐ日下に追い払われるだけのようにも思う。

「だよね……仕方ない。一人で叱られてくるか」

「甘いもの、用意して待ってますから」

「いらねーよ」

湯田にバッグを預け、廊下を歩き出す。何を訊かれるのかは分かっている。今からでも言い訳を考えておいた方がいい。五歩に一つくらいのペースで、ああ言おう、こう言ったら、とアイデアを羅列してはみるものの、どれも日下に通用するとは思えない。

階段のところまでくると、日下は上の踊り場のところにいた。玲子の姿を確認するなり、また先行して上り始める。行き先は屋上と見た。十分後か、二十分後かは分からないが、自分は完膚《かんぷ》なきまでに叩きのめされ、この階段を下りてくることになる。たぶん、そうなる。

大人しく最上階までいき、さらに見上げると案の定、屋上に出るドアが開け放たれている。

結局、上手い言い訳など思いつきはしなかった。

「……はい、なんでしょう」

一礼して、重たい鉄の扉を閉める。錆《さ》びた蝶番《ちょうつがい》が啼《な》く。泣いてどうにかなるものなら、玲子だって泣いて済ませたい。

日下は両手をポケットに突っ込み、すでに暮れた東の空に目を向けている。上着なしで寒くないのだろうか。

「……正直に言え。お前、昨日と今日、何をやっていた」

単刀直入の質問もそうだが、日下の場合、どこまで裏を取って訊いているのか分からないところが、非常に怖い。

日下はここ三日ほど、小林美波が長井祐子の交際相手として挙げた男について調べている。名字は「コガ」、名前は「リュウ」なんとか。主に葛飾署内での調べ物だが、ときには警視庁本部に出向いたりもしているようだった。その間に、玲子について何か聞き及んだのか。あるいは、手持ちの仕事をこなす傍ら、わざわざ玲子の行動についても調べたのか。どちらにせよ、情報漏えい被害者の聴取をしていました、では済みそうにない。

「……姫川」

「はい」

視線を下げた日下が、溜め息交じりに吐き出す。

「俺はな……お前が、俺とはまったく違う考え方をする人間であることを、頭ごなしに否定しようとは思わん。むしろ、俺が考えつかないような方法で、手付かずの情報を掘り起こしてくるなら、尊重したいとすら思っている」

意外な発言ではあるが、でもこのあとには必ず、「しかし」とか「だが」という逆接の接続詞がくるはずだ。

「だがな、姫川」

ほら、やっぱり。

「……はい」

「俺に黙ってやるのは、もうよせ。お前が俺のことをどう思っているのかは知らんが、少なくとも俺にとって、今のお前は部下なんだ。張り合うつもりもなければ、お前の手柄を横取りするつもりもない。安心しろ……お前の好きなように、思う通りにやっていい。その代わり、俺にだけはちゃんと報告しろ。そうじゃないと、守ってやることもできん」

階段室の扉を背にしている、自分。

宵の空を背にして立つ、日下。

急に、自分だけが小さくなったように感じた。

あんたに守ってもらう必要なんてない、と強がってみせたいところではあるが、本音は、まるで逆だった。

今泉が管理官に昇格し、玲子との関係は遠くなったが、そこは林が間に入り、上手く繋いでくれていた。しかしその連携も、今や林の殉職によって途切れがちになっている。

正直に言うと、玲子は係長の山内が苦手だ。この状況下で、日下に「山内寄り」になられたら堪《たま》ったものではない。

林と同じように——そこまで日下に甘えるつもりは、玲子にだってない。でも、ちょっとした援護射撃は、可能ならばしてほしい。

玲子は姿勢を正し、頭を下げた。気持ち的には、かなり素直になったつもりだった。

「……すみません」

「謝るな。何をしていたのかだけ簡潔に述べろ」

こういうところがな、と思わなくはないが、今は呑み込んでおく。

「はい。昨夜は、大村が逮捕された事件の、公判担当検事に会っていました。武見諒太という検事です」

「越権行為だとは思わんか」

「思います」

　ふん、と小さく、日下が鼻息を吹く。

「……それで、何が分かった」

「大村が殺害したとされている男が、佐久間健司ではないことが分かりました」

「どういうことだ」

「佐久間健司という男は実在しますが、今現在の行方は分かりません。殺されたのは、その佐久間健司に成りすましていた男の方です」

「それが何者かは」

「まだ分かりません」

　ポケットから両手を出し、日下が腕組みをする。

「それを調べることが、長井祐子殺害事件の解決に繫がると思うか」

「分かりません。分かりませんが、タイミング的にはおそらく、祐子殺害より佐久間健司の方が先です。つまり、佐久間殺しは大村の前足です。その調べがつかなければ、どんなに祐子殺害を固めても、砂上の楼閣《ろうかく》になりかねません。そのための情報収集です」

　組んでいた腕を解き、日下が一つ頷く。

「……分かった。何かあったら係長は俺が抑える。管理官の耳に入れるかどうかは、俺が判断する。繰り返すが、お前は今後、俺への報告を怠《おこた》るな。いいな」

日下も山内を警戒している、ということか。

「分かりました。必ず報告します」

「佐久間健司を騙《かた》っていた男の正体は摑めそうか」

「分かりません。でも考えはあります」

「そうか。ならいいが、情報漏えい被害者の方も、ある程度恰好はつけろ。湯田に任せるならそれでもいいが、連絡は密にとれ。それと……隠密行動をとるなら、たまには後ろを振り返るくらいはしろ」

日下は誰かに、自分のあとを尾けさせていたということか。あるいは日下自身か。信じ難いが、やりかねない、と思わなくもない。

「分かりました……注意します」

ただし、転ばされたまま終わるつもりも、玲子にはない。

「統括。早速のお願いで恐縮ですが、明日の朝の会議、欠席させていただきますので、フォローよろしくお願いします」

日下が、ほんの一ミリほど眉根を寄せる。

「何をするつもりだ」

だから、考えはあると、さっき言っただろう。

偽の「佐久間健司」に関して、いま手元にあるのは遺体の顔写真と、それから描き起こした似顔絵の二つのみ。警察庁のデータベースで検索しようにも、入力すべき情報がない。

しかし、調べる方法はある。

玲子は宣言通り朝の会議を欠席し、一人、警視庁本部まできていた。できるだけ早い方がいいと思い、朝七時前から、目的の「班」が登庁してくるのを本部庁舎六階の廊下で待ち伏せている。

世にいう「指名手配犯」というのは、ある程度の増減はあるものの、常時概《おおむ》ね八百人前後と言われている。その中から、警視庁管内に潜伏している可能性のある手配犯、五百人ほどを抽出し、全員の顔の特徴を頭に叩き込むという、まさに荒行《あらぎょう》をこなす猛者《もさ》たちがいる。

警視庁刑事部捜査共助課捜査共助係に属する、俗に「見当たり捜査班」と呼ばれる職人集団が、それだ。

彼らは新宿など繁華街の街角に立ち、通行人の中に指名手配犯の顔がないか、毎日、何時間も何時間も見続けている。見当たり捜査専従の係員は十名強らしいが、一人の捜査員が、だいたい月に一人くらいの割合で指名手配犯を検挙するという。

見当たり捜査官に、佐久間健司を騙る男の似顔絵を見てもらい、心当たりを訊いてみる。

それが今日の、玲子の狙いだ。本物の佐久間健司の生活実態を消し去り、そのまま成りすますくらいだから、似顔絵の男が何か重大な犯罪に関わっている可能性は高い。借金取りから逃げたかったとか、そんなケチな話ではないはずだ。

ただし、似顔絵の男が過去に何をやらかしていようと、指名手配されていなければ見当たり捜査班の捜査対象にはならない。これは、一種の賭けだ。似顔絵の男は指名手配されている。いや、されていてくれ。そう願いながら、玲子は捜査共助課の出入り口を睨み続けた。

見当たり捜査官は通常、警察官とは分からないよう変装をして街に出る。その徹底振りには、同業の警察官すら騙されるという。巡回中の地域課係員が街角に何時間も立ち続ける不審人物を発見、職務質問をしたところ、なんと見当たり捜査官だった、という珍事も実際に起こる。玲子も池袋署時代に、似たような話を聞いたことがある。

たぶん、いま玲子を追い抜いていった男がそうではないか。

後ろで括《くく》れるほど髪を伸ばし、上衣はデニムのブルゾン、下衣はオリーブ色のチノパン、首には柄物のストール、さらにガラゴロと、白い布張りのキャリーケースを引いて歩いていく、なかなかの「お洒落さん」だ。確かに、あれを警察官だとは玲子も思わない。男は捜査共助課の部屋には入らず、その並びにある小さめの会議室に入っていく。

さらに数分待つと、あずき色の、ノルディック柄のニットを着た小太りの男、緑色のパーカにダブダブのジーンズを穿《は》いたオタク風の男、金髪に黒のスーツ、ノーネクタイのホスト風と、計四人がその部屋に入っていった。

たぶん、今から何か打ち合わせをして、現場に出ていくのだろう。もう少し待てばもっと集まるのかもしれないが、打ち合わせ時間の長短は、玲子には分からない。さっと切り上げられて、さあいくぞ、となったところで呼び止めるより、これくらいの人数のところで声を掛けた方が話は聞いてもらいやすい——と、無理やり自身に言い聞かせ、小会議室へと向かった。

ドアは開いたままだ。

「おはようございます、失礼いたします……」

奥の席にいる、ノルディック・ニットの男がこっちを向く。

「……あ？　なんだ、お前」

だが玲子が応えるより早く、ホスト風の金髪男が「あ」とこっちを指差した。

「あんた、確か……姫川玲子」

玲子には警視庁内で、しかも決してありがたくはない噂で、有名になってしまった過去がある。それを覚えている人間がいても、なんら不思議はない。何しろ、ここにいるのは警視庁内でも頭抜けた記憶力の持ち主ばかりなのだ。指を差されるくらいは致し方ない。

「はい。捜査一課殺人班十一係の、姫川です」

ノルディックが、さも迷惑そうに眉間をすぼめる。

「一課の『こじらせ女』が、朝っぱらからなんの用だ」

そういう言われ方は初めてだし、あたしって「こじらせ女」か？　と思わなくはなかったが、ここは大人しく頭を下げておく。

「はい、お忙しいところ、大変恐縮ではありますが、その……人相記憶のスペシャリストである皆さまに、一つ、お伺いしたいことがありまして」

ノルディックが、ふん、と鼻で嗤《わら》う。

「今さら、見当たりの極意でも伝授しろってか」

「それも非常に興味深くはありますが、今日のところは、もう少し急ぎの用件でして」

すると意外にも、緑パーカのオタク男が助け舟を出してくれた。

「いいよ。なんか俺たちに、見せたい顔があるんだろ。早く出せよ。指名犯なら、見りゃ分かる。違ってたら分からない。それだけのこった」

意外と声が渋い。そのオタク風ファッションは、あくまでも世を忍ぶ仮の姿ということか。

「ありがとうございます」

バッグから似顔絵のコピーを四枚抜き出し、それぞれに配る。ちょうどそこに、これから釣りにでもいくような、ポケットだらけのベストを着込んだ男が入ってきた。

「……ん？　何やってんの」

「すみません、これを、お願いいたします」

玲子が彼にも渡すと、ホストがひと言添えてくれた。

「この顔に、見覚えはありませんか……だとよ。捜一の、姫川玲子さんだ」

ベストの男は「ああ」と、分かったような分からないような返事をし、空いていた席に座った。

五人とも、真面目にコピーを見てくれている。やがて、各々がカバンから分厚いファイルを出し、めくり始める。手配犯の顔写真帳だった。ファイルの大きさや、ページのレイアウトはそれぞれ違っている。写真の整理方法は、自分で使いやすいように各々が工夫しているようだった。

コピーと写真帳を見比べる彼らの目は、真剣そのものだ。なんだかんだ、警察官同士の仲間意識って、ありがたい。

長髪のお洒落さんが、初めて口を開いた。

「これ、目撃証言から描いたの？」

さすが、鋭いご指摘だ。

「いえ、違います」

「だよな。これ、何かの写真から起こしたんだよな。じゃなきゃ、こんなふうには描けない。こんな似顔絵、普通じゃあり得ない」

ノルディックが玲子を見る。

「この、元になった写真はねえのか」

「あります……けど」

「けど、なんだよ。あるんだったら、最初っからそっちを見せろや」

どうしよう。あれはあくまでも、他部署の捜査資料だ。自分が持っているだけでも問題なのに、さらに無断で他部署の人間に閲覧させたとなったら——いや、もとはといえば本所署の刑事課が悪いのだ。情報共有に応じようとせず、ふたを開けてみたら鑑取りすら満足にやっていない。バレたところで責められるのは自分ではない、本所署刑事課だ。

まあ、ちょっとは玲子も責められるだろうけど。

「……分かりました。お見せします。ただ、これに関しては保秘で、お願いします」

バッグから捜査資料のファイルを出し、後ろの方のポケットに入れておいた例の写真を抜き出す。

「実は……元の情報は遺体写真です。生前の写真はありません。でもこれでは、聞き込みにも使えないので、似顔絵に起こしたと……」

「なるほどね。一般市民に死体の写真は、見せらんねえやなぁ」

五人が、代わる代わる写真を見る。見終わった者は似顔絵に戻り、また写真帳と見比べる。ある者はルーペを使い、写真の特徴を確認し、ある者は目を閉じ、記憶の中にある顔と照合を試みる。玲子は、ただ静かに待つしかない。この職人集団の、特殊能力に期待するしかない。

　やがてホストが、短く溜め息をつく。

「……ちょっと、引っ掛かる顔はねえな」

　お洒落さんも「うん」と似顔絵を置く。

「なんか、ぼんやりと、臭う気はするんだけど、これっていう……決め手がないっていうか、なんていうか」

　すると、

「あッ」

　似顔絵のコピーを、バンッと平手でテーブルに叩きつけたノルディックが勢いよく立ち上がる。

　ホストが彼を見上げる。

「どしたの、キタさん」

「もしかして」

　ノルディックは玲子を押《お》し退《の》け、部屋から出ていった。それを見ていたお洒落さんが、

「……あ、キタさん、もしかして」

　悔しげにそう漏らす。思い出したのがノルディックより遅かった、先を越された、という感じか。

ノルディックは、ほんの一分ほどで戻ってきた。手には一冊の黒いファイルがある。

「俺らのじゃなくてさぁ、こっちに載ってた、アレじゃねえの？」

お洒落さんが頷くので、玲子は訊いてみた。

「どういう、ことですか」

「ほら、俺たちのは、普通の指名手配犯だろ。でもあれは……公安マターの、いわば『裏手配書』ってことよ」

なるほど。公安部が監視対象とするのは、必ずしも逮捕容疑がある者ばかりではない。一方、逮捕状が出ていなければ、指名手配犯とはならない。しかし、指名手配犯と同じくらい、所在確認の重要性が高い監視対象者も、中にはいるだろう。

そこで公安部は思いついた。

せっかく雑踏の中に指名手配犯がいないか、目を光らせている捜査官がいるのなら、ついでにこいつらの顔も覚えておいてよ、運よく見つけたら知らせてくれよと、公安部がちゃっかり、刑事部に属する見当たり捜査班にお願いしていたと。おそらく、そういうことだ。

ノルディックが、フランクフルトのように太い指で、あるページの一点をトントンとつつく。

「ほらぁ、やっぱりあった……こいつだ」

お洒落さんが立ち上がり、その「裏手配書」を覗き込む。

「そう、そうそう、この顔この顔。あったんだよなぁ、頭のこの辺に……あー、やられた。やっぱキタさんには敵《かな》わねえや。よく入ってるよな、こんなのまで、頭に」

ノルディック改め「キタさん」が、自慢げに該当人物のデータを読み上げる。

「氏名、カン・ミョンス。国籍、朝鮮民主主義人民共和国。なぁにが民主主義だ、バカが……年齢は……四、五……今年、五十六歳。八〇年代中頃から朝鮮総連の運営にも深く関わり、複数の日本人偽名を使い分け、工作員として日本国内で活動……ああ、これだな、ヤバいのは。こいつ、拉致にも関わってやがるぜ」

キタは事もなげに、玲子にも「裏手配書」を見せてくれた。

漢字では【姜明秀】と書くようだ。ページには証明写真もちゃんとある。似顔絵より若干若くはあるが、完全に同一人物と断定していい顔だった。それくらい、あの似顔絵の完成度は高かったわけだ。

キタが、玲子の顔を覗き込む。

「姫川さん。あんたが捜してたのは、この男で間違いないかい」

「はい、ありがとうございます。間違いないと思います」

むろん保秘は徹底すると約束し、玲子はそのデータを丸写しさせてもらった。

本部庁舎を出たところで携帯を取り出してみると、武見からメールが届いていた。この男がメールを送ってくるのは、なぜいつも朝なのだろう。

【姫川玲子様
おはようございます。事件の詳細と追加の写真をお送りいたします。調書をスキャンしてお送りする、という手もあるのですが、私にも一応、良心の呵責《かしゃく》というものがありましてですので、今日のところは掻《か》い摘《つま》んで事件の経緯をご説明します。

犯行現場は東京都墨田《すみだ》区横川《よこかわ》四丁目◆‐▲

十月一日十九時半頃、東京スカイツリー下にあるビアガーデンで飲食をした大村は、徒歩で現場方面に移動。すると見知らぬ男から因縁を付けられ、路地裏に連れ込まれた。やがて乱闘になり、相手がナイフを出してきたので、大村はそれを払い落とし、自ら拾った。そこに再度、男が向かってきたので、とっさに刺してしまった。

大村は、動かなくなった男を置き去りにして現場を離れた。その後は思いつくままあちこちにいったので、確かなアリバイはない。しかし十月三日、朝八時頃になって本所署に出頭。喧嘩の末、男を殺害したことを認め、逮捕されるに至った。

これが大まかな事件の経緯です。

添付ファイルで、私の手元にある検案時の遺体写真はすべてです。

ではでは。健闘を祈ります。　　　　武見諒太】

いろいろ釈然としない部分はあるが、最も問題なのは犯行時刻だ。

十月一日十九時半頃。この日の十八時頃に、長井祐子は小林美波と浅草駅付近で別れている。祐子がすぐに帰宅したとして、自宅に着くのは二十分か三十分後、つまり十八時半前後。その一時間後に大村は男に襲われ、返り討ちにし、それから祐子宅に向かったのだろうか。さらに、そこでも何かトラブルが起こり、祐子も殺害？　翌々日の朝になって本所署に出頭、大村は佐久間殺害だけを認めた、ということだろうか。それとも大村は、本所署で祐子殺害についてもほのめかしているのだろうか。だとしたらなおさら、本所署から特捜に情報提供があって然るべきだ。

まあいい。犯行経緯の詳細はあとで調べるとして、遺体写真だ。

これらは一体、どうしたものか。パッと見、画像ファイルは二十以上あるが、これらをまた特捜に持ち込んで、密かにプリントアウトするのはさすがに難しい。だったら要町の自宅に戻って、自分のパソコンからプリントアウトしようか。そうだ、それがいい。

玲子は、葛飾署にいくつもりだったので霞ケ関駅に歩き始めていたが、急遽回れ右をして桜田門駅に向かった。桜田門から要町は有楽町線で一本。自宅までは三十分ちょっとだ。

この部屋に帰ってくるのは、ちょうど一週間振りか。

よく見ると、いや、よく見なくても、実に殺風景な部屋だ。

２Ｋで家賃が九万円。入ったところがキッチン、右に五畳半の洋室、左に六畳の洋室、その向こうがバルコニー。最初は変わった間取りだと思ったが、慣れてしまえば別段不便はない。

仕事用の服は六畳のクローゼットに、普段着は五畳半の方に。大きな窓のある部屋に寝るのは嫌なので、ベッドは五畳半に。テレビやパソコンは六畳に。あと、六畳の部屋にはローテーブルとクッションが置いてあるが、それだけ。これといった趣味もない。ここでは仕事もしない。ただ寝に帰ってきて、たまにクッションを座布団代わりにして、借りてきたDVDで映画を観るくらいだから、本当に物が増えない。

「さて……あんたは、ちゃんと動くのかい？」

パソコンとプリンターの電源を入れてみる。パソコンはたぶん一ヶ月振りくらい、プリンターに至っては、最後に使ったのが何ヶ月前なのかも記憶にない。ひょっとしたら、今年初めてかもしれない。

「お願ぁい、動いてぇ……」

パソコンもプリンターも外装は白。見た感じは新品同様に綺麗だが、触ればどこもかしこも埃っぽい。特にプリンターがひどい。できれば一回、軽く清掃してから使った方がいいかもしれない。

「でもねぇ……お掃除してあげる時間は、ないんだよねぇ」

大丈夫そうだ。とりあえずパソコンは起動した。プリンターも、なんかガシャガシャ動き始めた。

機嫌を損《そこ》ねないうちに、さっさと仕事を済ませてしまおう。

携帯電話とパソコンを接続するケーブルは、どれだ。そういうものはこの、パソコンが入っていた箱に全部入れてあるはず。あった、たぶんこれだ。ん、違う。口の大きさが合わない。もっと小さいやつだ。これか。いやこっちか。やっぱこっちだ。これでしょう。よし、これだ。上手くはまった。

携帯電話をパソコンに接続。お願い、認識して。しろってば。した？　したね。はい、よくできました。

フォルダーを開く。うん、ちゃんと見られる。しかし、自宅のパソコンで一人、何十枚もの遺体写真を眺めてる独身女って、どうなんだろう——ダメダメ、ネガティブ思考は暴食のもと。もっとポジティブにいこう。ポジティブに、遺体写真をプリントアウトしよう。

こいつらを全部、印刷します。印刷、してください。なに、なんか文句あんの。何が不満なの。ああ、用紙を入れてなかったか。コピー用紙じゃ粗《あら》いだろうから、やはり写真用の光沢紙にすべきでしょう。でも、あったかな。あるとすれば、同じ箱の中だけど。

ちゃんとあった。

「さっすが、玲子さん」

たまには自分で自分を褒めることも、独身生活では重要だと思う。

適当に三十枚くらい、写真用紙をセットしたら準備完了だ。

「さあ、働け。張り切ってまいりましょう」

印刷ボタンをクリックすると、作業は順調に始まった。

あとは楽なものだ。プリンターが一枚一枚、写真を排出するのを眺めていればいい。ただ印刷直後なので、インクが乾いてないとか、もうそういう時代ではないのかもしれないが、でもちょっと心配なので、一枚ずつ、出てきたものから取り出して、床に並べていく。床もちょっと埃っぽいけど、とりあえず大丈夫だろう。

中にはすでに受け取った顔写真も含まれていた。ちゃんと見比べたら違いはあるのかもしれないが、大差はない。

三枚、五枚、十枚——。

ゆっくりと増えていく、遺体写真の数。それに伴って玲子の中にも、なぜだろう、違和感のようなものが芽生えていく。

「んん……ん？……んー」

理由は分からない。自分がこれらのどこに違和感を覚えたのか、それを特定することができない。

「あれ……なんだろ……なんか、やだな。なに」

こういうときはもう、じっと見るしかない。自分の中に生じた違和感を信じて、逆算的に、その原因を探っていくしかない。

首、左右の肩、上腕、前腕、拳、胸部。腹部には確かに刺創《しそう》がある。心臓をひと突き、といった感じだ。相手が飛び込んできたからとっさに刺した傷、にはとても見えないが、それはいい。言い方の問題だ。

脇腹、下腹部、股間、男性器、大腿部《だいたいぶ》、膝、脛《すね》、足。引っ繰り返して、背部を収めた写真もある。でも分からない。もう一度頭から。短髪、白髪交じり。額、眉、鼻、頬骨、耳、もみ上げ、口の周りには無精《ぶしょう》ヒゲ。

待って、まさか、そんな――。

恥ずかしながら、玲子に男性経験というものは、まったくゼロではないものの、極めてそれに近いと言っていい。なので、男の体をよく知っているとは、とてもではないが言えない。

ただし、死んだ男の体ならよく知っている。全裸で、身動き一つしない、全体に変色した男の体なら、冗談でなく腐るほど見てきた。

その経験から言うと、これらの遺体写真には大変な違和感がある。

ひと言で言うと、顔と体に、繋がりが感じられない。

この遺体写真の頭部と、胴体は、別人のものである。

そう、玲子は断言できる。

3

國奥定之助《くにおくさだのすけ》は、玄関まで来客を送りに出てきていた。

「先生……本当に、ありがとうございました」

「いえ、あまりお役に立てず、心苦しい限りですが、息子さんには、息子さんの人生があった。一生を全うされた。短くても、長くても、一つの命を生ききれば、それが一生です……ご冥福《めいふく》を、お祈りいたします」

来客の女性は何度も國奥を振り返り、頭を下げ、最後に、バス停へと向かう曲がり角でも立ち止まって頭を下げ、帰っていった。

不憫《ふびん》としか言いようがないが、あれが母親という生き方なのだと、素直に思う。統計的な裏付けなど何もないが、多くの母親は、娘より息子の死に、より大きなショックを受けるように見える。少なくとも國奥が見てきた中では、そういう母親が多かった。

昨年、國奥は六十五歳になり、今年の三月いっぱいで東京都監察医務院を定年退官した。

東京都監察医務院は、東京二十三区内で発生する変死案件の死体検案を一手に担《にな》う機関だ。変死とは「自然死と他殺の間にあるすべての死」を意味する。國奥は三十五年間、監察医として勤め、検死を約二万二千体、解剖を約四千五百体、担当した。多くは事故死、自宅での病死、突然死や自殺だったが、中には自然死や事故死、自殺を装った「他殺」というケースもあった。

そんな監察医人生に、一つ区切りをつけた。

それが、七ヶ月前。

退官後は何をして暮らそうか。ここ何年も、ずっと考えてきた。若い頃に好きだった釣りを、もう一度やってみようか。しかし、あの頃と今とでは道具が全然違うだろうから、また一から始めるようになる。そう考えると、なんだか億劫《おっくう》だった。

俳句とか、絵もいいと思った。こちらはまったく心得がないが、でも、遺体の損傷部位、とりわけ内臓の様子などを描いてみせると、案外「お上手ですね」と、同業者から褒められることが多かった。自分には絵心があるのかもしれない。密かに期待している、自らの秘めた才能である。

いつの頃からか、妙に尺八の音色《ねいろ》が、心に染み入るようになった。思いきって習ってみようかとも思ったが、尺八は俗に「首振り三年ころ八年」と言われるほど習得が難しい楽器だ。たぶん自分は、他人より長くかかる。首振り十年では収まらないだろう。医大時代がそうだった。他の学生が三回でできるところを、國奥は五回も十回もやって、「下手だけど合格」と、先生の温情で単位を頂戴《ちょうだい》してきた。監察医になった理由の一つはそこにある。

監察医は、遺体を検案し、死に至った原因を解明できればそれでいい。切開後の縫合も、葬儀に耐えられればいい。外科医のように、できるだけ傷跡が目立たないようにとか、治りが早いようにとか、そういう工夫は必要ない。そこが、自分にはよかったのだと思う。向いていたと思う。むろん、隠れた死因を探り当てる知識や経験は必要だが、技術、というのとはちょっと違う。上手い下手はあまりない。誤認や看過《かんか》はあるにしても、技術的なミス、失敗というものはないに等しい。冗談でもなんでもなく、自分の失敗で患者が死ぬ心配がない医者。それが監察医なのだ。

あと、犬を飼ってみようかとも思った。亡くなった妻が大の犬好きで、子供ができなかったこともあり、いつか飼おうと話してはいたのだが、実現するより先に妻が亡くなってしまった。交通事故だった。自転車で横断歩道を渡ろうとしていたところ、左折してきた乗用車に撥《は》ね飛ばされ、打ち所が悪く、助からなかった。二十二年前の話だ。悔やんだし、悲しんだし、途方にも暮れたが、受け入れた。加害者は罪を認め、執行猶予になった。それも受け入れた。

この、一人きりの老後を、どうやって生きていくべきか。

考えだけはいくつもあったが、結局、一つも実行には移していない。それで、実際には何をやっているのかというと、監察医時代と大差ないことをし、なんとなく日々を過ごしている。違いは、直接遺体を見ることがなくなったことと、解剖をしなくなったこと。共通しているのは、変死の原因を究明するということ。いうなれば、民間の「死体再鑑定師」といったところか。

先の女性もそんな依頼者の一人だ。息子が自殺を図ったが、どうにも納得がいかない。息子は自殺をするような子ではなかった。母親はそう言うが、監察医務院の現役監察医が作成した死体検案書を読んでも、検案時に撮影した写真を見ても、不審な点は特段見当たらなかった。死亡時に着用していた衣服の写真まで具《つぶさ》に見たが、ごく普通の首吊り自殺としか言いようがなかった。

國奥のもとに舞い込む依頼は、概ねこういったものが多い。自殺と言われたが、違うのではないか。こちら側にも過失のある事故だと言われたが、納得がいかない。手術後に亡くなったのだが、医療ミスがあったのではないか。そういった案件を、一つひとつ再鑑定している。依頼者に自宅まできてもらって話を聞くので、体は楽だ。なおさら、犬くらい飼ってもいいか、と思えてくる。でも大型犬は駄目だ。散歩で引きずられて、大怪我をするに決まっている。

時計を見ると、まもなく十一時。そろそろ昼飯を考えなければ。

現役時代より格段にテレビを観る時間が増えたので、コマーシャルに影響されることが本当に多くなった。新発売のハンバーガー、特盛牛丼、コンビニ弁当にサンドイッチ、回転寿司のまぐろフェア、ファミリーレストランのステーキフェア。もともと食べるのは好きな方だが、退官後はそれに拍車が掛かった気がする。実際、体重は二キロほど増えている。やはり、何か運動をするべきなのだろう。

運動といっても、走るのは苦手だから、せめて毎日一時間くらい歩くとか。そういう用事を無理やり作るとか。奮発して、フィットネスジムに入会してしまう、というのもいいかもしれない。インストラクターにスケジュールを組んでもらって、それを軸とした生活を試みる。そう、ちょっと美人のインストラクターでもいれば、大いに励みになる。

國奥は、特に自分が女好きだとは思わないが、昔から美人は好きだった。吉永小百合《よしながさゆり》とか、桜田淳子《さくらだじゅんこ》とか。ピンク・レディーも好きだったし、南野陽子《みなみのようこ》も一時期お気に入りだった。昨今流行《はや》っている、大人数の女性アイドルグループ。あの集団の中から、好みの顔を探すのもなかなか楽しい。

などと考えていたら、ここ数年来の、一番のお気に入りから電話がかかってきた。

「……おお、もしもし、姫か。いいところにかけてきたな。どうじゃろう、わしと一緒に、フィットネスジムに入会するというのは」

ンンッ、と盛大な咳払いが聞こえる。

『なに、いきなり。わけ分かんない。それより先生、今からいってもいい？　ちょっと、見てもらいたいものがあるんで』

玲子からきてくれるのなら、國奥はいつでも大歓迎だ。

「かまわんが、今どこにおる」

『池袋だから、三十分あれば着くと思う』

「じゃったら、一つ頼まれてくれ。昼飯を買ってきてほしい。コマーシャルでやってる、バーベキューロコモコバーガーというのを食いたい。セットでな。ポテトと、飲み物はコーラがいい」

『何それ。どこの店よ』

それは、ほら。携帯サイトで適当に調べて、どうにかしてくれ。

ハンバーガーショップが案外混んでいたらしく、玲子が到着したときには正午を数分回っていた。

「んもォ、高円寺《こうえんじ》の店、ちょっと混み過ぎ。平日でしょ？　水曜でしょ、今日。なんであんなに高校生がいっぱいいるのよ。まったく……高校生だったら、大人しく学校でママの作ったお弁当でも食べてろっつーの」

ありがたく、バーベキューロコモコバーガーのセットが入った紙袋を頂戴する。

「だいぶ、ご機嫌斜めじゃの。何があった」

ちなみに、國奥はこの口調、玲子がいうところの「お爺《じい》ちゃん喋り」と、標準語とはちゃんと使い分けている。仕事の場で自分のことを「わし」とは言わないし、語尾を「じゃ」にもしない。これという明確な線引きはないが、強いて言うとしたら、仲良くなりたい相手には「お爺ちゃん喋り」をしてしまうかもしれない。そもそもこれは「お爺ちゃん喋り」ではなく、やや標準語化された広島弁だと、國奥自身は定義している。

靴を脱ぎ、玲子が廊下に上がってくる。表情は険《けわ》しいが、相変わらずの別嬪《べっぴん》さんだ。バチッと大きな目、すっきりと高いのに先っぽだけが少し丸い鼻、ひと筆でサッと描いたような唇、長い首、黒く艶《つや》やかな髪。もう、こんなに美人なのになぜ刑事なんぞをやっているのだろうと、出会った頃からずっと疑問に思っていた。女優とかモデルになる気はなかったのかと、不思議議で仕方がない。まあ、本当に女優やモデルになられていたら、國奥は出会うこともできなかったのだから、逆に刑事でよかったのだが。

玲子を茶の間に案内し、ちゃぶ台をはさんで向かい合わせに座る。玲子を通すのはたいてい仕事用の応接間ではなく、こっちの和室だ。

「では、遠慮なく。いただきます」

「どうぞ……」

なぜだろう。玲子は自分の分に手を付けず、國奥がバーガーの包み紙を剝がすのをじっと見ている。

「姫は、食べんのか」

「食べるよ。食べるけど、ちょっと先生ので様子を見てるの」

「この年寄りを、毒味に使うつもりか」

「あたしはそこまで、日本の外食産業に懐疑的ではありません……いや、食べたことないやつだから、手がベチョベチョになったらヤだなと思って」

確かに、目玉焼きだのバーベキューソースだのがてんこ盛りになっているので、かなり持ちづらいし、崩れやすそうだ。國奥も、これを最後まで手を汚さずに食べきる自信はない。

「なったらなったで、あとで手を洗えば済むことじゃろう」

「あたしはここに、ハンバーガーを食べにきたわけじゃないんですよ……うん、やっぱり先に見てもらおう。時間がもったいない。どうぞ、先生は食べてて」

玲子は傍らに置いたバッグから茶封筒を出し、中から写真の束らしきものを抜き出した。

「今度は……どんな……仏さんじゃ」

このバーガー、バーベキューソースが濃厚でなかなか旨い。コーラとの相性も抜群だ。

「どんなって、そんなに変わったご遺体ではないんだけど、ただね、ちょっと違和感があるなと。その、あたしが感じた違和感を、國奥先生はどう見るのかな、専門家はこれを、どう鑑定するのかな、と」

「それを、このバーガーセットで聞き出そうと」

「そういうこと」

玲子がちゃぶ台に並べている写真は、どれも検死時に撮影したもののようだった。五十代くらいの、男性の遺体だ。頭部から上半身、下半身、引っ繰り返して背面と、ひと通り、全身を撮影してある。

なるほど。そういうことか。

今し方、玲子は「違和感」と表現したが、國奥に言わせれば、これは明らかに「偽装」だ。

「……姫はこれを見て、何を思った」

「先生が先に言ってよ。どう思う？　これ」

「どうもこうも、これを一人分のご遺体とするのは、かなり無理があるじゃろう」

玲子が、パチンと指を鳴らす。キュッ、と唇を結ぶ表情も、実に美しい。愛らしい。

「だよね。これ、顔と体、絶対別人だよね」

「うむ。そこは間違いない……まあ、姫も食べなさい」

「うん、いただきます」

黒焦げの焼死体、バラバラに解体された死体、腐乱死体——國奥と玲子の共通の話題といったら、ほとんど「死体」しかない。食事をするときも例外ではない。遺体写真を見ながらステーキを頬張《ほおば》り、現場写真を見ながら酒を飲む。ときには解剖ビデオを検証しながら鍋をつつく。それらと比べれば、この遺体写真は比較的大人しい部類に入るといえる。

一つ確認しておく。

「致命傷は、この刺創で間違いないか」

「うん……ちょっと先生、その手で触んないでよ」

「触らんよ、子供じゃあるまいし」

玲子は先にポテトを摘み始めた。

「まあ、体が別人じゃ、致命傷も何もないけどね」

「確かに。ところで姫は、なぜこの頭と体が別人だと気づいた」

「気づいた、っていうか……だから、違和感。別人だろうとは思うんだけど、どこがって言われると、上手く説明はできない、みたいな。そんな感じ」

「なるほど。では、説明して進ぜよう」

國奥もポテトを一本摘む。

「ちょっと、それで指すのもやめてよ」

「指さんよ。しつこいぞ」

どの写真かが分かる程度に、指の節で示す。遺体を起こし、背面の様子を撮影した一枚だ。

「まずこれ。普通に死斑が出とるな」

「うん」

死斑とは、死後、体内の血液が重力に従って移動し、そこで斑《まだら》に定着する現象をいう。仰向けならば背面に、うつ伏せなら前面に、座った状態なら下肢に血液は集まる。しかし海や河川での溺死など、死後、姿勢が頻繁に変わるようだとその限りではない。分離しやすいドレッシングみたいなものと考えると分かりやすい。縦にしておけば底に、寝かせておけばそのときの下側に不純物は沈殿《ちんでん》する。不純物というか、コショウとか果肉とか、そういうものだ。ただしそれも、振ってしまえば均等に混ざる。その「振る」作業を海や河川はしてしまうので、死斑は出づらいと。そういうことだ。

玲子がバーガーを食べ始める。

「……ん、これ美味しい」

「うむ。わしも気に入った……ということは、この遺体はどういう状態で亡くなったと考えられる？」

「仰向け、ですよね……あ」

もう、玲子は気づいたようだった。

仰向けに寝かされた遺体の顔を、左側から撮影した一枚を指差す。

「首には、死斑がない」

「そう。一番分かりやすいのは、ここじゃろうな。よくよく見比べれば、こっちの首には死斑がある。しかし同じところなのに、こっちの首には死斑がない。これはあり得ない……姫、死斑と死後の時間経過について、説明してごらん」

玲子が頷きながら、ドリンクのカップに手を伸ばす。

「ちょっと待った……ん……ええと、死斑は死後、三十分から一時間で現れ始めて、四時間から五時間辺りで最も活発に移動し、以後は徐々に定着していく。十五時間を経過すると、もはや移動は不可になる。なので、死後十時間辺りで遺体を動かすと、すでに定着している死斑と、まだ定着していない血液が分離して、別の死斑が出現することもあり、その色の違いは……」

「もう、その辺でいい。合格。食べなさい」

長年、國奥が直々にレクチャーしてきただけはある。死斑の説明は完璧といっていい。

「おそらく、姫はこういった点を目にして、無意識に、頭と体が別人のものであると感じたんじゃろう。歳恰好、やや毛深いところまで、よく似た頭と体を組み合わせてはいるが、専門家が見れば、これは一目瞭然、別人としか言いようがない。この頭の方は、死後一定時間、上半身を起こしてあったんじゃろうな。あるいは、座らされていたのか……もう一つ、分かりやすいのを挙げるとすれば、角膜の混濁《こんだく》もある」

國奥は真上から撮影した顔の写真を示した。死亡時の状況にもよるが、半目を開けている遺体は非常に多い。この写真もそうだ。

「本当は、ぐっと広げて見られればいいんじゃが、でもまあ、これでもギリギリ分かるじゃろ。これはもう、全濁といっていい状態に見える。この仏さんの、死亡日時は?」

「はっきりとは分からないけど、今月の初めだと思う」

「なら、この検案は死後二日から三日、ひょっとしたら、もっと経ってるのかもしれん。しかし体の方はというと、この、掌の白変《はくへん》と、死斑の具合からしても、せいぜい一日かそれくらいだ。検案しておきながら、頭と体を別々の日に撮影するなんてことも、あり得ん」

玲子が頷きながら、もう一本ポテトを口にする。そのおちょぼ口が、またなんとも愛くるしい。

「……っていうことはさ、先生。頭と体、別々の写真を用意するってことは……しかも、頭は死後、上半身を起こした状態だった、体の方は仰向けにされていた、ってことは、その、起こしていたのであろう上半身に、公にはできない何かがある、と思っていいよね」

一つ、頷いてみせる。

「おそらく、そういうことじゃろう。ちなみにこの写真は、誰から受け取った」

玲子が、綺麗に整えた眉を、キュッとすぼめる。

「……誰にも、言っちゃダメですよ」

「わしが姫との秘密を、誰かに漏らすと思うか」

「そういう言い方されると、なんかヤラしい感じがして嫌だけど、まあ……そこは、先生を信じてる」

「じゃろう。大人しく白状せい」

「地検の検事。ただし、この遺体はあたしの担当案件のものでは、ない」

「なるほど。裏取引のニオイがぷんぷんするの」

「そこはあんまり穿《ほじく》らないで。で、なに。検事が写真の出所だったら、なんだっていうの」

國奥も、ポテトをひと摘み。

「いや……誰が姫を騙そうとしてるんじゃろう、と思ってな」

「うっそ。あたしがその検事に騙されてるっていうの？」

「分からん。しかし可能性はある。ちなみにその検事はイケメンか」

「まあ……そこそこ、かな」

「怪しい。その男は姫を狙っておる。騙されてはならん。もう、その検事には会わん方がいい」

玲子が、呆れ顔をして溜め息をつく。

「騙されるの意味、途中から変わってるし……まあ、冷静に考えれば、その可能性はあるよね。他殺は間違いないんだろうから、検死はどっかの大学の法医学教室が行った。ただ、あたしでも勘付くような隠蔽《いんぺい》工作だから、大学の先生の仕業《しわざ》とは考えづらい」

「うむ。法医学者なら、もう少し丹念に写真を選ぶじゃろうな」

「ということは」

「検事。検事が最も怪しい」

「あるいは、この写真を検事に掴ませた……捜査員、取調官、ってことか」

残念だが、玲子の中にはすでに、明確な答えがあるようだった。

4

玲子は國奥の家を辞し、駅に向かう途中で武見に連絡を入れた。

『はい、武見です』

「もしもし姫川です。例の件、いろいろ分かってきましたので、一度まとめてご報告したいと思います」

『うん、いいね。じゃあ今夜……』

またカーヴド・エアか。

「すみません、もう少し早い時間に、なんとかなりませんか」

『へえ。姫川さんって、意外とせっかちだね』

意外も何も、玲子はもともとせっかちな性格だ。そのお陰でいろいろ失敗もしてきた。おそらく過去、日下に呈された苦言の大半は、玲子のせっかちに原因があったものと思われる。

「お願いします。いま私が調べているこれは、私の担当案件ではないんです。これに早くケリをつけて、大村の身柄をこっちに引っ張ってきたいんです。そこからが、私の本来の仕事なんです」

うんうん、と電話の向こうで武見が頷く。

『それはね、うん……俺も、分かってるんだけど、急《せ》いては事を仕損じるって、よく』

「武見さんッ」

こんな声は出したくなかったが、出てしまったものは仕方がない。

ただ、武見もなかなかの曲者《くせもの》だ。

『……いいね。好きだよ、俺。姫川さんの、そういう声』

「武見さん、冗談言ってる場合じゃ」

『分かってる。じゃあ、二時間待って。だから、三時半……いや、移動する時間も考えると……訂正、四時にしよう。四時に、帝国《ていこく》ホテル一階のラウンジで。それなら姫川さんもいいでしょ？』

「ありがとうございます。では午後四時に、帝国ホテル一階のラウンジで」

腕時計を見ると、十三時半を少し過ぎている。

この空き時間も、無駄にはできない。

玲子がスカイツリーの下にある「東京ソラマチ」前に到着したのが十四時十六分。ちなみに、ここまでスカイツリーに近づいたのは初めてだ。

「なるほど。こういう感じなのね」

周辺を少し見て回って、確認すべきことを確認し、大村が事件を起こしたとされる住所の辺りまで歩いてみて、腕時計を見ると、十五時を五分過ぎていた。

「いかんいかん」

慌てて押上駅まで戻り、半蔵門線、千代田線と乗り継いで、帝国ホテルにたどり着いたのが、十五時五十五分。

「……余裕。さすが玲子さん」

フロントロビーを通り、ラウンジ入り口に進む。ラウンジ自体はオープンスペースなので、店内の様子は外からでも確認可能だ。二階までの吹き抜け構造になっているせいか、各テーブル席も、そこに座る客もやけに小さく見える。それでも、武見がどこにいるかはすぐに分かった。四角い、巨大な大理石の柱の根元で、真っ直ぐに左手を挙げている。そうまでされたら嫌でも分かる。

会釈をしながらそこまで急ぐ。

「すみません、遅くなりました」

「んーん、大丈夫。まだ四時になってないし。それに、美しい女性が自分の席に向かって歩いてくるのを待つって……まあ、優越感っていうの。男冥利《みょうり》に尽きるよね」

今日はもう、そういう話には一々反応しないようにする。

「ありがとうございます。まあ、貴重なお時間を頂戴しておりますので、早速本題に入らせていただきます」

オーダーを訊きにきたウエイトレスには、「アイスコーヒー」とだけ告げた。武見の手元にはすでにカフェオレがある。

「お電話で、本所のヤマの被害男性が本当の佐久間健司ではないことはお伝えしました」

「……うん。ほんとにいきなり、本題に入るんだね」

黙って聞け。

「メールでお教えいただいた住所にあるアパートの、複数の住人の証言からそのように判断いたしましたので、まず間違いないものと思われます。次に、いただいた遺体写真を検証しましたところ、これにも偽装の跡がありました」

武見の表情がにわかに曇る。

「偽装？」

「ご覧ください」

玲子は、國奥に見せたときのように遺体写真をテーブルに並べようかと思ったが、話の最中にウエイトレスがきたら困るので、ここは簡単に、横顔と背面の写真二枚を提示して済ませよう。

「手短に言うと、これらの写真の頭部と胴体は別人のものです。ここには死斑があるのに、同じ部位であるにも拘わらず……分かりますか、ここには死斑がないんです」

「……なるほど」

武見の声が、深くもぐり込むように低くなる。

玲子は頷いてみせた。

「これに関しても、元監察医の國奥定之助氏に依頼し、簡易的に再鑑定してもらっているので、間違いないと思われます……これが死体検案書に添付されていた写真である、という前提に、間違いがなければの話ですが」

黒目だけを動かし、武見が玲子を見る。

「姫川さん、俺を疑ってんの」

「いいえ」

「ならいい。続けて」

急に真面目ぶられても調子が狂うが、それでも、いつものフザケた態度よりはいくらかマシだ。

ウエイトレスがきたので、いったん写真を伏せておく。

「お待たせいたしました」

「どうも」

せっかくだが、アイスコーヒーもお冷《ひや》も今は脇に避けておく。

「……お電話でも申しました通り、本所はこの件に関して鑑取りすら碌にしていません。提出された遺体写真にも嘘がある。さらに言うと、佐久間健司とされている被害男性は、日本人ですらありませんでした」

武見の眉間に、ぐっと力がこもる。

「どういうこと」

「本名、カン・ミョンス、五十六歳。北朝鮮の工作員です。朝鮮総連とも関わりが深く、日本人拉致にも関与しているとの情報があります」

「字は、どう書く」

玲子はバッグからボールペンを出し、ホルダーから紙ナプキンを一枚抜き取った。

姜、明、秀。

玲子が書き終えると、武見はすぐ、それをさらうように摘み取った。

「姜、明秀……拉致にも関わった可能性がある北の工作員を、三十二歳のフリーター、レンタルビデオ店の店員が……」

玲子が書いた三文字を凝視する、目。

「喧嘩の末……刺殺したってか」

声帯が潰れるほど、押し殺した低い声。

武見の中で、何かいつもとは違うスイッチが入ったように感じた。

初対面のときに、自分が犬顔と言われたことを恨んでいるわけではないが、あえてそれに倣《なら》って喩えるとしたら、これまでの武見はシェパードとか、そんなタイプだった。大きいけれど多少は可愛げもある、まあまあ普通に飼えるレベルの、よく言えば上品な部類の犬だ。

だが今の武見は、どちらかというと、ドーベルマンのそれに近い。短毛に覆われた、筋肉質な体。獰猛《どうもう》で、容赦がなく、俊敏で直線的。詳しくその歴史や性質を知っているわけではないが、確かドーベルマンというのは、元は軍用犬だったのではないか。少なくとも玲子の中にはそんなイメージがある。

敵という、対象物を認識したときの、冷酷なまでの集中力。

そんなものを、今の武見には感じる。

「本所は俺に、こんなモノを喰わせるつもりだったのか」

「まだあります」

玲子は自分の携帯を出し、武見のメールを表示させてから向けた。

「この部分、間違いないですか」

玲子が指しているのは【十月一日十九時半頃、東京スカイツリー下にあるビアガーデンで飲食をした大村は】の部分だ。

「ん？　間違いない、とは」

「この日付、時刻、間違いないですか」

「そりゃ、調書を見ながら打ったんだから、テキストデータを右から左にコピペしたわけじゃないから、絶対に間違いがないとは言いきれないけど、でも間違いないと思うよ。そういうところを、姫川さんは知りたいんだと思ってたしね。慎重に、何度も確認して打った記憶もある。十月一日十九時半頃、その字面にも覚えはある」

今一度、玲子は頷いてみせた。

「だとしたら、この調書そのものが捏造《ねつぞう》です」

「その心は」

「スカイツリー下のビアガーデンは今年、天候の都合で九月三十日に営業を終了しています。先ほど、現地にいって確認してきました」

すると、

「へえ……そうなの」

武見は下を向き、両肘を膝に置き、小刻みに肩を震わせて笑い始めた。まもなく顔を上げ、いや仰《の》け反《ぞ》り、声も出して笑い続ける。周囲の客の何人かが、あの男はどうしたんだ、という怪訝そうな目でこっちを見る。ウエイトレスも一人、心配そうに玲子たちの様子を窺っている。

「武見さん……」

ひとしきり笑って、それで気が済んだのか、武見は元の姿勢に戻り、軽く手を挙げて玲子に向けた。

「……失礼」

そのときにはもう、顔はドーベルマンのそれに戻っていた。

「姫川さん、あなたには感謝しますよ。むろん、私なりに裏は取り直しますが、現時点では、大村の件は起訴を見送る方向で検討しようと思います」

賢明な判断だ。

武見が続ける。

「それと……ここまでしてくださったんですから、あなたにも、何かお礼をしなければなりませんね」

夜景の見えるリストランテでディナーとか、その手の話か。

「いえ、そういったお気遣いでしたら、けっこうです」

ドーベルマンのまま、武見が鼻先で嗤《わら》う。

「勘違いすんなよ。俺は今、真面目な話をしてるんだ……俺はね、やられっ放しってのが、大嫌いなんだよ。こういうデタラメな絵図を描いて、俺に喰わせようとするような奴には、それなりの返礼をしねえとな……姫川さん。あんただって、どっちかっていったら、そういう主義だろう」

武見は舌を出し、べろりと唇を舐《な》めた。

おそらく、これこそが武見諒太という男の本性、なのだろう。

その夜は、珍しく日下の方が会議を欠席したため、報告はできなかった。なので翌朝、少し早めに特捜に入り、日下が出てくるのを待った。

日下は八時ちょうどに姿を現わした。

玲子は、日下がいつも座る席に先回りして待った。

「おはようございます。統括、少しお時間を」

「ああ」

カバンを置いた日下が、すぐさま上座の出入り口に向かう。玲子もそのあとについていく。今の時間なら、まだ地域課の朝礼も始まっていないと判断したのだろう。日下はまた最上階まで階段を上がり、屋上へと出ていった。
二、三歩いったところで日下が振り返る。
「……どうなった」

「はい」

報告したのは、概ね武見にしたのと同じ内容だ。被害男性の正体は北朝鮮の工作員、姜明秀、死体検案書の写真は捏造、調書も捏造。

ただ日下は、武見ほどすんなりと同調してはくれなかった。

「正体が北の工作員だろうがなんだろうが、喧嘩の末に刺殺される可能性はあるだろう」

「それは、そうですが……でもだったら、遺体写真や調書を捏造する理由が分かりません」

「被害男性が工作員だったから、それらの捏造は必要になったと」

「そう、私は考えます」

「ちなみにお前、その線をどこまで穿るつもりだ」

確かに、落とし処はどこなのか、決めておく必要はある。

「調書が捏造ということは、おそらく大村は本ボシではないのだと思います。こっちから何かぶつけて、本所が大村を手放してくれるなら、正直、どの段階でもいいとは思います。ただ、ここまできたら……」

日下が片眉だけをひそめる。

「姜明秀を殺したのは、本当は誰なのか。そこまでやるつもりか」

絶対に、というほどの決意はないが。

「できれば……そこまで分かれば、本所も四の五の言わずに大村を吐き出すでしょう」

日下が、短く刈った髪をひと撫でする。

「今泉管理官は、こういう心労に、ずっと耐えてきたわけか……お前の言い分も、分からないではないが、本ボシを挙げるところまでやったら、いくらなんでもやり過ぎだ。相手は、同じ警視庁の人間だぞ」

それには異論がある。

「初めに道を踏み外したのは本所です。調書の捏造までして、どういうつもりなんでしょうか」

「それは監察の領分だ。お前がやるべきことではない」

なるほど。

「分かりました。では、こうします。監察を動かせるだけの証拠を揃えたら、私はこの件から手を引きます」

日下が首を傾げる。

「それが、お前の望みなのか」

「いえ、私の望みは、本件の解決です。その邪魔立てをするなら、同じ警視庁の人間でも手加減はできない、ということです」

本当はもう少し言いたいことがあった。これ以上は自分一人では難しいから、せめてもう一人、できれば菊田をこっちに回してくれ、そう頼むつもりだった。

だがその前に、玲子の上着のポケットで携帯が震え始めた。思わず目をやってしまい、日下もそれに気づいたようだった。

「いいよ、出ろよ」

「すみません」

こんな朝っぱらだから、武見からのメールだろうと思ったが、意外にも普通に電話がかかってきていた。

日下に小さく頭を下げてから出る。

「はい、もしもし、姫川です」

『武見です。あなたへのお礼に、ちょうどいいプレゼントが見つかったよ。間違いのないよう、あとでメールも送るけどさ、とりあえず、口頭で伝えたくてね……できれば声だけじゃなくて、テレビ電話であなたの顔を見ながら、ご報告申し上げたいくらいだよ』

 やや砕けた調子ではあるが、声の感じは昨日のままだ。

「ありがとうございます。謹《つつし》んで、お伺いいたします」

『姜明秀という男は、日本国内でいろいろやらかしてはくれてるが、明確に拉致に関わったとされている事案は、さほど多くはない。その中に一件、政府認定にまでは至っていないが、極めてそれに近い疑いを持たれている事案がある。今から二十年前……埼玉県朝霞市で、当時高校三年生の、十八歳の女の子が行方不明になっている。名前は、ショウノ、ハツミ。写真もあるから、あとでまとめてメールするよ』

十八歳の女の子が、拉致被害に――。

北の工作員、拉致事件と聞いたときから、そういう可能性は多分にあったわけだが、実際にその年齢、性別を聞かされると、玲子としては、穏やかではいられなくなる。

少なからず自身の、十七歳のときの事件と重なるものがある。

ショウノ、ハツミ。その名前を耳にしただけで、胸の骨が削れるほどの痛みを感じる。見知らぬ男たちに暴力で自由を奪われ、小さな船の底に押し込められ、いずこも知れぬ場所に連れ去られる。

どんなに怖かっただろう。

どんなに心細かっただろう。

どんなに、絶望しただろう。

武見が続ける。

『この件には、もう一つ特筆すべき点がある。ショウノハツミの父親、ショウノマサヒコは、五年前まで埼玉県警の警察官だった。ハツミの失踪当時は、浦和東署に勤務していた』

予告するだけはある。この一連の情報には、十二分に驚かされた。

「武見さん、昨日の今日で、よくそこまで調べられましたね」

『調べるの自体は、さほど難しくなかった。「救う会」……正式名称は、長いからアレだけど、要は、拉致被害者を救うための、全国協議会な……あそことは、それなりにパイプがあるから。それだけに、関係者を疑うようなことはしたくないが、でも一方じゃ、拉致に関わった工作員なんざ、ぶっ殺したっていいんじゃねえかって、正直、俺だって思うよ。検事のバッジさえ付けてなけりゃな』

しかし、拉致被害者の親族が、警察官だったとは。

朝の会議が終わる頃には、武見からの確認メールも届いていた。

庄野初海、当時十八歳。添付の写真は二十年以上前のものだから、さすがに今風というわけにはいかないが、それでも、初海はかなりの美少女だった。いや、顔立ちが大人びているので、「美女」と言った方が通じるかもしれない。決して派手ではないけれど、目鼻立ちの整った、上品な雰囲気の女性だ。

とはいえ、生年月日からすると、玲子よりは三歳年上になる。

玲子の事件は、裁判を別にすれば、十八年前のあの夜に始まり、その夜に終わった。だが初海の事件は、この二十年間、ずっと続いている。一秒たりとも途切れることなく、拉致された状態は継続している。

玲子は、たった一夜の事件でも、文字通り死ぬほど苦しんだ。実際、死にたいとも思ったし、その後の人生に希望が見出《みいだ》せるなんて、とてもではないが当時は思えなかった。でも、玲子には支えてくれる人たちがいた。両親だけでなく、これも何かの偶然かもしれないが、埼玉県警本部の刑事、佐田倫子《さだみちこ》巡査は本当に、命を懸けて玲子を立ち直らせようとしてくれた。

しかし、初海の傍《そば》には誰もいない。両親も、きょうだいも、友達も、むろん佐田のような警察官もいない。北の荒野に連れ去られて二十年、今もその孤独な状態に置かれたままだ。

玲子は庄野初海、父親である庄野正彦についても日下に報告し、改めて、菊田をこっちの捜査に回してくれるよう頼んだ。日下はしばらく黙っていたが、最終的には頷いてくれた。

菊田にも事情を説明し、庄野初海の、家族以外の関係者を洗ってくれるよう頼んだ。

「……で、主任は、どうするんですか」

「あたしは、庄野正彦に、直接会いにいく」

この件、あまり小細工のようなことはしたくない。

庄野正彦の連絡先は武見のメールに載っていたので、さっそく電話をかけてみた。最初に出たのは夫人らしき年配女性だった。

『はい、もしもし』

「もしもし。私、警視庁の姫川と申しますが、こちらは庄野さんのお電話で、間違いありませんでしょうか」

一瞬の間はあったが、それくらいはむしろ普通だろう。

『……はい、庄野でございます』

「ありがとうございます。実は、庄野正彦さんに、お伺いしたいことがございまして、できれば、直にお会いしてお話しさせていただきたいのですが、正彦さんは本日、ご在宅でしょうか」

『はい、主人でしたら、家に、おりますが……あの、今、ここにおりますので、代わりましょうか』

「ありがとうございます。お願いいたします」

本当に、すぐ近くにいたのだろう。呼ぶほどの間もなく、正彦が代わって出た。

『……お電話、代わりました。庄野です』

「初めまして。突然のご連絡で申し訳ございません。私、警視庁捜査一課の、姫川と申します。折り入って、庄野さんにお伺いしたいことがあるのですが、本日、庄野さんは、ご予定がおありでしょうか」

『いえ、かまいません。こちらに、いらして、いただけるのでしょうか。それとも、私がどこかに』

「私が、そちらにお伺いいたします。それでも、よろしいでしょうか」

『けっこうです』

十一時半頃にいくと約束し、その電話は切った。

葛飾署からだと、約一時間半。京成本線、JR山手線、東武東上《とうぶとうじょう》線と乗り継いで、朝霞駅で降りる。庄野宅までは一キロちょっと。徒歩だと十分以上はかかる。タクシーも考えたが、何しろ玲子は、庄野初海という女性のことを、何一つ知らない。せめてどんなところで暮らしていたのか、それくらいは感じようと思い、歩いていくことにした。

同じ埼玉県内というのもあるだろうが、玲子が生まれ育った南浦和と、大きくは違わない街並みだった。いや、むしろ玲子が幼い頃の南浦和に近いかもしれない。

高い建物もあるけれど、その向かいは畑になっていたり、やたらと大きな公園があったり。東京からの距離でいったら南浦和の方が遠いとは思うが、田舎っぽさという面では、決して悪い意味ではなく、この近辺の方がまだあるように思う。

庄野宅は、国道二五四号から一本入った県道沿いにあった。

ごく普通の一軒家。四人くらいの家族で住むのに最適な大きさではないだろうか。見上げると、二階の窓はすべて雨戸が閉まっている。理由は分からないが、どうしても、初海が拉致されて不在であることと、結びつけて考えてしまう。

玄関の呼び鈴を押すと、正彦であろう男性の声が応えた。

《はい》

「こんにちは。先ほどご連絡いたしました、警視庁の……」

《はい、今お開けします》

ロックを解除する音がし、ドア口に初老の男性が姿を現わす。

背は、百七十センチあるかないか。痩せ型で、髪色はほぼ真っ白といっていい。上衣はワイシャツにベージュのカーディガン、下衣はグレーのスラックス。見るからに温厚そうな人物ではあるが、気になる部分もあった。

自然とそこに、目がいってしまう。

「急なお訪ねで、申し訳ありません。警視庁の、姫川です」

正彦も倣って頭を下げる。

「庄野です……どうぞ」

左手でドアを押さえ、右手で玲子を中へといざなう。その右手が、包帯に覆われている。右手だけではない。正彦の左頬には、大きなガーゼが貼られている。

「ありがとうございます……失礼いたします」

通されたのは、リビングのような部屋だった。だが、いわゆるリビングとは少々様子が異なる。

正彦が、包帯のない左手でソファを示す。

「散らかっていて、申し訳ありませんが、そちらにお掛けください」

「はい、ありがとうございます」

散らかっていて、という正彦の言葉は謙遜《けんそん》でもなんでもない。本当に、物凄く散らかった部屋だった。古くから営業している事務所とか、片付けが苦手な学者の書斎とか、そんな様子だ。

部屋のあちこちに積み上げられた書類、封筒、書籍、ファイル。テレビ台の左右は幅に余裕があり、普通なら何かの飾り物やフォトスタンドを置いたりするのだろうが、庄野家ではそこも書類置き場になっている。覗けばテレビ台の裏まで、書類が落ちて溜まっていそうだ。

長年、夫婦で拉致事件について調べてきた。その積み重ねが、今のこの状態なのだろう。

すぐに夫人がお茶を淹れてきてくれた。

「失礼いたします」

「ありがとうございます……頂戴します」

それだけで、夫人は隣のダイニングキッチンに下がっていった。だからといって、他の部屋にいくわけではない。玲子から見えない、奥まったところで、静かに話を聞くつもりのようだった。

この夫婦は、そうやって二十年間、初海に関する情報を共有し、共に苦しみに耐え、支え合ってきたのだろう。

一つ頭を下げ、玲子から切り出す。

「今日、お伺いしましたのは、お嬢さま……初海さんについて、お話を聞かせていただくためです」

正彦が「はい」と、低く答える。

「なんなりと、お尋ねいただいてけっこうですが、しかし……なぜ、今日なのでしょう」

口調は、とても落ち着いている。

これは、しばらく肚の探り合いになりそうだ。

「最近、初海さんに関して、何か新しい情報などは、ありましたでしょうか」

正彦が、小さくかぶりを振る。

「いえ。この二十年……手掛かりとも言えないような情報が、入ってきては消え、入っては消え……そんなことの、繰り返しでした。もっと早く、国が積極的に動いてくれていればと……振り返れば、そんな愚痴しか出てきませんが、それでも我々は、希望を捨ててはいません。ここ数年の、北朝鮮との政治的緊張状態も、拉致被害者の救出に繋がる好機であると……そう、考えるようにしています」

そうだろう。北による拉致事件は、日本国内で発生する身代金誘拐事件などとは訳が違う。警察では甚《はなは》だ手に負えない。解決できるとしたら、それは日本国政府以外にはあり得ない。だがこの国の政府には様々な制約や柵《しがらみ》があり、期待するようにはまるで動いてくれない。歯痒《はがゆ》いなどという言葉では、とてもではないが言い表わせない二十年だったに違いない。

本当は、初海の写真なども見せてもらいたいが、今はまだ早い。

「初海さんが、行方不明になった経緯《けいい》について……すみません。本来であれば、県警や救う会などで、ある程度教えていただいてから、こちらに伺うべきだったのですが……」

正彦は、抑揚《よくよう》のない声で「かまいません」と答え、初海がいなくなった夜の様子を話してくれた。何十回も、何百回も繰り返してきた説明なのだろう。感情的な部分は微塵もなく、事実だけを淡々と、簡潔に並べていく。

二十年前の、大学受験を目前に控えた一月九日の二十一時頃。初海は二十分ほどといってジョギングに出かけ、以後行方不明になった。二十二時頃に帰宅した正彦は夫人と近くを捜したが、発見には至らず、所轄署に捜索願を出した。

「……当時は、北朝鮮による拉致だなどとは、想像だにしませんでした。ただ、私も警察官でしたので、関係各所に問い合わせをし、情報収集をしているうちに、そういった話が耳に入ってきました。担当部署からも、おそらく間違いないと……目の前が、まさに、夜の海に投げ出されたように、真っ暗になりました」

警察では解決できない、国は動いてくれない。ならば自分で捜すしかないと、様々な機関と接触を図り、ときには朝鮮総連や在日本大韓民国民団の関係者にも会い、情報収集に努めてきた。「北朝鮮に拉致された日本人を救出するための全国協議会」にも入会し、参加できる活動にはすべて参加してきた。しかし、いまだに初海は戻ってこない。どこにいるかも、分からない。

当たり前といえば当たり前だが、庄野正彦も「救う会」に入会していた。ということは、だ。

「庄野さん……一つ、確認させてください。姜明秀という名前を、聞いたことはありますか」

それまで、伏し目がちにしていた正彦が、ゆっくりと顔を上げる。

「はい。初海の拉致に、関わったと噂されている人物でしょう。でも、それ以上は何も」

「実は、今月の初め頃、ある男性が墨田区内で殺害……殺人か傷害致死かは、今のところはつきりしていないのですが、とにかく、他殺体で発見されました。その男性が、姜明秀なのではないかという情報があります。確定ではなく、目下確認中ではありますが」

正彦の目が、玲子から逸れ、正面にある窓に向く。窓の外には低いコンクリート塀があり、その向こうは確か、隣のアパートの駐車場だ。

「姜明秀が、殺された……つまり、奴は日本国内にいた、ということですか」

また玲子に向き直る。その表情に、変化はほとんどない。

「はい。墨田区内ですから、そういうことになります」

「犯人は」

難しい質問だ。

「それについては、現段階では申し上げられません」

「なるほど」

この落ち着きは、どういう心情からきているのだろう。

「……あまり、驚かれないのですね」

そう言われて、玲子に向けた目にも、特に感情はこもっていない。

「まあ、そう、ですね……殺された、というだけでは、なんとも」

「お嬢さん、初海さんの拉致に関わったとされる人物が、どういう経緯であれ死亡したというのは、ご家族の方には、大きな損失ではないかと、考えていたのですが」

正彦が「うん」と低く漏らす。だが、決して頷いたわけではない。

「姜明秀という男が、実際に、初海の拉致に関わっていたのだとして、そしてその男がもし、いま目の前にいたとして、私が取調べの真似事をして、その男の知っていることを、洗いざらい吐かせたとして……でもそれは、あくまでも二十年前の、初海を連れ去ったときの状況についてであり……まあ、おそらくそれに、限られるでしょう。知りたいか、知りたくないかと言われれば、もちろん知りたいです。知ったところで、幾通りも想定してきた、初海が拉致されたときの状況の、その想定の中の一つに、事実が確定し、想像が、一つだけ情報と認められ、その分だけ、我々の苦しみも、現実の痛みに近づいて……決して、無意味ではありません。それがどんな苦しみでも、どんな痛みでも、初海についてのことなら、初海に一歩でも近づけるのなら、我々は喜んで受け入れます。甘んじてその苦痛に、この身を委《ゆだ》ねます」

そこで、正彦がひと息つく。重く、乾いた息だ。

「……しかし、そういった堂々巡りや、空回りにも、残念ながら、慣れてしまいました。一つの情報源が潰えたくらいで、我々は一々、落胆してはいられないんですよ。姜明秀がどんな情報を持っていたのか。初海を拉致したときの様子は、当然知っているでしょう。しかし、その後の消息まで知っているとは限りません。ましてや、日本に何度も密入国し、また密出国するというのを繰り返してきた男です。つまり北朝鮮国内より、国外での活動が主だったと考えられます。そんな男の持っている情報など、取るに足りないものと……まあ、そう考えて、諦めるしかないでしょうね」

至極《しごく》、真っ当な考えだと思う。その冷静さも、尊敬に値する。しかし、それは本心だろうか。今の言葉は、本当に正彦の心から出てきたものだろうか。むしろ、周りから聞こえてくる雑音のような一般論をいっとき借りて、自らの口で語っただけではないのか。

この部屋を見る限り、そう疑わざるを得ない。

この資料の山は、いや山脈は、どんな些細《ささい》な情報でも欲しい、得られた情報は一行も、一文字も捨てたくない、そういう想いから築かれたものではないのか。姜明秀の握っている情報など、初海を拉致したときの様子程度で、その後の消息になど繋がりはしない。果たしてそうだろうか。

拉致被害者の消息について、その情報の多くは脱北者からもたらされるという。拉致被害者の中には、北朝鮮を統《す》べる金一族、その子息の家庭教師をさせられていた者がいる、という情報もある。教師として家庭に入り込み、それだけに、金一族について多くを知ってしまった、だから日本に帰すわけにはいかない。北側には、そういう事情があると言われている。

初海のその後について、姜明秀が直接関わったのでなくても、どういう役割を担わされたのか、それがどこなのか、そういった情報を握っていた可能性はある。それを、そんなに簡単に諦められるものだろうか。殺されてしまったものはしようがない。そんなふうに、容易《たやす》く切り捨てられるものだろうか。

玲子は、違うと思う。正彦は今、何かしらの意図を持って、嘘をついたのだと思う。本心を偽り、薄っぺらな一般論を吐いたのだと思う。

なぜか。

あまり考えたくはないことだが、正彦は、姜明秀殺害に関して、なんらかの事情を知っている。そう結論づけざるを得ない。少なくとも、現時点では。

もう一つ、確かめておきたい。

「あの、つかぬことを伺いますが、その……手と、お顔は、いかがなさったのですか」

頬のガーゼ。十センチ四方はないだろうが、五センチ以上はありそうな、大きなものだ。右手の包帯に至っては、何か添え木でも入っているのではないかというくらい、太く巻き付けられている。

正彦に何か後ろ暗い事情があるとしたら、おそらく外したかったに違いない。しかも訪ねてくるのは警視庁の刑事だ。必ず包帯を巻いている理由を訊いてくる。しかし、外せなかった。それくらい派手な傷が、その包帯の下にはあるのだろう。

正彦は、左手でそろりと、右手の包帯を撫でた。

「これは……お恥ずかしい限りですが、自転車で、転んでしまいまして。角から、子供が飛び出してきて、それ自体は、上手く避けられたのですが、急にハンドルを切ったものだから、そのまま、電柱に……ぶつかった挙句、バランスを崩して、転倒してしまい……普段、体を動かさないようになると、駄目ですね。退官してから、もう五年です。急激な体力の衰えを、感じます。いやまったく、お恥ずかしい」

電柱に激突、その後に転倒。それで右手首と、左頬を負傷。

ないとは言いきれないケースだ。

この場で、さらに詳しく訊くことはできる。相手は男の子か、女の子か。場所は、時刻は。子供はどっちからきたのか。手首を痛めたのは電柱に当たったからか、あるいは転倒したからか。頬の傷はどうだ。どこの医者にいった。子供は謝ったのか。知っている子だったか、知らない子だったか。

しかし玲子は、そんな質問のすべてを端折《はしょ》った。

「……庄野さん。姜明秀を殺した犯人に、心当たりはありませんか」

正彦の、両の黒目が、スッと左に動いた。ほんの一瞬だが、玲子から目を背《そむ》ける方向に、横滑りした。今日、初めて見る反応だった。

「さあ、分かりませんね。たった一人の娘を連れ去られたのですから、殺意という意味では、私も人一倍、持っていることになります。しかし、私は幸か不幸か、その姜明秀と、直に対峙することはなかった。あったら、何かしらの暴挙に出ていたのかも知れませんが、そういった機会は……ありませんでしたね」

玲子はこれまでに、決して少なくはない人数の犯罪者と相対してきた。人殺しとも、膝を突き合わせて話し合ってきた。その経験を以《もっ》てしても、目を見ただけでその相手が殺人を犯したのか、犯していないのか、そういう判断はつかない。目を見れば分かるという刑事も確かにいるが、少なくとも玲子は分からない。正直、目を見れば分かるというのは、眉唾物《まゆつばもの》だと思う部分の方が大きい。

なぜか。人殺しの目という意味では、自分も似たり寄ったりだと思うからだ。自分を暴力で屈服させたあの男がいま目の前にいて、自分の手にナイフがあったら、玲子は刺すと思う。その衝動を抑えきれる自信は、まるでない。つまり、玲子自身が潜在的殺人者なのだ。でも、実際に殺人は犯していない。そういった意味では、殺人者ではない。その判断を、目を見ただけでするというのは、かなり無理があると思う。

だから、この庄野正彦という男が、姜明秀殺害に関わっているのか、あるいはまったくの無関係なのか、玲子には判断がつかない。殺したいと、その気持ちを隠さず口にしたこと自体、ある種のミスリードという可能性もある。

警察官は、特に刑事は、犯罪者の嘘を見抜くプロである一方で、嘘をつくことに関しては素人同然だと、玲子は思っている。実際、玲子は警察官の嘘を見抜くのが、別に自慢するつもりはないが、けっこう得意だ。でもそれは、不意を衝《つ》く質問などで矛盾を炙《あぶ》り出し、その結果、嘘を嘘だと認めさせることができる、という話であって、正彦のそれとは少々事情が違う。

正彦は、初海の拉致、それに関わったとされる姜明秀、この二点を結ぶ線について、何年も何年も考えを巡らせてきている。昨日今日、この事案に首を突っ込んだ玲子がする質問など、なんの不意打ちにもならないに違いない。

テレビの左斜め上、壁掛けの時計の針は、すでに正午を十五分ほど過ぎている。

今日のところは、これ以上話しても無駄だろう。

「そうですか……ありがとうございました。お昼時に、お時間を頂戴いたしまして、申し訳ありませんでした」

玲子が頭を下げると、正彦もそれに倣った。玲子がバッグを抱えると、正彦はソファから腰を浮かせ、立ち上がるとすぐ、ドア口の方に体を向けた。

別に、何か意図があったわけではない。玲子はただ、昼時にお邪魔してしまった詫びと、お茶を淹れてくれたことに対する礼を言おうと思い、ダイニングキッチンを覗いただけだった。

リビングとは正反対、整理整頓の行き届いた、とても清潔なダイニングキッチンだった。中央には四人用のダイニングテーブルがあり、夫人はその、奥左側の席に座っていた。玲子が座ったソファからは、死角になっていた場所だ。

夫人はそこで、一人で泣いていた。

白いタオルで口を塞ぎ、肩を震わせ、力一杯、嗚咽を抑え込んでいた。目元は涙でびっしょりと濡れている。でもそれを拭うこともできないほど、必死になって嗚咽を押し殺している。

「お邪魔、いたしました……失礼いたします」

玲子の挨拶にも、無言で小さく頭を下げただけ。立ち上がることすらできないようだった。

自分でも、残酷だとは思う。冷徹だとも思う。でもこれは、間違いなく大きな収穫だった。

正彦は、玲子に嘘をつき通した。でもその嘘に、夫人は耐えることができなかった。何かを想い、誰かを想い、泣いてしまった。単に初海を想っての涙ではあるまい。ましてや、姜明秀の死を悼んでの涙などではあり得ない。もっと何か、悲しみに悲しみを上塗りするような、塞がらない傷から流れ続ける血のような、痛々しい涙だ。

廊下に出ていく、正彦の背中を見ながら、玲子は思う。

この男がついた嘘とは、何か。

悲しいかな、それを暴《あば》くのが、玲子の仕事だ。

5

菊田も、玲子が本所の事件の裏取りをしているとは聞かされていたが、それがまさか、北朝鮮による拉致事件と関わりがあるなどとは思ってもみなかった。

「……それで、俺に、何をしろと」

玲子が携帯を菊田に向ける。ディスプレイには、十代と思《おぼ》しき女の子の顔写真が表示されている。証明写真だろう、真面目腐った無表情で正面を向いている。これが北に拉致されたという、庄野初海か。

「菊田は、初海の鑑取りをお願い……っていっても二十年前、十八歳のときに拉致されてるわけだから、関係者ったって、学校関係にほぼ限られるけどね……学校は、これ。埼玉県立朝霞東高等学校」

玲子は特に触れなかったが、現在三十八歳ということは、庄野初海は菊田と同級生なわけだ。

「でも主任、ほんとに、こんなことやってて大丈夫なんですか」

「こんなことって何よ。これを潰さなきゃ、大村をこっちに持ってこれないでしょうが」

「それはそうなんですが、でもこれ、係長には話通ってないですよね」

「それは……今回は、大丈夫。日下統括がケツ持ってくれるから」

確かに、日下からは「姫川から話を聞いて、サポートをしてやってくれ」と言われている。日下は、玲子の単独捜査を黙認、あるいは支援する側に回ったようだった。

「……だからって、何やってもいいってことではないでしょう」

「分かってるわよ。あたしだって慎重にやってるってば……いつもより、二割増しくらいで」

まあ、完全なる玲子のスタンドプレイよりは、日下だけでも味方になってくれていれば、安心ではある。

「分かりました……で、主任は、どうするんですか」

「あたしは、庄野マサヒコに、直接会いにいく」

早口で一度説明されただけなので覚えきれなかったが、「マサヒコ」というのは、たぶん初海の父親のことだろう。

玲子が特捜のある講堂をそれとなく見回す。

「……方向は一緒だけど、そっちの方が時間かかると思うから、先に出て。あたしは、先方にアポとってから出るから。あと相方さんには、一人になって悪いけど、受け持ちの捜査範囲をちゃんとこなすように言っといてね……誰だっけ」

「ここの強行班の、内村巡査部長です」

「口堅い？」

「と、思います」

「今度一杯奢るからとか、適当に言ってさ」

そこは「適当」じゃマズいだろう。

玲子の指示通り、菊田は埼玉県立朝霞東高等学校までやってきた。

職員室を訪ね、校長に事情を話すと、四十代くらいの男性教諭を紹介された。二年の学年主任だという。

「ササキと申します」

「菊田です。お忙しいところ、申し訳ございません」

机の上はどこも書類の山、その間の通路には所々、段ボールも積まれている。そんな部屋の片隅に、ササキがパイプ椅子を用意する。

「こんなところですみません。今、会議室が別件で使用中でして」

「いえ、私はどこでも大丈夫です……あの、こちらの学校では、庄野初海さんについては」

ササキは眉をひそめて頷いた。

「もちろん、教員全員が存じております。当時の先生はもう一人もおりませんが、こういった形で、問い合わせを受けることはいまだにありますので、申し送りというのでしょうか、庄野初海さんに関する情報を管理する担当者は、決まっています。今年は、私が担当しています」

それはありがたい。

「では、庄野さんの同級生と、連絡をとることは」

「それでしたら、駅の近くに『ハマカツ』というお寿司屋さんがありまして、そこの大将が同窓会の幹事をしているので、その方に訊くとよく分かると思います」

早速連絡をとってもらい、菊田はその店に向かった。

携帯地図を見ながらきたので、店はすぐに分かった。漢字は「濱活」と書くようだ。なかなか寿司屋らしい、粋な屋号だ。

昼はランチで忙しいらしいので、十三時過ぎになるのを待って暖簾《のれん》をくぐった。

「はいらっしゃい」

威勢のいい声で迎えられたが、こちらの雰囲気で察したか、カウンターにいる大将らしき男性は、一瞬黙って菊田の反応を窺った。

「恐れ入ります。さきほど、朝霞東高校さんからご連絡を入れさせていただいた」

「ああ、やっぱり刑事さんでしたか。ちょうどよかった。今ようやく、手が空いたところです……どうしましょう、奥の座敷の方がいいですか。それとも、ここでもいいですか」

カウンターの他には、小振りな四人用テーブルが四つある。客はいない。

「私は、どちらでも」

「刑事さん、お昼ご飯は」

「まだ、ですけど」

大将が、なんとも力強い笑みを浮かべる。

「だったら、食ってってくださいよ。お代はけっこうですから」

「いや、あの……じゃあ、せっかくですから、ランチを一つ、いただけますか。お支払いは、させていただきますので」

「握りとチラシ、どちらで」

「じゃあ……握りで」

「なんか、すんませんね。押し売りしちゃったみたいで」

「いえ、そんな」

なんとも妙な状況だが、寿司を握ってもらいながら、話を聞くことになった。

「ええ、庄野初海ね。バレーボール部のエースだったのに、二年の終わり頃に足首の靭帯やっちゃって、三年のときは男子バレーのマネージャーやってたんですよ……ってまあ、俺は野球部だったんでね。当時はそんな事情、全然知らなくて。事件が起こって、初めていろんな奴から、話聞くようになって……まあ、今は自分でも、まるで知ってるみたいに、思っちやってますけどね……そうじゃなくたって、庄野ってほら、けっこう美人だったたから。ほとんど、話したこともなかったんですよ……人気はね、ありましたよ。男子だけでなく、女子からもね、慕《した》われてました。なんていうか、スラッと してて、爽《さわ》やかな印象が、ありましたね……今風にいうと、透明感っていうのかな。なんかね……あんな子が、なんでって、思いましたよ。今だって……ウチにも、小学校の娘がいるんでね。あんなね……拉致されて、北朝鮮なんかに連れてかれたらって、考えただけでゾッとしますよ。腸《はらわた》が煮えくり返って……同級生ってだけで、他人なのに、なんか泣けてきてね。眠れない夜もありました……はい、お待たせいたしました」

「ありがとうございます」

中トロ、赤身、サーモン、イクラの軍艦巻き、ブリ、シメサバ、イカ、茹《ゆ》でエビ、玉子に、お吸い物。これで八百五十円は嬉しい。

「……ん、美味しい。このサバ、シメ具合が絶妙ですね」

大将の頬に笑みが戻る。

「それね、ほんとは活《いけ》でも食えるくらい、新鮮なやつなのよ。サバに関しちゃ、ウチは親父《おやじ》の代から、ちょっとうるさいんです」

我ながら、いいところを褒めたものだ。

「うん、ブリも旨い……ちなみに、庄野さんと一番仲が良かったお友達っていうと、どなたになりますかね」

うん、と大将が頷く。

「それは、あれだね。同じバレーボール部だった、サトウリエだろうな」

「その方と、連絡ってつきますか」

「ああ、大丈夫ですよ。ちょっと待っててね」

すぐに大将が連絡してくれ、佐藤梨絵とも、とんとん拍子に会えることになった。

「……ご馳走さまでした。美味しかったです」

「巻き物くらいサービスしたいところだけど、刑事さん、忙しいんでしょ」

「いえ、もう充分いただきました。ありがとうございました」

佐藤梨絵を紹介してくれたことについても礼を言い、菊田は店を出た。

携帯を確認すると、五分ほど前に玲子から電話があったようなので、その場で折り返す。

『はい、姫川』

「もしもし、菊田です」

『うん。今どこ』

「朝霞駅近くのお寿司屋さんから出てきたところです。初海と仲の良かった同級生とアポがとれたんで、今からそっちに向かおうと思ってます。主任は」

『分かった、じゃあそれ、あたしもいく。こっちの様子は、会ってから話すわ。その同級生ってどこ』

「東松山《ひがしまつやま》です。東武東上線で、もうちょっと下っていって、森林公園《しんりんこうえん》の一つ手前になりますかね」

玲子が『森林公園のいっこ手前か』と溜め息交じりに漏らす。

『……分かった。じゃあ、朝霞駅で落ち合おう』

「了解です」

玲子が溜め息をつくのも無理はない。

朝霞駅から東松山駅までは五十分ほど。帰りは、葛飾署まで二時間半近くかかることになる。

会ってから話すと言ったわりに、菊田が庄野正彦について訊いても、玲子はなかなか、いつもの調子では喋らなかった。

「んん、なんて言うのかな……まあ、難しいよね」

「何がですか」

「何が……うーん、そうね……なんだろうね。警察官でありながら、被害者家族でもあり、さっき日下さんから聞いたんだけど、警務畑が長い人で、捜査経験はないはずだって言うんだよね。それでもさ、一所懸命、調べ続けてきたと思うんだ……二十年だよ、二十年。相手は、北朝鮮とはいえ、一応は国家だからね……あたしらが日常やるような、地取り、鑑取り、ナシ割りってな捜査じゃないわけでさ。それを、この人はどんな気持ちでやってきたんだろうな、どんな年月だったんだろうな、って思ったら……うーん、なんだろうね」

煮え切らない口調のわりに、玲子の目は、不思議とギラギラしていた。要するに、口と目では語っていることが違うのだ。でもこういう玲子を見るのは、決して初めてではない。これまでにも何度かあった。

こういうときの玲子は、おそらく何か摑んでいる。だが摑んだにも拘わらず、その手の中にあるものが何かは、玲子にも分かっていない。分からないうちは、手を開くわけにはいかない。それがこぼれて、どこかにいってしまうのが怖いから——たぶん今、玲子はそんな気持ちなのではないだろうか。

特に話に進展もないまま東松山駅に着いた。そこからタクシーで十分。佐藤宅に着いたときにはもう十五時を少し過ぎていた。

七棟建ての団地の三号棟、五階建ての最上階。のんびり子育てをするにはいい環境かな、などと思っていたら、

「……はい」

まさに玄関ドアを開けた佐藤梨絵の傍らには、まだ背が母親の腰くらいまでしかない、小さな女の子がくっ付いていた。

ここは菊田が先んじて挨拶をする。

「お忙しいところ、申し訳ありません。先ほどご連絡いたしました、警視庁の菊田です」

「姫川です」

女性刑事が一緒と分かったからだろう、佐藤梨絵はふわりと表情を和らげた。

「お待ちしておりました……あの、散らかってて申し訳ないんですが」

こういう空気のときは、対応は玲子に任せた方がいい。

「いえ、急にお訪ねしまして、こちらこそ申し訳ありません。少しお話を伺いたいだけですので、どうぞお構いなく」

間取りは、比較的余裕のある2DKといった感じ。通されたのはリビング兼子供の遊び場のような部屋。プラスチック製の、ピンクの御飯事《おままごと》セットや縫いぐるみ、ピースの大きめなブロックなどが散乱している。

なんとも、菊田にしてみれば微妙な状況だ。

これは、菊田にとってはある種の未来図だが、玲子は同じ光景を見て、何を思うだろうか。

自分には縁がないとか、そんなふうに考えはしまいか。

しかし、それは杞憂《きゆう》だったようだ。

玲子は膝を折り、女の子の小さな手をすくい取った。

「こんにちは。何して遊んでたの？」

数秒、彼女は答えづらそうにしていたが、

「……ごはん」

御飯事セットを指差し、そう答えた。若干自慢げでもある。

「そう……あ、ほんとだ、美味しそうだなぁ。いいなぁ。おばちゃんも、ご馳走してほしいなぁ」

驚いた。相手が子供とはいえ、玲子が自身を「おばちゃん」と呼ぶとは思ってもみなかった。旧姫川班時代だったら、絶対に「おねえちゃん」と言っていたと思う。いや、月日とは流れるものである。

佐藤梨絵は「すみません」と頭を下げながら他の玩具を避け、玲子と菊田の座る場所を作った。そしてもう用意してあったのだろう。グラスと麦茶のポットを運んでくる。

「あの、本当に、お構いなく」

「ええ、はい」

ただ、子供の相手は玲子がしているので、佐藤梨絵自身は動きやすそうだった。三人分のグラスと、娘用の、ストローの付いたプラスチック製の容器をテーブルに配した。

菊田が頭を下げると、玲子もそれに倣う。話は、菊田から切り出すことにした。

「あの、お伺いしましたのは、高校時代に親しくされていた」

「ええ、初海のことですよね」

梨絵は、改めて菊田が促すまでもなく、初海について順序よく、まるで何度も観た青春映画のあらすじを語るように、淀《よど》みなく話してくれた。

とても優秀なバレーボール選手だったこと、美人で、真面目で、ちょっとシャイなところもあったけど、バレーボールに関しては本当にストイックで、誰よりも真剣に打ち込んでいたこと――その辺りまでは、濱活の大将の話と大差なかった。だが、初海が怪我で部活を続けられなくなった辺りから、様子は徐々に変わっていった。

「初海が、左足首の靭帯をやっちゃったの、ほとんど、私のせいなんです。私がセッターで、初海はエース・スパイカーで……これから夏まで、高校最後の戦いまで、一緒に頑張っていこうねって、毎日……ほんと、相棒みたいな、そんな関係で……でもある日の練習で、私が、ちょっと無理な体勢でトス上げちゃって、転んじゃって。それを初海が、打ちに跳んで……その着地のときに、初海が真下にいる私を見て、ハッとなって……あのときの顔、私、今でも覚えてます。あの子……とっさに、変なふうに脚開いて、もう、着地した瞬間に、足首があり得ない角度で曲がってて。私それ、目の前で見ちゃって……セッターなんだから、乗られたり、踏まれたりするのくらい、こっちだって覚悟してるのに、あの子、ほんとに優しくて……私だって、何百回も謝りましたけど、でもそのたびに、謝り返されちゃって。ごめんね、一緒にインターハイ、いけなくて、って……」

いつのまにか、玲子は遊びの手を休めて、梨絵の話を聞いている。

娘も、涙を浮かべている母親を、不思議そうな目で見ている。

「でも、初海にはエガワくんがいたから……なんか、それはよかったなって、思いました」

「くん付け」で呼ぶのだから、それは男子なのだろう。

高校でコピーさせてもらってきた、卒業アルバムの写真を梨絵に見せる。

「すみません。その、エガワくんというのは」

「えっと、彼はC組だったから……これ、ですね」

「ああ、江川……」

江川利嗣。なかなか、精悍《せいかん》な顔つきの少年だ。

「この江川くんが」

「まあ……カレシ、ですね。初海の」

梨絵は、江川の写真を見ながら、懐かしそうに続けた。

「江川くんも同じバレー部だったんで、もともと仲は良かったんですけど、二人、家が近いんですよ。だから、帰り道が一緒で。それでかなり、関係が深くなったんです……まあ、いっても二十年前の、体育会系高校生の話なんで。いわゆる、ね……大人の関係とは、違ったとは思うんですけど。でも、二人は確実に、最初から好き合ってました。初海、そういうこと、はっきり言う子じゃないはずなのに、私が、冗談で訊いたんですよ。江川くんのこと好きなんじゃないの、って。そしたら、うん、って、はっきり頷いて。好きだよ、って。あのときの、初海の横顔……綺麗だった。可愛かったな……」

母親が涙を流し始めて、不安になったのだろう。娘が両腿《りょうもも》に跨《また》がり、正面から抱きつく。梨絵はその背中を左手で支えながら、なお右手では、庄野初海の写真、その頬の辺りを指先でなぞっている。

「初海が靭帯やったときに、真っ先に駆けつけたのも、江川くんでした。顧問の先生より、彼の方がよっぽどしっかりしてて……どこが痛い、ここは大丈夫か、他は痛くないかって、初海に訊いて。初海が大丈夫だって言うと、そのままお姫さま抱っこで、保健室まで運んでってくれて。初海も、江川くんに、もう全身を預ける感じで。江川くんの首の辺りに、顔、こうやって埋《うず》めて。泣いてるんだけど、でも、なんていうか……江川くんも、力入ってたんで、ちょっと怒ったような顔してましたけど、でも、毅然《きぜん》っていうか、そんな感じで。なんか、この二人、凄いなって思いました。もう、出来上がっちゃってるっていうか。恋愛とか、信頼とか、なんかそんな……なんていうんだろ、違うんですよ、そんなのとは。なんかもう、もっと……魂で繫がってるみたいな。なんか……あの二人の間には、紙一枚、はさみ込む隙間もない、みたいな……」

庄野初海の写真は、たまたまページの右端に位置している。梨絵はそれを、江川の写っているC組のページに載せ、二人が隣合うように重ね合わせる。

「私は今こうやって、結婚もして、子供もいますけど、じゃあうちの夫婦は、あの当時の二人ほど強く結びついてるのかって考えると、ちょっと、自信ないです。それくらい、初海と江川くんは……とかいって、初海があんなことにならなければ、二人も普通に結婚して、子供も生まれて……案外、どこにでもいる夫婦みたいに、お父さんお母さんに、なってたのかな、とか……なんでしょうね。初海の事件自体が、なんか、初海を神格化させちゃってるところも、あるのかな。でも……当時の初海は、初海と江川くんは、見ていて眩《まぶ》しかったです。ほんと、ほんとに……輝いて見えました。私には」

横から玲子が訊く。

「最近、江川さんとご連絡は」

「いえ、最近は、ないです。最後は、同窓会のあった……だから、もう十年前ですね。卒業十年で、同窓会やろうってなって。初めのうちは、私も、江川くんとは喋りづらくて。初海の話、ちょっとタブーな感じ、あったんで。でも、それもよくないなって思って、私から話し掛けました。今どうしてるの、って。そうしたら、彼……大学中退して、自衛隊に入ったんだって。陸上自衛隊です。本当は、特殊部隊に入りたいんだけど、なかなかね、って……もともと背は高かったし、体格もいい人でしたけど、なんかもう、スポーツマンっていうよりは、格闘家みたいで。腕とか丸太ん棒みたいでしたから……ああ、そういうことか、って」

初海の、高校時代の恋人が、自衛隊に——。

「そういうこと、って……どういうことですか」

菊田が訊くと、梨絵は「ああ」と表情を曇らせた。

「初海のお父さんが、警察官だっていうのは」

「はい、存じております」

「その、今になってみれば、親として当たり前だなって思いますけど、当時は……初海のお父さん、友達関係に……っていうか、たぶん同級生全員、ひょっとしたら、下の学年の子にもですけど、初海について何か知らないか、初海の周りで、変な男を見たりしなかったかって、訊いて回ってて。私は、初海を親友だと思ってたし……それは、今も思ってますけど、だから、いろんなお話もしましたけど、けっこう、周りには不気味がられてました。ちょっと、鬼気迫る感じ、あったんで……お父さん、一人でも初海を捜すんだ、見つけるんだって、仰ってました。江川くんが自衛隊に入ったのも、それと同じなんですよ」

梨絵の腕の中で、娘はいつのまにか静かになっている。寝てしまったのかもしれない。

「江川くんは、たとえ自分一人でも、初海を取り戻しにいくつもりなんです。私には、難しいことは分からないですけど、自衛隊が拉致被害者を救出にいくって、ニュースとか見てる限りでは、あんまり現実味のある話じゃないですよね。でも、そんなこと、冗談でも江川くんには言えない空気でした。彼、完全に本気でしたから。私、それ聞いて、その場で泣いちゃって……世の中に、こんなに酷《むご》いことって、あるのかなって……初海や、他の被害者の方を連れ去った、北朝鮮っていう国が、本当に憎いです。子供ができて、なおさらそう思います。私なんか、なんにもできないし、なんの力にもなれませんけど、でもせめてと思って、拉致被害者を救う会の、青いリボンのバッジ、買いました。出かけるときは、いつも、胸に付けるようにしています」

ふと隣を見ると、玲子は、テーブルの上に並べられた初海と江川の写真を——いや、見ていない。玲子はそこではない、何か別のところを見ている。テーブルの上でも、この部屋の中でもない、もっと別の空間、別の次元の、菊田には見えない、どこかを見ている。

その、見ていない目のまま、玲子が梨絵を見る。

「……江川さんの連絡先は、分かりますか」

「携帯番号なら、分かります。でも、今も通じるかどうかは」

玲子が「もう一つ」と人差し指を立てる。

「初海さんのお父さんは、初海さんと江川さんの関係を、ご存じだったんでしょうか」

「いや……お父さんは、どうか分かりませんけど、でもお母さんには、話していたはずです。初海、お母さんにそういう隠し事、する子じゃなかったんで」

梨絵の、その答えを聞いた瞬間、玲子の目の焦点が、この部屋に戻ってきた。

そんなふうに、菊田には見えた。

第五章

1

俺も、初めからこんな状況を想定していたわけではない。だが、始まってしまった以上は致し方ない。やれるところまで、いけるところまで突き進むしかない。

後部座席にいる姜明秀はまだ意識を取り戻していない。現状は、姜自身の着ていたジャケット、シャツ、スラックス、ベルトを利用し、身動きできないようにしてある。拘束する際、意識を奪う目的での打撃は加えたが、大きな外傷にはなっていない。あるのはせいぜい擦《す》り傷か打撲痕程度だろう。

問題は場所だ。

いまだ駐屯地に営内居住している自分に、拉致した人間を連れ込める自室などありはしない。ホテルの類《たぐい》も、フロントがあるので駄目だ。理想的なのは空き家だが、そんなものは簡単に手配できない。簡単ではないが、でも、探すしかない。

とりあえず都心から離れた方がいいと思い、俺は車を東に走らせながら、闇雲《やみくも》に空き家を探した。

大通り沿いに、そんな手頃な物件があるとは思えないし、あったところで侵入は困難だろう。できるだけ目立たない、裏通りにある家が望ましい。また、周りが民家ばかりというのも都合が悪い。近所の住人に気づかれて、警察に通報されたら困る。しかし、周りが民家ではない場所といったら、どんなところだろう。工業地帯か。でも大きな工場は駄目だ。仮に廃業していても、大きなところは厳重に閉鎖してある可能性が高い。狙い目は、個人経営くらいの小さな工場だ。それも廃業して、自宅は別のところにあって、もう当分様子を見にくることもないような、そんな廃工場がいい。

そんな都合のいい廃工場なんて、実際にあるのか。あったところで、見つけられるのか。いや、見つけるしかない。もう、後戻りはできないのだ。

大通りを走り、街並みがそれっぽくなったら横道に入り、スピードを落として見て回る。ときには車を停め、徒歩で状況を確認しにいく。一見は廃工場のようでも、まだ立派に操業している工場は案外多い。二階の窓ガラスが割れていようと、トタンが剝がれて内部が覗けるようになっていようと、操業しているところはしている。それを確かめるだけでも、俺には大変な仕事だった。自衛隊員として様々な訓練を受けてはきたが、物件探しや下調べに関しては完全なる素人だ。いや、普通の仕事をしたことがない分、素人以下かもしれない。一般的な社会人の方が、もっと効率よく調べられるのかもしれない。

それでもやるしかない。自分の体力、気力、闘志は無限であると信じ、自らに課した任務を完遂するしかない。

しばらくすると姜も意識を取り戻した。拾ったボロ雑巾で猿轡《さるぐつわ》をしてあるので喋れはしないが、呻くような声は出す。ここで死なれても困るので、俺は最低限の水分と栄養は補給させた。

とはいえ、猿轡をはずしても姜は喋らなかった。ただ俺を睨み、俺が口に運んだものを飲み込み、また俺を睨むだけだった。いいだろう。お前が喋るのはまだ先でいい。

給油は、セルフのガソリンスタンドですれば問題なかった。買い物とトイレはコンビニで済ませた。姜は車内で垂れ流しだが、致し方ない。俺の欠勤に関しては、すでに隊に除隊を申し入れたので、これも問題なしとしておく。

二日と半日かかって、ようやく俺は理想に近い物件を見つけ出した。元は自動車の板金《ばんきん》修理工場だったようだ。シャッターや看板に書かれた屋号はペンキで塗り潰されているが、その凹凸《おうとつ》から【廣川《ひろかわ》板金有限会社】と読める。

残念ながらここは工業地帯ではなく、周りはアパートやマンションといった住宅が多いが、工場そのものが比較的大きいので、工夫次第で声が漏れないようにすることは可能だと判断した。

もう半日待ち、侵入は二十二時に開始した。

表の大きなシャッターは使わない。裏口のドアノブを破壊してドアを開け、まず姜を内部に引きずり込んだ。直接地面に転がし、猿轡、両手両足の結束を確認し、俺はいったん車に戻った。この車は、隣の駐車場の目立たないところに停めておく。いずれ通報されるかもしれないが、こっちもそんなに長い時間かけるつもりはない。当面はここでいい。

工場内に戻り、内部を点検する。

五、六台なら同時に並べて修理できそうな広い作業スペース、事務机と椅子、書類棚が一つ残されている事務所スペース、一階にはそれしかない。事務所の真上にも部屋があり、鉄骨階段で上がれるようになっているが、そこは着替えや休憩などをする場所だったのだろう。ロッカーと会議テーブル、パイプ椅子などが残されていた。

俺が工場内から集めてきたのは、パイプ椅子、電工ドラム、ガムテープ、塗装が剝げて錆びが浮いた工具箱と、木製のハンガーだ。

まずはパイプ椅子を作業場の中心に据え、そこに姜を座らせる。目は開いており、意識もはっきりしているようだが、抵抗はされなかった。これまでの三日間で、腕力では俺に対抗できないと悟ったのだろう。俺自身、工作員と軍人にこれほどまでの戦闘能力差があるとは思っていなかった。多少は戦えるよう訓練されているものと想定していたが、実態はほとんど、素人同然だった。

座らせたら、両手、両足をそれぞれ、椅子のパイプ部分に括り直す。利用したのは電工ドラムのコード。工具箱に錆びたニッパーが入っていたので、それで必要な長さに切って巻き付けた。

次に、少し離れたところにも椅子を用意し、そこに携帯電話と懐中電灯をセットした。姜の様子を撮影するためだ。途中でメモリーやバッテリーも不足するだろうから、あらかじめメモリーカードや充電池もコンビニで買い揃えておいた。今の手持ちで何時間撮影できるのか、そもそも何時間かかるのかも分からない。なくなったら、また買いにいく必要も出てくるかもしれない。

準備が整ったら、猿轡をはずしてやる。

「……ンマッ」

いきなり叫ぼうとしたので、俺は姜の胸、ミゾオチの少し上に思いきり右拳を叩き込んだ。その一撃で、姜の叫びはやんだ。しばらくは息もできまい。あと三回、同じ打撃を加えたら胸骨が砕け、心臓に直接、骨の欠片《かけら》が突き刺さることになる。むろん、そうなったら命はない。最後の一撃は、直接心臓を打ち抜いてもいるからだ。それは、姜も想像できたと思う。

俺は、コンビニで買ってきたカッターナイフをパッケージから出した。なぜか一軒だけ、Lサイズのを売っている店があったので、そこにあった三本すべてを買い占めてきた。

姜が、じっと俺を睨みながら口を開く。

「……そんなもので、俺の口を割らせることは、できんぞ」

ごく普通の日本語だった。思えば、この男と会話らしい会話をするのは、これが初めてだった。

「そうかもしれないし、そうではないかもしれない。俺は、拷問のスペシャリストではないから、どうやったらいいのか、正直、よく分からない。だから、喋りたくなったら、喋ってくれ。それまではお前を、死なない程度にいたぶるしかない」

拷問といったらＣＩＡの水責めが有名だが、俺はあんなもの、どうってことないと常々思っていた。最悪の場合でも、気絶かせいぜい窒息死だ。俺だったら余裕で耐えられる。爪を剝ぐのも、ただ痛いだけで大したことはない。なので、俺は俺のやり方で進めていこうと思う。

カッターナイフの刃を五センチほど出す。

まず、最初に確かめておく。

「お前の名前は、姜明秀で、間違いないな」

庄野正彦が入手した写真とそっくり同じ顔だから、間違いないとは思うが、念のためだ。

姜は答えない。

「あんただって、勘違いで痛い目に遭わされるのは嫌だろう。違うなら、違うと言った方がいいぞ」

姜が、右頬を歪めて笑みの形を作る。

「違う……俺は、佐久間健司だ」

「馬鹿を言うな。それは、お前が拉致して北に送った男の名前だろう。どうせつくなら、もう少しマシな嘘をつけ。俺は、本当の佐久間健司の顔を知っている。お前は、まったくの別人だ」

姜の目付きが針のように尖る。

「……よく、調べたな」

「お陰さんで、時間はたっぷりあったんでね。いろいろ調べさせてもらったよ」

実際に調べたのは俺ではないが、それは、今はいいだろう。

姜が細く鼻息を吹く。

「だったら、もっとよく調べろ。俺は姜明秀じゃない。俺の名前は、キム・ヨンギルだ」

俺は姜の左腕、肘の上辺りに電気コードを巻き始めた。一周回して、結び目に木製のハンガーを括り付ける。このハンガーを回すと、さらに電気コードがきつく締まっていくという仕組みだ。

「違うな。それも、お前が拉致した韓国人男性の名前だ。確か、薬剤師じゃなかったか」

姜は応えず、俺の作業を見ている。何をしているのか分からないようだ。

俺は姜の後ろに回り、猿轡をし直した。

「お前が、名前も言わないつもりなら、それでもいい。確認用に、お前の指紋を頂戴する」

締め終わったら、姜の左横につく。全身で、姜の左肩から腕を抱え込むようにし、椅子のパイプに括り付けた左手、その掌を上向きにし、人差し指を握る。

第一関節に刃を合わせ、そのまま指先に向かって押し出す。

鉛筆を削るのと、そっくり同じ動きだ。

「……フグォッ……」

それだけで簡単に、人差し指の腹が楕円形に切り取れた。新しい刃は、さすがによく切れる。正確にいうと最後だけ、ほんの一ミリほど皮膚が繋がったまま残ったが、そこは切り取った方を摘んで、ピッ、と切り離してやった。これを然るべき機関に送り、照合を依頼すれば、この男が姜明秀かどうかははっきりする。

ただ、本当にそれを確かめている時間はない。

姜の左手、人差し指の先、肉の露出した楕円に、見る見るうちに真っ赤な血が溢れてくる。滴《したた》り落ち、コンクリートの地面に垂れると、色はむしろ黒に近くなる。

「指紋ってのは、人差し指だけで充分ってわけではないらしい。手なら指十本、他にも掌紋といって、掌の模様まで警察ではデータにして保管してあるらしい。だから、念のため……全部もらっておく」

同じ要領で、他の指の皮も削いでいく。

「姜明秀……俺がお前に訊きたいのは、今から二十年前のことだ。埼玉県朝霞市にある、陸上自衛隊朝霞駐屯地の近くで、当時十八歳だった、庄野初海という少女が行方不明になった」

中指。

「……フヌ、ンッ、ンンーッ」

薬指。

「最初は、営利誘拐の線で捜査が行われたが」

小指。

「やがて北の……ここは、正確に言っておこうか」

親指。

「フグゥッ、グッ」

「朝鮮民主主義人民共和国の、工作員によって拉致され、連れ去られた疑いが強まってきた」

五本分、指紋がとれた。さすがに出血がひどい。

いったん作業を中断し、肘の上に括り付けたハンガーを、もう四十五度回して締め込む。

電気コードが上腕の筋肉に深く喰い込む。その分、指先からの出血は少なくなる。多少荒っぼくはあるが、これ自体はわりとオーソドックスな止血の方法だ。ハンガーを回せば回すほど、電気コードはきつく締まり、出血は少なくなる。その代わり、左の肘から先が壊死《えし》するのも早くなる。

「我々が入手した情報だと、その拉致を実行した主犯格は、姜明秀だということになっている。俺は、それがあんたなのだと思っている。違うか……答えてみろ」

もう一度、猿轡を弛めてやる。

姜は、息こそ乱していたが、もう叫び声をあげたり、呻き声を漏らしたりはしなかった。手の指五本の皮膚を切り取られたばかりだというのに、大した精神力だ。

「……知らん……俺は、何も……」

「そうか。分かった」

猿轡を締め直し、また全身で姜の左半身を制しながら、脂汗《あぶらあせ》と血に塗《まみ》れた左手を摑む。

「これから掌紋を剝ぐ。今度は少し長くなる。その間に、喋る内容を考えておけ」

訓練で、蛇の皮を剝ぐのはやったことがある。だがやはり、人間の手の皮を、それも生きたまま剝ぐとなると、少々勝手は違ってくる。蛇の皮より人間のそれの方が柔らかく、弛んでもいるので、だいぶやりづらそうだ。

まずは手首周りに、ぐるりと一周切り込みを入れる。

「フヌッ……ンンッ、ンッ、ンーッ」

深過ぎると動脈を傷つけ、大量出血を招いてしまうが、浅過ぎると脂肪層に届かず、いっぺんに皮膚を剝ぐことができない。おまけに、ここには懐中電灯一個分の明かりしかない。上手くできるかどうかは分からない。

「グェ……グッ……ゲェ……」

ザラザラとささくれ立つ、姜の呻き声。喉に太い鉄のヤスリ棒を挿し込み、繰り返し出し入れして声帯を削ったら、こんな声になるのかもしれない。そんなことを想像した。

ようやく手首に一周、刃を巡らせた。

「……庄野初海を、拉致したのは、お前なんだろ」

その切り込みから、引っ繰り返すように皮を剝いでいく。たまに上手く剝がれないところもあるが、そこはまた刃を入れて、丁寧に皮膚を裏返していく。

「ンッ……ングゥ……」

生肉が見えてきた。筋と脂肪も。血が湧いてくるまでは、脂肪も黄色く見える。ちょうど信州味噌くらいの色だ。筋肉の質感は、鶏肉のそれに近い。豚肉とは違う。牛肉とはもっと違う。

指周りはだいぶ破けてしまったが、それでも、まあまあ手袋に近い状態で、左手の皮を剝ぐことができた。五枚の爪は、肉だけになった指先に残しておいた。

「姜明秀。これがお前の、左手の皮膚だ」

ピラピラと振って見せても、返答はない。ただ喉の奥でグルグルと、流れの悪い排水口のような音が鳴るだけだった。

猿轡を弛めてやろう。

「もう一度訊く。庄野初海を拉致し、北朝鮮に連れ去ったのは、お前か」

姜は、顔も脂汗塗れになっていた。目は半開き。黒目は半ば、焦点を失いかけている。

「おい。今ならまだ、左手も皮膚の移植手術程度でなんとかなるぞ。だがこの先は……どうかな。右手も剝いで、それでも話してもらえないなら、今度はその筋肉を削ぎ落としていくことになる」

動きの鈍くなった黒目が、ぎこちなく揺れながら、俺に焦点を合わせてきた。

「……お前、は……なんだ……庄野、初海の……兄弟、か」

俺は姜に、たぶん三、四回は「庄野初海」と言ったと思う。むろん、それで覚えた可能性はある。だが、俺はそれ以上のものを感じた。もっと言い慣れているニュアンスがあった。さらに言うと、俺のことを初海の兄、庄野正隆と勘違いした可能性も考えられた。そうだ、そうに違いない。この男は、庄野家の家族構成まで熟知しているのだ。

やはり、初海を拉致したのはこの男で間違いない。

そう、俺は確信した。

「俺は、初海の兄弟ではない」

「……じゃあ、恋人、か」

これに関しては、正直に言いたかった。隠したくなかった。

「分からない。今となっては、恋人という表現で正しいのかどうか、それも分からなくなった。初海は、俺にとって……初海は俺の、なんだったのか……分からない。分からないが、俺の中で、初海は泣いているんだ。泣いているのが、聞こえるんだ。俺に助けを求める声が、聞こえている。二十年、ずっと、途切れることなくだ……だから俺は、初海を取り戻そうとしてきた。そして今、その最大のチャンスが、目の前にある……姜明秀。お前なら、初海がどこにいるのか、知ってるんじゃないのか。いま分からないにしても、調べることはできるんじゃないのか。どうなんだ、姜明秀」

姜の目が、俺から逸れた。

「……俺は、何も……知らない」

そうか。分かった。


右手の皮も剝ぎ終わると、姜は、両手に赤黒い手袋をはめたような恰好になった。しっかり止血してあるので、出血量はさほどでもないが、痛みは凄《すさ》まじかろうと想像できる。

それでもまだ、姜は初海について喋らなかった。

その両目には、鈍くはあるけれど、でも簡単には消えない光があった。

敵ながら、強いな、と思った。

俺は初海を取り戻したい一心で、自衛隊員になった。隊で経験を積むにつれ、国を守るという意識も強く持つようになった。国を守るというのはどういうことか、常に考えるようになった。

姜明秀も、同じなのかもしれない。

諜報《ちょうほう》活動や日本人拉致を命じられ、それを実行することが国を守ることに繋がると信じている。将軍様のお役に立つということは、即《すなわ》ち国益を守ることであり、それが国に残した家族を守ることにもなり、やがて国家を繁栄へと導いてくれる――。

いや、これほど国外で諜報活動に従事してきた男なら、現在の北の体制に、ある程度批判的な考えも持っているのかもしれない。俺がこの国の憲法に疑問を抱くように、この男も、朝鮮民主主義人民共和国という国の今の在り方が正しいとは、必ずしも思っていないのかもしれない。

だがそれでも、国を裏切ることはできない。拷問を受けて機密情報を漏らしたとなったら、本人は当然として、家族もどんな目に遭わされるか分からない。実のところ、この男に家庭があるのかどうかは知らない。だが、関係者と呼べる程度の人間関係はあるだろう。むしろなかったら、ここまでの拷問には耐えられまい。

あとは、我慢比べだ。俺と、この男との。

俺は姜の左手の、筋肉を削ぎ始めた。カッターナイフはすでに二本目。もう少ししたら三本目、それも駄目になったら、刃を交換してまた一本目を使おうと思う。

じっくり、二時間はかけただろうか。

指四本は、もうほとんど白い骨だけの状態になった。俺の腹から両脚にかけては、姜の血と肉片に塗れていた。

姜にとっては、意識を失っては取り戻す、その繰り返しの二時間だった。

意識を取り戻したら、猿轡を弛めてやる。姜が小さくかぶりを振り、喋る意思がないことが分かると、猿轡を締め直し、俺はまた肉を削ぐ作業に戻った。低い唸り声は、さほど長くは続かない。姜の沈黙は失神を意味し、次の唸り声や、ビクンッ、と全身に走る緊張は、姜が覚醒した合図だった。

そしてようやく、ほぼ骨になった自分の左手を見た姜が、小さく頷いた。

頷いたように、俺には見えた。

猿轡を弛めてやると、姜は「ああ」と低く漏らした。

塞がりかけた気道を、ほんのわずかな空気が行き来する。呼吸というよりは、隙間風に近い。それがときおり、鼾《いびき》のように大きくなる。両手の損傷とは別に、呼吸器にも障害が出てきたのかもしれない。

姜の目は、俺ではなく、正面の闇に向けられている。瞬《まばた》きは、ひどく緩慢で、間遠《まどお》だ。ひょっとすると、もう目もあまり見えていないのかもしれない。

その濁った両目に、ふいに、涙が湧き上がってきた。

先に左目から、それは溢れた。続いて右目からも、こぼれ落ちた。無精ヒゲの生えた頬を伝い、透き通った雫《しずく》は、汗の染みたシャツの襟に、吸い込まれて消えた。

姜の両目が、俺を探している。

俺は片膝をつき、目線を低くして合わせた。

乾いた唾で、張りついたようになっていた唇が、ゆっくりと開く。

「……お前、なぜ、泣いている」

意味が分からなかった。泣いているのはお前だろうと思ったが、でも気づいていなかっただけで、俺も泣いていたのかもしれない。

応えずにいると、姜はまた、正面の闇に視線を泳がせた。

「ここは……地獄、か」

姜に見えたかどうかは分からないが、俺は頷いてみせた。

「ああ。地獄だ」

俺にとっても、お前にとっても。

姜は、細く長い息を吐き出し、もう一度「地獄か」と呟いた。

それによって、まるで何かを許されたかのように、姜は話し始めた。

「……あの頃は、日本の、どんな情報でも……貴重、だった。自衛隊の、情報は、特に……今みたいに、インター、ネットで、航空、写真が……ああ……簡単に、見られる、時代じゃ、なかった……小型の、カメラを、仕掛けたり、木に、登って……盗撮、したり……それを、あの子に、見られて、しまった。偶然、だったが……連れ去る、しか……なかった。二人の部下と、近くに停めていた、車に、押し込んで……在日同胞の、家に、二日……翌日の夜に、いや……ああ……新潟の、米山《よねやま》の、北陸道沿いの、海岸に……迎えが、くる……その船に、乗せて……」

俺の魂は、姜の言葉に導かれ、この深い闇から漂い出て、ようやく今、あの日の初海に、追いつこうとしている。

「任務、だった……平壌《ピョンヤン》まで、連れていく、手筈《てはず》に……なっていた。なのに……俺の、部下が……何を、考えたのか、分からない。俺が、気づいた、ときは……もう、彼女は、船の、甲板に、出てきて……いた……足を縛ってた、ロープは、解かれ……両手は、まだ、縛られた、ままで……あとから、部下が、船底から、出てきて……それを見た、彼女は……自ら、海に……身を、投げて……とても、月の明るい、夜だった……でも、もう、彼女を、見つけることは、できなかった……その部下とは、平壌に、戻るまで……ひと言も、喋らなかった。部下は、まもなく……処刑された」

翼が欲しかった。何ものにも縛られず、暗闇を飛び続けられる、自由の翼が欲しい。渡り鳥のように、立派なものでなくていい。なんなら、蛾《が》でも蠅《はえ》でもいい。

俺は、飛べれば、それでいい。

姜が、ゆっくりと首《こうべ》を垂れる。

「……ここは、地獄、だよな」

俺は、ゆっくりと立ち上がった。

「ああ。でも、地獄にも、終わりはある」

最後まで、姜に聞こえていたかどうかは分からない。

俺は左腕に仕掛けたハンガーを、これまでとは反対向きに回し、電気コードを弛めた。ワインの樽《たる》の、コックを開いたように、姜の左手から、勢いよく血が滴り始めた。

骨の白も、それですぐに見えなくなった。

2

初海の父、庄野正彦と、親友の佐藤梨絵から話を聞いた、十六日の夜。玲子は聴取した内容について、ありのままを日下に報告した。場所は署の裏手、人気《ひとけ》のない駐輪場だ。

庄野正彦は姜明秀の死について、諦めるしかないと語った。彼は左頰と右手に怪我をしていた。隣のダイニングキッチンで話を聞いていた妻、夏生は、玲子が声を掛けても立ち上がれないほど号泣していた。佐藤梨絵は当時、初海には江川利嗣という恋人がいたと証言した。江川はのちに、初海を北朝鮮から取り戻すため、陸上自衛隊に入隊したという。

さらに佐藤梨絵は、初海は江川との関係について、父親に話したかどうかは分からないが、母親には話していたはずだと語っている。

日下は腕を組んだまま、玲子を見もせずに訊いた。

「……庄野正彦の、感触はどうだった」

そこが一番、玲子にとっても難しいところだ。

「正直、連れ去られた娘を二十年間、捜し続けてきた父親の心情というのは、私には量りようがありません。姜明秀という、犯人でもあり、貴重な情報源でもある人物の死に対して、あまりにドライではないかという印象は、持ちました。でも、その二十年という年月は……情報が入っては消え、入っては消える、落胆の繰り返しだった、もう慣れてしまったと言われたら、そういうものかと、納得せざるを得ない部分もあります」

日下は微動だにしない。表情も変えない。

「……正彦は、殺意はあると、語ったんだよな」

「はい。目の前にいたら、暴挙に出たかもしれないと。しかし、そんな機会はなかったとも言っていました」

「正彦は、姜明秀に直接会ったことがないわけか」

「そう、言っていました」

ようやく、日下がこっちを向く。

「江川に関しては、どうだ」

佐藤梨絵が、泣きながら二人の写真を、隣合わせになるよう重ねていた様子が、脳裏に浮かぶ。

「……調べる価値は、あると思います」

日下が「うん」と小さく頷く。

「少し時間をくれ。俺なりに、裏を取ってみたい」

そう言って日下は、庁舎に戻っていった。玲子はそれを、会釈をしながら見送った。

少し雨が降ったからだろうか。

駐輪場の空気が、妙に鉄臭く感じられた。


翌朝の会議終了後、玲子は菊田と共に、講堂の並びにある小さめの会議室に呼ばれた。

同席者は、今泉管理官と山内係長、それと日下。全部で五人だ。

今泉と山内は座っている。

日下は、その正面に立ったまま話し始めた。

「まず、姫川主任に単独行動を許可したことを、お詫びいたします。責任はすべて私にあります。何か問題があれば、処分は私が受けます。次に……会議前にお知らせした通り、本件被疑者である大村敏彦が、本所署に勾留されている案件、佐久間健司殺害事件についてです。これの捜査において、いくつか不審な点があることは、その報告書にある通りです」

今泉と山内の手元にあるペーパー、それと同じものを玲子も日下から受け取っているが、これには驚かされた。たった一度、口頭で報告しただけの部分まで、きっちりと文書化されている。その上で、なぜいま我々が、佐久間健司こと姜明秀殺害事件について真相を究明しなければならないのか、それについても理路整然と記されている。

「本所署刑事課は、鑑取り等の初動捜査を怠ったのみならず、検察に提出した調書にも虚偽が見受けられます。これを看過《かんか》すれば、大村は冤罪《えんざい》で起訴される可能性がありました。それを、事実上止めたのは姫川主任です。現在、公判担当検事は起訴を見合わせる方向で検討しているそうです」

日下はこれについて、武見に直接連絡をとって確認したようだ。武見から玲子に、【くさかという統括主任から電話があって】という内容のメールが、やはり朝一番で送られてきた。

さらに日下が続ける。

「これも報告書に書きましたが、江川利嗣という自衛隊員は、陸上自衛隊練馬駐屯地、第一師団第一普通科連隊所属の、二等陸曹です。しかし、現在その所在は不明になっています。

先月、九月二十五日木曜の夜に、直属上司である栗山《くりやま》一等陸曹に電話で、除隊したい旨の連絡はあったものの、その後は電話も通じず、隊としては処分を保留している状況だということです。また、江川が所有する車両が契約駐車場にないことも、二十六日には確認されています。以後、その車両は戻っていません」

江川の所属以下の情報収集に、玲子は一切関わっていない。これらはすべて、日下が独自に調べたものだ。しかも、昨日の夜から今朝にかけての、ごく短時間のうちにだ。それも日下のことだから、服務規程に抵触するようなことは一切やっていないに違いない。知人を介してか、正面から陸自に問い合わせたのか、その辺は玲子にも分からない。

山内は半ば投げ出すように、その報告書をテーブルに置いた。

「……日下統括は、今になってなぜ、こんなことを我々に報告するのですか」

日下の姿勢は一ミリも変わらない。

「前後の状況から、江川利嗣は姜明秀殺害について、なんらかの事情を知っている可能性があります。携帯電話番号は菊田主任が調べてきました。車両番号もすでに割れています。直ちに令状を取り、その通話履歴と、車両の動きを追跡する必要があると考えます」

山内が、ゆっくりと視線を上げる。

「……江川の動きを捕捉して、どうするんです」

「姜明秀殺害に関して事情を知らないか、確かめます。関与していれば、むろん逮捕します」

「それは本所が手掛けている案件ですが」

「そうとも言えますが、そうではないとも言えます。我々が確かめようとしているのは、あくまでも姜明秀殺害に関してです。佐久間健司殺しではない」

「詭弁ですね」

「何か問題でも」

しばしの沈黙。日下が立ったまま見下ろし、それを山内が下から押し戻そうとする恰好だ。玲子と日下は長らく犬猿の仲だったが、この二人も相当なものだと感じる。何があったのかは知らないが。

背もたれから体を起こし、今泉が身を乗り出す。

「……分かった。この件は俺の主導で進める。通話履歴の照会、Nシステムによる検索を許可する。ただし、この特捜からこっちの捜査に関わるのは日下、姫川、菊田の三組のみ。それでいいか」

だが、玲子たちが返事をするより早く、山内が席を立つ。

「分かりました。では私は引き続き、長井祐子殺害の捜査に専念させていただきます。この話は……私は聞かなかったということで」

日下の資料を放置したまま、山内は会議室を出ていった。

ゆっくりとドアが閉まるのを、四人で、言葉もなく見ていた。

やがて、まろやかな金属音と共に、ラッチが掛かる。

今泉は、さもバツが悪そうに、短く刈った頭を掻いた。

「……ま、そういうことだ」

何が。


菊田組は通話履歴の照会を担当、日下組は江川利嗣について改めて話を聞くため、陸自の練馬駐屯地に向かった。玲子と湯田はNシステムの検索結果分析を担当する。葛飾署の端末で検索し、そのまま講堂の端っこでデータと向き合うことになった。

念のため先月、九月二十日から今日、十月十七日までのデータをとったが、九月二十五日の夜まで、江川の車両が動いた形跡はなかった。

動き始めたのは二十五日の二十時七分。国道二五四号を池袋方面に向かっているのが最初のNヒットだ。場所は板橋区大山金井町《おおやまかないちょう》だから、練馬駐屯地を出てまだ間もない頃と思われる。やがて車両は北池袋入り口から首都高速に乗り、二十時三十二分に飯田橋《いいだばし》出口で降りている。首都高に乗っていたのはたったの八分、距離にして約六キロだ。

湯田が地図上のルートを指でなぞる。

「この距離で、なんで首都高、乗りますかね」

「よっぽど急ぐ用事でもあったんでしょ」

「たとえば」

「それをこれから調べるの」

その十四分後には都道三一五号、蔵前橋《くらまえばし》通りを東向きにヒット。住所でいうと台東《たいとう》区台東一丁目。さらに五分後に、もう一度同じ場所でヒットする。

それでいったん、車両の動きは途切れる。

次のヒットは二十三時十一分、都道三一五号の同じ場所を、やはり東向きにヒットしている。

「二時間二十分、この界隈にいたわけですね」

「うん。急いできてみての、二時間二十分……何やってたんだろ」

どこかで隅田川《すみだがわ》を渡ったと見え、次は墨田区石原《いしわら》二丁目でヒット。

しかし、それ以降の動きはさらに不可解だった。

江川の車両は、界隈にある十数台のナンバー自動読取装置に、繰り返し繰り返しヒットしている。その動きは、北に向かったかと思えば西に、南にいくかと思いきや東に、しばらく経ってまた西に、といった具合だ。まるで墨田区内を車で徘徊《はいかい》しているような状態だ。

「何やってたんすかね」

「なんだろね」

「トイレかな」

「間に合わないって」

それでも、徘徊のエリアは時間を追うごとに、徐々に東へと移動していく。しかも、日を跨《また》いで二十六日、二十七日、最終的には二十八日の十六時四十四分まで、江川の徘徊は続く。

謎の動きが止まった地点は、江戸川区東葛西五丁目。道でいったら、葛西橋通りを西向きにヒットし、しばらく音沙汰がなくなる。この地点も、江川はそれまでに何回か通過している。

再び動き出したのは翌二十九日の夕方、十七時三十六分に、同じ葛西橋通りで、同じ西向きにヒットしている。その後は一般道をじりじりと北上し、九月三十日の午前十時二十分ちょうどに国道一七号、新潟県南魚沼《みなみうおぬま》郡湯沢町《ゆざわまち》を通過。十三時三分に新潟県柏崎《かしわざき》市鯨波《くじらなみ》付近の国道八号で東向きにヒット、さらにもう一度、十三時三十七分に同じ地点を、今度は西に戻る恰好でヒットし、それを最後にヒットは途絶える。

江川の車両は先月末、九月三十日の昼過ぎから今日まで、動いていないと考えられる。

「乗り捨てた……んですかね」

その可能性も、否定はできない。

玲子はもう一度、地図上の道を指でたどってみた。

湯沢町から柏崎市鯨波までは、いくつかルートが考えられる。車両は三日ほど都内をウロついたのち、急に新潟に向かっている。決して最短ルートを通ったわけではなく、最後のヒット地点も一度通過し、約三十分後にもう一度通っている。

江川は何かを探していたか、道に迷っていた。そう考えることはできる。

最後に通った国道八号は、ところどころ海岸線を走る道だ。晴れた日にドライヴをしたら気持ちよさそうな道ではあるが、一方、この辺りの海岸は、かつて中国人が密入国するのに使われたとも言われている。

当然、北朝鮮の不審船にとっても、使いやすい場所だったに違いない。

江川はこの海岸に、何をしにいったのか——。

十三時を過ぎると、日下組と菊田組がほぼ同時に戻ってきた。

「お疲れさまです」

デスクの一つ手前、会議では最後列に当たる席に六人が集まった。

日下の表情は優《すぐ》れない。

「……自衛隊員としての江川利嗣は、極めて真面目で、問題視されるような素行《そこう》はまったくなかった。特殊部隊への転属願を出し続けていたのも、佐藤梨絵の言う通りだった。ただ、もう歳も三十八なんでな。ここ数年は、それもなかったようだが……それと、江川の車両はマツダ・アテンザ。赤色のメタリックだ」

海岸線を走る、赤い車。

菊田も、ひどく切羽詰《せっぱつ》まった顔をしている。

「これ、見てください……」

そう言ってテーブルに並べたのは、江川の携帯の通話履歴表だ。

「これとか、これ……短い通話の相手は男性名義なので、ひょっとしたら、同僚の自衛隊員かもしれないです。ですが、長電話は……」

菊田の人差し指が横滑りし、通話の相手番号を指し示す。

「すべて、庄野家の固定電話番号です。この期間だと、概ね週一とか、それくらいの間隔で連絡をとり合っています。ですが、ここ」

九月二十五日、十九時二十二分。

江川が車で大山金井町を通過する、四十五分前。

「……この日は、庄野正彦の、携帯番号からかかってきています」

日下が、刺すような視線で菊田を見る。

「発信場所は」

「台東区、台東三丁目付近です」

玲子は、先のNヒットのリストを手繰《たぐ》り寄せた。

「二十五日の二十時四十六分と、五十一分の二回、台東区台東一丁目で、江川の車両はヒットしています」

日下も、直にその検索結果を確認する。

「つまり江川は、庄野正彦に呼び出されて」

「はい。台東三丁目付近に向かった可能性が高いかと……それよりも、統括」

玲子はNヒットの、最後の項目を日下に示した。

「江川は先月の三十日に、新潟にいっています」

「新潟？」

「しかもその日の午後以降、Nヒットはありません。たぶん、今も車両は新潟の、柏崎市近辺にあるのだと思います」

日下は数秒、菊田と玲子が並べた書類を見比べていた。

「……分かった。新潟には、俺がいく」

日下の相方、葛飾署の山田《やまだ》担当係長が日下を見る。

「お一人で、ですか」

「はい、山田さんは残ってください。菊田組と三人で台東三丁目付近を捜索し、赤色のマツダ・アテンザ、及び江川利嗣と庄野正彦の目撃情報、それと防カメ映像を収集して、車両や二人が映っている場面がないか、チェックしてください。姫川の組は……ここ」

Nヒットリストの、中ほど。

「江戸川区東葛西五丁目付近で、同様に目撃情報と防カメ映像の収集、分析だ」

四人が口々に「了解」と返す。

玲子も返事はしたが、しかし、すぐには立ち上がれなかった。

胸の内が、火災現場の如く煙り、息苦しい。

嫌だ、いきたくない——。

防犯カメラ映像の収集、及びその解析、分析といった任務は本来、SSBC（捜査支援分析センター）の分掌《ぶんしょう》事務だ。しかしこのような状況で、刑事部の附置機関であるSSBCを動かすことはできない。今泉管理官を通せばそれも可能だったのかもしれないが、日下はそれを避けた。下手な横車《よこぐるま》は押さない、彼らしい選択ともいえるが、それ以上に、算段や根回しに時間をかけたくない、というのがあったのだろうと、玲子は察した。

東葛西五丁目付近で、一台の車と二人の男の目撃情報について聞き込みをし、同時に防犯カメラのデータを収集して回るのは大変な仕事だ。殺人事件捜査における聞き込みは二人ひと組が基本だが、もうそんなことも言っていられない。地取りのように担当エリアを決め、湯田とはふた手に分かれて、片《かた》っ端《ぱし》から話を聞いて回った。

玲子たちが先を急ぐ最大の理由は、防犯カメラ映像の保存期間だ。

江川の車両がこの界隈を訪れたのは先月、九月二十八日の夕方。今日は十月十七日。すでに三週間近くが経とうとしている。

防犯カメラ映像は基本的に、新しいデータを古いデータに上書きする形で記録されていく。最も古いデータから順番に、問答無用で消されていく。最新の録画機器が導入されていれば、四週間とか一ヶ月とか、長めに残っている場合もあるだろう。しかし、古いものだと一週間とか、最長でも十日という機種もまだまだ現役で使われている。そういった意味で、三週間というのは微妙なラインだ。早くしないと今日、今この瞬間にも映像は消えてしまうかもしれない。一刻も早く、江川がこの街にいた痕跡にたどり着きたい。

もはや、江川の所有するマツダ・アテンザの年式を調べている余裕もなかったので、一世代前も含め、画像は五パターン用意した。パッと見の印象が似ているらしく、ベンツ？　と聞き返されることが何度もあった。ただ、この色はなかなか派手で珍しいので、中途半端に「それっぽい」情報が出てくることはなく、それはかえって好都合だった。一方、正彦と江川の写真は免許証添付の証明写真しかないので、こちらはほとんど持っているだけ。見せても、首を傾げられるだけだった。

最初は、葛西橋通り沿いにあるガソリンスタンド、ラーメン屋、ハンバーガーショップ、コンビニ、通りから中に入って、住宅街にある喫茶店、日本蕎麦屋、セメントなどを売っている資材屋、タバコ屋、床屋といった、店舗を中心に回った。集合住宅を一戸一戸当たることはしなかったが、防犯カメラを仕掛けている民家は可能な限り訪ね、話を聞いた。

結果から言うと、十七日は駄目だった。玲子たちも菊田の組も、これといった成果は挙げられなかった。新潟に飛んだ日下も、江川の車両を発見するには至らなかったようだ。

翌十八日も同様の聞き込みを続けた。

当たりはなんと、昨日も話を聞いたコンビニで出てきた。シフトに入っている店員が違えば、違う話も聞けるかもしれないと思ったのが、ドンピシャではまった。

「あれ……そんなに前だったかどうかは、覚えてないですけど、この車のお客さんは、ちょっと、印象に残ってますね」

玲子は即座に、正彦と江川の写真を店員に向けた。

「それは、こんなお客さんじゃなかったですか」

「ん……ああ、こっちの方は、似てらっしゃいますね。でも、たぶんお一人だったと、思いますけど」

「このお客さんの、車が印象的だったんですか」

「いえ、買われた商品が、ちょっと……すみません、こちらにいいですか」

話をしてくれた店員は、スナック菓子のコーナーから文房具のコーナーに玲子を案内した。

「この、カッターなんですけど。普通のコンビニって、この、細いタイプしか、たぶん置いてないんですよ。でもそこ、石屋さんがあるでしょ」

玲子が「資材屋」と思っていた、セメントなどを売っている店だ。

「ええ」

「あそこにいらっしゃるお客さんで、ついでにウチにも寄る方がけっこういて。そんな方に何回か、こういう細いんじゃなくて、もっと太いのはないかって、お問い合わせを受けたんです。それでウチは、この大きなタイプも置くようになったんですが……この、車のお客さんはですね、この太いのを、あるだけ全部、買い占めていかれたんですよ。そんなこと、まずないんで……それで、印象に残ってたんです」

江川が、大型のカッターナイフをすべて、買い占めた——。

「あの、こちらの防犯カメラ映像って、どれくらい録《と》り溜《だ》められてますか」

「ウチのは……全部で三台ありますけど、大体、一ヶ月くらい録れるんじゃないかな」

一ヶ月。それはありがたい。だがデータをコピーして持ち帰る時間が惜しい。

玲子はバックヤードに案内してもらい、その場で映像をチェックさせてもらうことにした。

幸い店は空いており、他にも店員はいたので、話をしてくれた彼にも付き合ってもらった。

すると、あった。

「この方です」

「なるほど」

九月二十八日、十九時二十四分。確かに、江川利嗣と思しき男性客が、お菓子と飲み物、それと文房具コーナーから何かを取って、レジに持っていっている。残念ながら、赤いアテンザが店の駐車場に停まる場面と、それに江川が乗り降りする様子は映っていなかったが、江川と思しき客が出ていった直後に、赤いスポーツカーが前の道を走り去るのははっきりと映っていた。

「ありがとうございました。いま見た場面って、もう少し残しておいてもらえますか」

「はい、もちろんです。別の何かに、コピーしておきますよ」

玲子が、携帯番号を書き加えた名刺を彼に渡していると、上着のポケットで携帯が震え始めた。

取り出すと、ディスプレイには【湯田康平】と出ている。

玲子は「すみません」と彼に断わり、電話に出た。

「はい、姫川」

『湯田です。主任……赤のアテンザが停まってた場所、見つけましたよ。東葛西五丁目▲△の※、元自動車修理工場みたいな、廃工場の隣の駐車場です』

「分かった。すぐいく」

もう一度「よろしくお願いします」と念を押し、玲子は店を出た。

湯田が告げた住所は、コンビニから歩いて五、六分の場所だった。

着いてみると、そこは乗用車なら二十台くらい停められそうな空地になっており、湯田はその真ん中辺りに、玲子と同年配の女性と立っていた。

「主任、お疲れさまです」

それには頷いて返し、玲子は改めて、隣の女性に頭を下げた。

「お忙しいところ、恐れ入ります。警視庁の姫川と申します」

身分証を提示し、早速話を聞く。

「ここの、どの辺に、その赤い車は」

「あっちの、端っこです」

出入り口から見て左奥、隣の建物に沿うように停められていた、ということか。

「ヒロカワ板金さんは、もう六、七年前に廃業しちゃってるんで、ここに……ここはその、ヒロカワさんの駐車場だったんですけど、ここに車が停まってるって、最近は滅多にないことなんで。それも、けっこう長い時間だったんで」

湯田が「どれくらいですか」と訊く。

「分かりませんけど、たぶん朝から、夕方くらいまでだったと思います。ちょうど、その車の窓に朝陽が当たってて、ウチの窓にそれが反射して、やけに眩しかったんです。それで主人と、あんなとこに勝手に停めて、やだねって、言ってて……お昼過ぎても、まだ停まってて。でも、夜にはもうなかったと思うんです。ずっと、何日もだったら気持ち悪いけど、一日だったから、まあいいかって……いいも何も、別にウチの土地じゃないから、いいんですけど」

彼女がその車に気づいたのが二十九日の朝というだけで、実際には、二十八日の夜から停まっていたのではないだろうか。

「そうですか。何か他に、お気づきになったことはありますか」

それ以外は特にないようなので、名前と電話番号を教えてもらい、丁重に礼を言って、彼女には帰ってもらった。

見上げると、玲子の気分とは裏腹に、空は雲一つなく、真っ青に晴れ渡っている。

湯田が「どうします」と廃工場を指差す。

「チェック、してみますか」

まるで気は進まないが、やるしかないだろう。

「だね……いってみようか」

道に面した、【廣川板金有限会社】の文字をペンキで塗り潰してあるシャッターは開かないだろうから、建物を迂回して反対側までいってみた。

すると、こういった工場裏にはありがちな、背の低いアルミ製のドアがあった。

「……康平」

「ええ」

見ると、明らかにドアノブが破壊されている。斜めに傾いで、半分こっちに外れかけている。

二人とも同時にバッグをあさり、白手袋を出して両手にはめた。

目で頷き合い、湯田がドアノブを握って、手前に引いた。

完全に外れはしなかったものの、ドアノブはさらにこっちに抜け出て、だがどこかで上手く引っ掛かったのだろう、ドアを開けることはできた。

内部は、当たり前だが暗い。空気にはカビ臭さ、鉄臭さ、埃臭さが充満している。

「……失礼します」

玲子、湯田の順番で中に入った。懐中電灯が要るかな、と思ったが、どこかに明かり取りの窓があるらしく、右手のフロアは思ったほど真っ暗ではなかった。

がらんとした、だだっ広い作業スペースだ。

その真ん中辺りに、二脚、パイプ椅子が広げて置かれている。その周りには、何かが細々《こまごま》と置かれている。

一歩一歩、危険がないか確かめながら、中央まで進んでいく。

パイプ椅子の近くには、紐《ひも》のようなものが何本か落ちている。いや、紐ではないか。近くに電工ドラムがあるから、それから引き出された電気コードかもしれない。

そのようだ。ただ、コードは引き出されただけではなく、ある程度の長さで切断されていた。フタの開いた工具箱の中には、ペンチやニッパー、金槌《かなづち》、木槌、ガムテープなどが放り込まれている。大振りなカッターナイフも三本、ちゃんと一緒に入っている。

どれも、真っ茶色に汚れている。コンクリートの床も、カッターナイフも、切断されたコードも、パイプ椅子の脚も。

その傍らに転がっている、木製のハンガー、二本も。

玲子は、もう一脚のパイプ椅子の方に近づいていった。座面には、何か平べったいものが張りついている。

隣にきた湯田が「うえっ」と漏らす。

「なんすか、それ……」

「手の皮膚、でしょ」

「でしょ、って……本物、ですか」

「でしょうね」

湯田が後ろを振り返る。

「何が……あったんすか、ね……ここで」

玲子は無意識のうちに、溜め息を漏らしていた。

「拷問、でしょ……水責めとか、爪剝ぎとか、拷問の常套手段《じょうとう》はいくつもあるんだろうけど、江川は、そういった手法はとらなかった。姜明秀の手の皮膚を、生きながらにして、剝いでいった……その電気コードを腕に巻いて、たぶん、そのハンガーを利用して、ギュウギュウに締め上げて止血して、その上で……カッターナイフを使って……皮膚を、剝いでいったんだと思う」

湯田が、玲子の顔を、じっと見つめている。

「……主任」

分かっている。涙が流れているのだろう。それは分かっている。分かっているけれど、でも、止められないのだ。

「なんで……なんで、こんなことしなくちゃ、いけなかったの……」

声の震えも、自分ではどうすることもできない。

江川利嗣という男を、玲子はむろん、直接は知らない。でも、傲慢《ごうまん》を承知で言えば、分かってあげられると思っていた。分かり合える相手だと思っていた。高校卒業前に自分の前からいなくなった同級生、男女の間柄にもなかったであろう、庄野初海という女性を愛し続け、その人生のすべてを、初海を取り戻すことだけに捧げてきた男だ。そんな男が、最悪の選択をすることだけは、なんとしても阻止したかった。

なのに――。

「こんなことしちゃったら、もう……何もかも、全部、終わりになっちゃうじゃない……」

ポケットで携帯が震えていた。出してみると、日下からの電話だった。まともな受け答えなどできる気がしなかったので、通話状態にして、湯田に渡した。

「えっ……あ、すみません、湯田です……いや、すみません、今ちょっと……はい、伺います……あ、はい……はい……えっ……はい、分かりました……はい、伝えます」

いい。聞かなくても、大よそは分かっている。

3

勝俣は多くの場合、待ち合わせ場所には三十分から一時間、早くいくようにしている。相手より先に着いて現場周辺の状況を把握し、交渉なりなんなりを有利に進めるためだ。また相手が予定通りの人数でくるかどうか、周りをどれくらい警戒しているかも重要な確認事項になる。

今はまだ、待ち合わせ時間まで二十分ほどある。

勝俣はポケットの中にある、ジッパー付きポリ袋の存在を確かめた。非常に小さなものなので、ときおりこうやって手を入れて確かめないと、あるのかどうか不安になる。

これを勝俣が手に入れたのは、もう一週間以上前のことだ。

鴨志田がどういう手を使ったのかは知らない。興味もない。だがおそらく、現役の誰かを動かしてNシステムで検索させ、さらに現地警察を動かして車両を捜索させ、その結果を勝俣に知らせてきたのだと思う。むろん、すべては秘密裏《ひみつり》にだ。

『……というわけで、新潟までひとっ走り、いってみてよ』

「嫌ですよ、あんな田舎。俺、そこまで暇じゃねえんですよ」

ネット上の航空写真で見る限り、海っぺりの、辺鄙《へんぴ》だの僻地《へきち》だのという表現が生易《なまやさ》しく思えるくらいの、正真正銘のド田舎だ。この世の最果てと申し上げても差し支えあるまい。

『そんなこと言わないでよ、勝俣ちゃん』

「言うよ。言うに決まってるでしょう。そこに車があるって分かってんだったら、そいつらにやらせりゃいいじゃねえですか」

『それじゃね……駄目なんだよ』

鴨志田の、声のトーンが徐々に落ちていく。

『俺がさ、いけって言ってるんだから、いってくれよ……お前が』

最初から拒《こば》み通せるとは思っていなかったが、こう言われてしまったら、もはや逆らうことは不可能だ。

「……高くつきますよ」

『安いもんさ』

まったく。腹立たしいほど馬鹿馬鹿しい。

結果、自分で新幹線のチケットを取って長岡《ながおか》までいき、さらに信越《しんえつ》本線に乗って一時間とちょっと。米山駅で降りたときにはもう、本当に、暗澹《あんたん》たる気持ちになった。

なんにもない。

雑草も枯れ果てた駅舎の周り。雑な補修を繰り返した結果、ヒビ割れて穴ぼこだらけになったアスファルトの地面。海風にピューピューと喧《やかま》しく啼く電線。重そうな日本瓦を載せた民家。そもそも何を売っていたのかも分からないような、寂《さび》れた商店。あとは遠くに低い山と、薄墨色《うすずみいろ》の空、それだけの世界。まさにド田舎だ。

分かっている。地方には地方の暮らしがあり、特にこういった米所《こめどころ》が日本の食の安全保障を考えた場合、どれほど重要な役割を担っているか、そんなことは、貧乏くじを引いて地方創生大臣を嫌々やらされている代議士風情《ふぜい》にチンタラ講釈を垂れられるまでもなく、重々承知している。

だが、嫌いなのだから仕方ない。勝俣は、本当に田舎が大嫌いなのだ。いくら環状道路と高速道路の騒音に悩まされようが、ラッシュアワーの電車内で揉《も》みくちゃにされた挙句痴漢に間違われようが、物価が高かろうが地価が高かろうが犯罪が多かろうがテロの標的にされようが、勝俣は都会が好きなのだ。

「……おぉい、タクシーは……呼ばねえと、こねえのかぁ」

駅舎に戻ってタクシー会社の電話番号を教えてもらい、ようやく一台回ってきたのが二十分後。

「すんませんね……その国道を、とりあえず……あっちの方に、いってもらえますかね」

何百メートルか走ると、右手に海が見えてきた。ヒビ割れたアスファルトと、おんなじ色をした日本海だ。左手は低い山がのっぺりと続いている。

ずっと、ずっと、ずっとずーっと、おんなじ風景だった。変わんねえな、つまんねえな、こんな眺めがいつまで続くのかな、などと思っていたら、いつのまにか右手に海が見えなくなってい た。慌てて前方を確かめると、何やら大きな建物が見える。まもなく交差点に差し掛かり、真横にある何かの看板が目に留まった。

上越《じょうえつ》市柿崎《かきざき》総合運動公園。

「……運転手さん、悪いね。ちょいと行き過ぎたみたいだ。そこらでUターンして、戻ってください」

ちょうど側道のような脇道があり、そこを使ってUターン。今きた道を戻り始めた。今度は左に海を見ながら、米山駅方面に戻ることになる。

結果から言うと、勝俣はこの道を三往復もする羽目になった。正確には三往復と四分の一くらいか。終《しま》いには運転手の機嫌もかなり斜めに傾いていたが、こっちは客だ。金は払うから文句は言うな。顔にも出すな溜め息もつくな。

探していた道は、たぶんあれだ。米山駅と運動公園の中間辺りで、国道八号に沿うように交差している細い道といったら、あそこしかない。七回も通って確かめたのだから、間違いあるまい。

「運転手さん、ストップ……もういい。ここで降ろしてください」

一万円札を渡し、釣りは要らないと言ってタクシーを降りた。

待てよ、ここじゃなかったらマズいな、道を上って、合ってるかどうか確かめるまで待たせておいた方がよかったか、とも思ったが、もう遅い。タクシーはすでに、跳び上がって両手を振っても分からないくらい遠くにいってしまっている。

致し方ない。ここだと信じて上るしかあるまい。

てくてくか、とぼとぼか。自分でも情けなく思いながら一人、細い坂道を上っていく。一応コンクリートで舗装されているため、景色の田舎っぽさほど歩きづらさはない。

左手に、少しずつ日本海が低くなっていく。その分、見える海面は広大になっていく——。

なんと恐ろしい眺めだろう。雑木《ざつぼく》と海以外、なんにもありゃしない。こんな風景を一人で眺めていたら、勝俣だったら半日で精神に異常を来《きた》しそうだ。

おそらくここは、山の斜面に作られた棚田《たなだ》とを行き来するために設けれた道なのだろう。右側は雑木林が続いているが、左側にはところどころ、収穫を終えて干乾びた田んぼが横たわっている。確かに、ここなら国道からは見えないし、田んぼ仕事も終わっている十月なら、人が通ることも滅多にないのだろう。道の舗装が案外しっかりしているのは、たとえば軽トラックとか、田植え機とか、そういう車両が農繁期に通るからではないだろうか。

十分ほど上って、ようやく見つけた。

日本海に向けて、半ば道から外れるような恰好で停まっている、赤いスポーツカー。マツダ・アテンザ。ナンバープレートは見えないが、たぶん、鴨志田から聞かされている番号と同じだろう。こっちに向いているのは車体左側。運転席に人がいるかどうかまでは分からない。

もう少し近づくと、助手席に人がいないのは分かった。運転席はシートを倒してあるようだ。あの丸く見えている影は、頭か。

勝俣が真横までいくと、運転席で動きがあった。シートが起き上がり、黒々とした、顔らしきものがこっちを向く。その肌色は日焼けか、あるいは垢じみているのか。無精ヒゲも相当だ。少なくとも半月は剃っていなそうだ。

それだけに、白目が目立つ。ギョロリとした大きな目だ。

助手席の窓越しに、しばし睨み合う。

今さらノックでもないので、勝俣は懐《ふところ》から警察手帳を出し、身分証を提示した。相手は一文字ずつ確かめるように凝視し、納得したのだろう、こっちに手を伸ばしてきた。

助手席側のロックを外し、ドアを押し開ける。

途端、古い公園の、汚物塗れの公衆便所のような臭気が漏れ出てきた。かなりの熟成具合だ。

「……おくつろぎのところ、申し訳ねえが、少し話を聞かせてくれるかい」

獣毛じみた無精ヒゲの中で、男の唇が笑いの形に捻じ曲がる。

「待ちくたびれましたよ……ここでよろしければ、どうぞ。散らかってますけど」

男は、助手席にあった菓子パンのビニール包装や、紙屑《かみくず》の類を寄せ集め、後部座席に放り込んだ。だが、男がいうほど後部座席も散らかってはいない。ここで一番汚いのは、はっきりいって男の顔、そのものだ。

「じゃ、お言葉に甘えて……邪魔させてもらうとするか」

勝俣が助手席に乗り込み、ドアを閉めると、男はイグニッションキーを捻り、ドアにあるパワーウィンドウのスイッチを押し込んだ。

運転席と助手席の窓が同時に開き、海風が左から右へと、便所臭い饐《す》えた空気を押し流していく。男も一応、この臭いは気になっていたらしい。

さて、乗り込んではみたものの、何から話してよいものやら。

とりあえず、人定《じんてい》事項からいってみようか。

「最初に、確かめさせてくれ。あんたが、江川利嗣……ってことで、間違いないよな」

男は、はっきりと頷いてみせた。

「はい。元陸上自衛隊、第一師団第一普通科連隊、二等陸曹の、江川利嗣です」

誠に、申し分のないお答えだ。

「うん……ま、俺はオメェが総理官邸に送り付けた映像も見てるからよ、間違いねえとは思つたが、しかし……ずいぶんと、えげつねえやり方をしてくれたもんだな」

男、江川利嗣が、日本海に向けて浅く頭を下げる。

「ご迷惑を、お掛けします」

なるほど。江川とは、こういう男か。

「迷惑、っていうかな……実を言うと、俺はオメェがやらかした一件の、捜査担当じゃねえんだ。だから、オメェを逮捕して、東京に連れ帰る気は、さらさらない」

江川がこっちを向く。

「……と、申しますと」

「警視庁は、この一件を表沙汰にはしない。それが官邸の意向でもある。じゃあ、俺様は新潟くんだりまで何しにきたんだ、って話だが、それはというとだな……オメェが官邸に送った映像、あれのマスターがあるはずだ。俺はそれを、もらい受けにきた」

「そうですか。それなら……これです」

白シャツの胸ポケットに手を入れ、小さな銀色の包みを摘み出す。何かの包装を再利用したのだろうが、これが、驚くほど綺麗に包んである。

差し出されたそれを、勝俣は右手で受け取った。

「これで、全部か」

江川が、クスリと鼻先で嗤う。

「そんなもの、後生大事にとっておいたところで、私にはなんの意味もありませんよ」

性格的には、非常に正直なのだと思う。だからこそ、こんな事件を起こしたのだともいえる。

「オメェにとっちゃ、そうだろうよ。官邸にさえ届けば、オメェの目的は達成されたも同然だ。それが実際の成果に結びつくかどうかは、別にしてな……だが、こっちはそうはいかねえ。こんなものが、まかり間違って、反日左翼のボンクラ野党議員の手にでも渡ってみろ。ただでさえ国会なんざ下らねえやり取りのオンパレードなのに、そんなことになったら、憲法九条を改正しようなんて、口にも出せなくなっちまう」

また江川が、日本海に向けて頭を下げる。

「……すみません」

「別に、俺に謝ったってしょうがねえだろ。俺はこれさえもらえれば、とりあえず文句はねえ。俺の仕事は終わりだ……ただな、江川。個人的に言いてえことはある。もう少しいいか」

「はい」

江川の着衣は、上衣が白シャツ、下衣がベージュのチノパンだ。だいぶ返り血も浴びたはずだが、どこかで水洗いくらいはしたのだろう。今は上下とも、薄《うつす》らと茶色に汚れている程度だ。

「俺はよ……オメェのやったことを、頭ごなしに否定するつもりは、ねえんだ。気持ちは、分かる。だがな、オメェみてえな一自衛隊員が、こんなちっぽけなテロ行為に走ってみたところで、この国が綺麗さっぱり生まれ変わるなんてことは、ありゃしねえんだよ」

視線を日本海に向けたまま、江川が口を開く。

「だったら……私は、どうするべきだったのでしょう。二十年経って、ようやく巡ってきた、真実を知るチャンスでした。それは、とても不幸な結果に終わりました。私の……私と、庄野初海の家族にとっての拉致事件は、それで終わりました。しかし、他の家族にとっては違います。拉致事件は、まだ解決していません。私は、私にできることを考え、それを実行したつもりです……では仮に、あなたが私の立場だったら、何をしましたか」

いい質問だ。

「俺だったら、か……俺だって、同じことをしたかもしれないし、何もしなかったかもしれない……確かに、四十年も五十年もこの問題を放置してきたのは、この国の政府だ。ただ、そんな国の代表を選び続けてきたのは俺たち、日本国民だ。夢物語の平和憲法をありがたがり、惰眠《だみん》を貪《むさぼ》ってきたのも、俺たちだ。その責任の取り方として、テロリズムってのは、どうなんだ。あんまり、相応《ふさわ》しくねえんじゃねえのかな。この国を変えようと思ったら、砂場の砂をひと粒ひと粒、縦に積み上げて塔を築くような、途方もねえ根気と、微妙な手加減、サジ加減が必要なんだよ。残念ながら、俺にはそれはできねえ。オメェにも、たぶん無理だ。

「おい、待て馬鹿。よくオメェ……その舐めた態度で、今まで世の中渡ってこられたな」

本当に立ち上がろうとする。

「じゃあ、帰ります」

「ぬかせ。俺だってオメェの、すかしきった面なんざ見たかねえや」

ね」

「……できれば、あなたと一緒にいるところを、誰かに見られたりしたくないんですけど
そして今、勝俣は待ち合わせた相手と、テーブルをはさんで向かい合っている。

最後まで言ったら、野暮な気がしたのだ。

そこまで言いかけ、だがふいに喋り過ぎた気がし、勝俣は、続く言葉を呑み込んだ。

きたいんだろうが……」

定義するのも、ちょいと違うんじゃねえかと、個人的には思ってる。オメェは、そうしてお
「なるほど。それも、いいかもしれねえな……ただな、俺はオメェのやったことを、テロと
やはり、正直な男だなと、改めて思う。

「私もその……砂粒を一つ、積もうとしただけなんですけどね」

江川が、ハンドルの上端を右手で握る。

そういう人間を、代表に選ぶしかねえ」

「よく言われますが、勝俣さんにだけは言われたくありません。私は、あなたほどの人でなしではない」

そんなことは、こっちだって百も承知だ。

「人でなし、か……そんな人でなしにも、ちょいと可愛いところがあったりも、するかもしれねえぜ」

例の、江川から受け取ったブツをテーブルに載せる。一番小さなタイプのメモリーカードが、五枚。中身を確認する必要があったため、江川が丁寧に包んだ銀紙はいったん剝がしてしまった。剝がしたら、勝俣にはもう元通りにできないので、ジッパー付きのポリ袋に入れ替えてきた。

「なんですか、これは」

「オメェが手掛けてる事件の、真犯人の、恥ずかしい自撮り動画だ」

相手、武見諒太の眉に、微かに力がこもる。

「……佐久間健司殺しの？」

「それは偽名だろ」

「姜、明秀」

「そう……話が合ってきたじゃねえか」

勝俣はコーヒーをひと口飲んだ。美味《うま》くも不味《まず》くもない。

武見はポリ袋を睨むだけで、手で触れようともしない。

「何が映ってるんです」

「だから、真犯人のチンポコだよ」

「私は真面目に訊いてるんです」

分かってるよ。

「……拷問シーンだ。それと、テロリストの、犯行声明」

武見は口を尖らせ、浅く溜め息をついた。悔しいが、この男はなかなかの美男子だ。今の溜め息も、なかなか様になっていた。色っぽいという女も、少なくないのではないか。

「……それを私に見せて、どうしようっていうんですか」

「夜中にこっそり見て、一人でセンズリでも掻きやがれ……と言いたいところだが、オメェにも趣味があるだろうからよ、無理にとは言わねえよ。ただまあ、俺のお勧めの見方としては、だ……捜査一課の女刑事と、しっぽり二人だけの鑑賞会を開く……なんてのも、一興だと思うんだがな」

ポリ袋に向けられていた武見の視線が、ゆっくりと、勝俣の目線まで上がってくる。

「そういえば、あなた……『ストロベリーナイト事件』で、彼女と一緒になってましたね」

なんだ――こいつ。目が、完全に本気じゃねえか。

「武見。オメェまさか……あの女に惚《ほ》れたんじゃねえだろうな」

「彼女をどうするつもりだ」

こりゃ面白《おもしれ》え。

「そうかい……俺はいま初めて、オメェの弱みを見た気がするよ」

「彼女をどうするつもりだと訊いてるんだ」

声まで本気になっていやがる。

「今のところは、どうするつもりもねえよ。役に立ちそうなときは、使う。邪魔をするなら、消えてもらう。それだけのこった」

「あんたには、彼女に指一本触れさせない」

「僕が守ります、ってか」

「いや。そのときは、俺があんたを潰す」

ますます面白え。

「やれるもんならやってみろ。たかが一介の検事風情に何ができる」

「なんでもできるさ。お前一人くらい、どうにだってできる」

「たまに、人が親切にしてやろうと思やよ……」

ポリ袋を回収しようと思ったが、一瞬、武見の手の方が早かった。

「これは、ありがたく頂戴しておきます」

おいおい、結局要《い》るのかよ。

「ああそうかい……あの女は、そういうグロが大好物だからよ。きっと、楽しい鑑賞会になるぜ」

武見が、小さく首を傾げる。

「もう一度訊きます。これを彼女に見せて、あなたはどうしたいんですか」

俺みたいな虫けら刑事にも、五分《ごぶ》くらいは魂があるんだよ──なんて恥ずかしい台詞は、吐かずにおく。

4

東葛西五丁目にある、元自動車修理工場の作業場。

湯田は日下との通話を終え、両手で玲子に携帯を返してきた。

「江川の車両が、発見され、内部から……運転席から、江川の遺体が、発見されたそうです。死後、一週間ほど、経っているらしいです」

玲子は頷き、携帯を受け取った。

「……それしか、ないでしょ。ここまで、やっちゃったら」

日下が現地にいったのだから、車両はいずれ発見されるだろうと思っていた。車内から、あるいはその付近から、江川の遺体は発見されるだろうとも思っていた。ただ、死後一週間ほどというのは意外だった。

一週間前まで、江川は生きていた。玲子にはその理由が分からない。少なくとも、今の時点では。

携帯をポケットにしまって、工場の裏口に向かう。

「ここはここで、鑑識呼んで、調べてもらおう……もう出よう」

葛飾の特捜に連絡を入れると、五分ほどして今泉から折り返し電話があった。本部の鑑識を向けるから、到着までその場で待機しろと言われた。

四十分ほど待って臨場してきたのは、偶然にも刑事部鑑識課第二現場鑑識第五係。青いラインの入ったワンボックスカーから降りてきた、青い活動服に身を包んだ係員数名の中に、その人はいた。

「姫川主任……お疲れさまです」

元捜査一課十係姫川班の、石倉保《いしくらたもつ》。現在は巡査部長ではなく、玲子と同格の担当主任警部補になっている。

「保さん……」

差し出された、その太い指の並んだ右手を、玲子は思わず両手で握り締め、胸に抱え込んでしまった。

「あたし、駄目だ……また、なんにもできなかった……なんにも、できなかった……」

玲子が何について言っているのか、石倉には見当もつかなかったに違いない。

それでも、石倉の声は優しかった。

「なんにも……ってことは、ないです。なんにもってことは、ないですよ。姫川主任に限って」

その言葉を心の内で反芻《はんすう》し、拠《よ》り所《どころ》にし、なんとか職務はやり遂げた。自分と湯田がこの現場に入った時刻、触ったもの、歩いた場所、そのときの状況、見たもの、気づいたこと。訊かれたことにはすべて答え、鑑識作業の参考になるよう、事案についてもある程度は説明した。石倉はそれをもとに、他の係員に指示を出していた。

「じゃあ、保さん……あたしたちは、これで」

「はい。お疲れさまでした」

今このタイミングで、石倉に会えてよかったと、心から思う。

これは、単なる偶然だろうか。

天国で、林が——それは、いくらなんでも考え過ぎか。

玲子たちが特捜に戻ったのは十五時頃。夕方には日下も新潟から戻り、江川利嗣の遺体発見に関して詳細を聞くことができた。

「左手首をカッターナイフで、動脈に達するまで深く切りつけ、さらに、そこにカッターナイフ本体を捻じ込むようにしてあった。傷口が、万が一にも塞がったりしないように、ということだろう。完璧な失血死だそうだ」

写真も何点か見せてもらった。ヒゲが黒々と顎周りを覆っている。顔色は、文字通りの土《つち》気色《けいろ》。血の気があるのかどうかもよく分からないほど薄汚れている。

発見場所は、国道から逸れるように山道を上がったところにある、田んぼの近くだという。だからか。いつも身綺麗にしている日下にしては珍しく、靴が少し汚れている。

「なぜ、こんなところで死体を発見したんだと、根掘り葉掘り訊かれたよ。そこに至った経緯は伏せたが、江川の身元についてはありのままを話した。所属も教えたんで、もう陸自にも、江川の親族にも連絡がいってるだろう。死体検案は向こうの大学がやるが、報告書のコピーはこっちにも送ってもらえるように頼んできた。遺体の引き取りに関しては、改めて陸自側と協議する」

玲子も、殺害現場について詳細を報告した。江川は拷問の過程で、姜明秀の両手の皮を剥いでいると伝えると、さすがの日下も顔をしかめていた。

戻りが一番遅かったのは、菊田の組だった。

「すみません。目撃情報、さっぱり拾えないです。先月末の夜、台東三丁目◎の▲付近の路地で、喧嘩っぽい騒ぎがあったという話は、近所の住人から聞けたんですが、その場面を直接見たわけではないので、それ以上は分からないということでした」

日下が菊田を見る。

「日時は特定できないのか」

「今日の時点では。もう少し時間をかければ、詰められるかもしれませんし、その近辺の防カメ映像は、まだ拾えてませんので。何か出てくる可能性はあります」

喧嘩っぽい騒ぎ、か。

玲子も菊田に訊く。

「具体的には、どんな騒ぎだったの」

「待てェ、とか、コラァ、みたいな。そのときは、チンピラか不良同士の喧嘩だと思ったらしいです。ただ普段、そういうことはまずない静かな街だから、そのときは怖いと思ったけど、もう何週間も経ってるんで、日にちまでは覚えていない、ということでした」

いくつか想定できる状況はあるが、これだけの情報では、まだ玲子にもなんとも言えない。

十九日は日下と玲子の組も加わり、六人で台東三丁目周辺を聞き込んで回った。だがこれといった収穫はなく、また、周辺に設置されている防犯カメラ自体が少ないので、その線もあまり期待はできなかった。

翌日、二十日月曜の朝になって、また武見から連絡が入った。

電話だった。

『おはようございます、武見です』

「おはようございます」

『今日少し、お時間をいただけないでしょうか』

初めて会ったときの、あの軽い調子で言われたのなら、玲子は即断わっていたと思う。申し訳ないがそういう気分ではないし、そういう状況でもない。

ただ、今朝はだいぶ様子が違った。

重いというか、暗いというか。まったく武見らしくない。

「どんな、ご用件でしょうか」

『あなたに見ていただきたいものがある。むろん、姜明秀に関することです』

場所は静かならどこでもいい、ただ個室がある方が望ましいと武見は言う。ならば警視庁本部でどうか、と玲子から提案した。捜査一課の大部屋でもいいし、個室に拘るなら取調室だってある。

半分冗談のつもりだったが、武見はそれでいいと言った。

『では十一時に。警視庁本部の入り口前で、お待ちしています』

承知されてしまったら、いかないわけにもいかない。

朝の会議前に日下を捕まえて事情を話し、会議が終わったら菊田と湯田にも断わりを入れた。

「ごめん、また武見検事に呼び出された。何かあたしに見せたいものがあるって」

菊田が、分かりやすく眉をひそめる。

「一人で、ですか」

「うん、でも大丈夫。場所は本部だから」

「本部?」

「桜田門。だから、心配しないで」

そう玲子が言ったところで、菊田の性格では心配せずにはいられないだろうが。

玲子が本部庁舎前に到着したのは十時五十五分。武見が現われたのはその数十秒後。ひょっとしたら、同じ電車に乗ってきたのかもしれない。

今日は濃紺のスーツに、水色のネクタイ。濃い茶色のブリーフケースを提げている。靴も同じ系統の茶色だ。

「お待たせしました」

「いえ、私も今きたところです。では、こちらに」

玲子が先に立ち、本部庁舎に入る。

一度は中層エレベーターに乗り、六階にある捜査一課の大部屋までいってみたが、

「あれ……なんだろ」

大いに当てが外れた。

普段、一課の大部屋には在庁の班が一つか、多くても二つ。あとは書類仕事をしている捜査員が何人かいる程度なのだが、今日は何があるのか、パッと見、四十人くらいの捜査員が集まっている。みんな忙しそうに、段ボールから出した書類の仕分けをしている。それも玲子たち十一係の隣、十係のデスクを中心にだ。

「武見さん、すみません。ちょっと今日は、ここ、取り込んでるみたいです」

「そのようですね。私は、取調室でもかまいませんが」

「いや、あれは……冗談です」

「ほう。姫川さんでも冗談を言うんですか」

「まあ、たまには……すみません、面白くなくて」

すぐ一階まで戻り、だが食堂というのも申し訳ないし、かといってこの近くに話ができるような店はないので、仕方なく高層エレベーターで、最上階まで上がることにした。

武見も、途中でどこにいくのか分かったようだ。

「喫茶室『パステル』ですか」

「ごめんなさい、そんなところしかなくて」

「けっこうです」

本部庁舎の最上階、十七階には大会議室、講堂を兼ねた道場、音楽室や映写室がある。大会議室では日々様々な枠組で会議が行われるため、十七階には比較的外部の人間の出入りが多い。

だからだろうか。小さくはあるけれど、一応喫茶店がある。

「こちらで、大丈夫ですか」

「はい。問題ないです」

窓際のテーブルに座り、コーヒーを二つ頼んだ。他に客は一人。知らない顔の、五十代と思しき男性がトーストを頬張っていたが、武見が「問題ない」と言うのだから、問題ないだろう。

武見はお冷をひと口飲み、すぐに切り出してきた。

「姫川さんにお見せしたいというのは、とある映像です」

言いながら、ブリーフケースから薄型のノートパソコンを抜き出す。テーブルに据えて開き、電源を入れ、さらにイヤホンを取り出し、パソコンに挿す。

「なんの映像ですか」

「これは……」

ほとんど息だけの、囁《ささや》くような声だ。

「見てもらえれば、分かります。私がこれをどうやって入手したのかは、お教えできません。コピーを差し上げることも、できません。ここで一度だけ、お見せするだけです。そして、これの内容については、決して他言しないでください」

そう言い終えると玲子にパソコンを向け直し、イヤホンを左右一緒に差し出してくる。

「……分かりました」

頷きながら、受け取ったイヤホンを装着する。

「はい、再生は」

「スペースキーを押してください」

「はい」

最初、画面は真っ黒だったが、数秒してあるものを映し出した。

もう、それだけで玲子には分かった。

江川利嗣が、姜明秀を拷問している場面だ。姜はパイプ椅子に座らされ、両手両足を椅子の脚に括り付けられている。口には猿轡をされている。それを真正面から映している。江川は姜の左手に、あの大きなカッターナイフを当てようとしている。

なぜあなたが、こんな映像を——そう訊きたいけれど、武見が無言でかぶりを振るので、玲子も黙って画面を見るしかなかった。

映像はかなり編集されていた。座っている姜は画面中央から動かないが、江川は姜の左側にいたり、瞬間移動して真後ろに立ったりする。音声はぼんやりとしたノイズがほとんどで、瞬間的に姜の呻き声は入るものの、会話のようなものはまるでない。

江川は、姜の左手の皮を剝ぎ、同様に右手の皮も剝ぎ、それでも姜が喋らなかったからだろう。肉が剝き出しになった左手、今度はその肉を削ぎ落とし始めた。姜も一瞬だけ暴れようとするが、すぐに気を失うらしく、動かなくなる。よく見れば左右とも、二の腕の下辺りに木製のハンガーが括り付けられている。まさに、現場を見て玲子が想像した通りの拷問方法だ。

やがて、意識を取り戻した姜が力なく頷き、ぽつりぽつりと話し始める。こんな音声じゃ聞き取れないな、と思っていたら、親切にも字幕が入った。

【あの頃は日本のどんな情報でも貴重だった。】

撮影したのはむろん江川なのだろうが、この字幕は誰が。おそらく江川には、そんな暇も機材もなかったに違いない。ということは、武見か。武見がわざわざ、玲子のために入れたのか。

姜の独白は続いた。庄野初海は、姜の諜報活動を偶然目撃したため、連れ去られたようだった。

【二人の部下と（聞き取り不能）同胞の家に二日、翌日の夜に、新潟の米山の北陸道沿いの海岸に迎えがくる。（聞き取り不能）平壌まで連れていく手筈になっていた。なのに俺の部下が（聞き取り不能）彼女は船の甲板に出てきていた。足を縛っていたロープは解かれ、両手はまだ縛られたままで（聞き取り不能）自ら海に身を投げた。とても（聞き取り不能）夜

だった。でももう彼女を見つけることはできなかった。（聞き取り不能）部下はまもなく処刑された。】

また編集が入り、そのときにはすでに、姜の両腕に括り付けられていたハンガーは外されており、姜は、頭を真後ろに仰け反らせ、脱力して動かなくなっていた。コンクリートの地面は映っていないが、すでに大量の出血があり、失血死したものと思われる。

左側から、江川が画面に入ってくる。顔が映るよう、自ら位置を調整する。地面に膝をついたか、正座をしたようだ。ヒゲはまだ遺体写真ほど生えてはおらず、顔色もいくらかよく映っている。

短く咳払いをし、江川が話し始める。

《ご覧、いただきました通り、私、元陸上自衛隊、第一師団第一普通科連隊、二等陸曹の江川利嗣は、朝鮮民主主義人民共和国の工作員、姜明秀を、暴行の上、殺害いたしました。姜は二十年前、庄野初海という女子高校生を拉致、北朝鮮に連れ帰る途中で死亡させたことを、私に告白いたしました。庄野初海は、私の同級生でした。私は、彼女を北朝鮮から救い出すために、陸上自衛隊に入隊いたしました。しかし……しかし、何もできませんでした。自衛隊員としては何もできなかったため、致し方なく、このような方法を選択するに至りました》

江川は、喰い入るような目でこちらを見ている。真っ直ぐな、相手に有無《うむ》を言わせない、極めて強い眼差《まなざ》しだ。

《このような手段をとることは、決して、拉致被害者家族、及び関係者の総意ではありません。私は関係者の代表ではありません。一個人として、このような選択をいたしました。しかし、私と同様に考える関係者の方は他にいないかと問うた場合、いないとは断言できないのではないかと、私は思います。

西野、内閣総理大臣……総理が長年、拉致被害者救出に尽力されてきたことは、私も重々存じております。しかし、それでは足りないのです。仮に、拉致被害者全員が救出できたとして、それでよいのかというと、それも違うのです。

私はもう、自衛隊員ではありません。しかし、心はまだ、魂はまだ、隊と共にあります。総理……私たちは、何者なのでしょうか。国民を守りたい、国土を守りたい、国の役に立ちたい。そう思って隊に入ったにも拘わらず、閣議決定がなければ、領海侵犯、領空侵犯をした敵に対し、威嚇《いかく》射撃すらできない我々は、一体、どうやって国民を守ればよいのでしょうか。国土を守ればよいのでしょうか。

閣議決定を待っている間に、我々は敵を逃すかもしれません。攻撃を受けて命を落とすかもしれません。それでも我々は、私たち日本人は、憲法前文にある通り、平和を愛する諸国民の公正と信義に信頼して、閣議決定を待たねばならないのですか》

江川の双眸《そうぼう》に、より一層強い光が宿る。

《そもそも、平和を愛する諸国民とは誰のことでしょうか。どこの誰とも分からない諸国民の公正と信義を、なぜ我々は信頼しなければならないのでしょうか。日本人を連れ去った北朝鮮の工作員は、その平和を愛する諸国民に入るのですか。領空侵犯を繰り返す、領海侵犯を繰り返す中国は、ロシアは、竹島《たけしま》を実効支配する韓国は、平和を愛する諸国なのですか。我々はそこまでして、その諸国民の公正と信義を信頼……いや、公正と信義〝に〟信頼しなければならないのでしょうか。

西野内閣総理大臣。私のような者が、総理に申し上げるべきではないのかもしれません。総理は、今この国が何をなすべきか、この国を守るために何をすべきか、きちんとお考えくださる方だと存じます。しかしながら、ご無礼を承知の上で、元自衛隊員として、一国民として、言わせていただけるなら……。

総理。日本人が、日本人であることに誇りが持てる、そんな憲法を、一緒に作ってください。しようと思えば戦争はできる、でもしない、する必要がないから、そう胸を張って言える、本当の意味での平和を希求する、強い憲法を、国民と共に作ってください。

総理……お願いいたします》

江川が、土下座のような恰好で頭を下げたところで、映像は終わった。

これは、なんらかの方法で、江川から政府に送られたものなのだろう。最初は、悪戯《いたずら》の類と思われたかもしれない。だが一度この拷問場面を見てしまったら、さすがにもう無視はできまい。おそらく西野総理大臣まで、この映像は届いたことだろう。

それが、巡り巡って今、武見諒太の手元にある。

その理由を、玲子は武見に、訊いてはいけないのだろうか。


玲子は警視庁本部から台東三丁目に回り、昼頃から、菊田たちが続けている聞き込みに合流した。十四時過ぎになって日下に呼び出され、米屋の自動販売機前で落ち合ったが、武見に何を見せられたかは、玲子も報告のしようがなかった。

「すみません、あの……今日、武見検事から何を提供されたかは、今の段階では、統括にも、ご報告できません。でもそれによって、私が何か具体的な行動に出るとか、そういうことはないので、ご安心ください。いずれ、きちんとお話しします」

何度か深い溜め息をつきはしたものの、日下もそれ以上は訊かなかった。

その後は聞き込みに戻り、十八時頃まで続けた。残念ながら、この日も収穫はないに等しかった。

特捜に戻ると今泉管理官がきており、会議終了後は、日下と菊田、玲子と四人で話をした。

いや、話というよりは、今泉からの通告か。

「東葛西五丁目の廃工場内で発見された遺留品から、江川利嗣の指紋が多数、検出された。血痕からDNAは採取したが、肝心の、姜明秀のデータがないので、現時点では照合のしようがない。あとは、本所をついてどうなるか……だがここから先は、俺に任せてくれ。江川利嗣の死亡が間違いない以上、このヤマはどう転んでも、被疑者死亡の不起訴決着だ。お前たちは本件、長井祐子殺害事件に戻ってくれ」

それはそれで受け入れるしかないと、玲子も思う。

ただ、もう一つだけ確かめておきたいことがある。

「管理官、一つお願いがあります。私をもう一度だけ、庄野正彦のところにいかせてください。彼と、話をさせてください」

今泉が何か言おうとしたが、それよりも日下の方が早かった。

「管理官、それには私が同行します。姫川に、これ以上の無茶はさせません」

今泉は日下を見、玲子を見て、もう一度日下に目を戻して、最終的には、渋々ではあるが頷いてみせた。

「それなら、まあ……よろしく頼む」

「ありがとうございます」

玲子も、あとから二人に礼を言った。

明けて十月二十一日、火曜日。

朝八時過ぎに電話を入れると、庄野正彦は在宅しており、特に出かける用事もないという。

玲子は、また昼時になっても迷惑かと思い、少し早いが「十時頃にお伺いしたい」と伝えた。

正彦は「けっこうです。お待ちしております」と、それを了承した。

葛飾署から庄野宅までは約一時間半。朝の会議に出ている時間はない。だがそこは、日下が上手く山内に伝えてくれた。玲子は離れたところで見ていたが、山内はただ頷いただけに見えた。

「……すみません、なんか、いろいろ」

「これが最後なんだろ。早く出よう」

このところ、急に日下に借りばかり作っている気がしたが、今それについては考えないことにする。

道中の約一時間半、さすがにずっと黙っているわけにはいかない。だが、自分は日下と、何を話せばいいのだろう。そう玲子は案じていたが、実際電車に乗ってみると、意外なほど日下からいろいろ話し掛けてきた。

中には捜査に関する話もあった。

「……小林美波の言っていた、長井祐子の交際相手な。あれ、大体目星《めぼし》がついたぞ」

常々不思議に思ってはいたが、この日下守という男は、一体どれほどの情報網を持ち、それを使ってどれくらいの捜査が可能なのだろう。玲子には、その限界が見えない。ここ何日かは玲子たちと一緒に聞き込みをしていたにも拘わらず、日下はいつ、祐子の男について調べたというのだろう。

「大体、って……」

「名前はおそらく、コガリュウヘイ。暴力団にも半グレにも属さず、振り込め詐欺などで荒稼ぎをしているグループの、リーダーと目されている男だ」

なるほど。

「そこに何か、大村との接点がありそうですね」

「そういうことだ」

池袋駅から東武東上線に乗って、朝霞駅に着いたのが九時四十分。そこからは徒歩で、庄野宅前に着いたのが九時五十三分。

十時ぴったりになるまで表で待とうと思ったのだが、庄野宅の玄関ドアが開き、

「おはようございます……」

庄野夏子が出てきたので、玲子たちも挨拶をした。

「おはようございます。すみません、少し早く着いてしまいまして」

「構いませんから、どうぞ、お入りになってください」

「ありがとうございます。失礼いたします」

前回と同様、通されたのは資料で溢れ返った、あのリビングだ。

「失礼いたします。朝早くからお電話してしまい、申し訳ありませんでした」

中で待っていた正彦に日下を紹介し、挨拶をした日下が名刺を手渡す。正彦の右手にはま

だ包帯が巻かれているが、左頬のガーゼはとれている。かなり深い傷だったらしく、何本もの筋状の傷が、瘢痕拘縮《はんこんこうしゆく》気味の引き攣れになって残っている。だがあえて、今それについては触れない。

前と同じソファに座ると、すぐに夏子が紅茶を持ってきてくれた。

それをひと口いただいてから、玲子は切り出した。

「今日お伺いしましたのは、またいくつか、庄野さんにお尋ねしたい事柄がございまして」

正彦は「はい」と静かに頷いた。

玲子が続けて訊く。

「早速ですが……庄野さんは、江川利嗣という男性を、ご存じでしょうか」

それにも、正彦は同じように頷いた。

「初海の、同級生です。部活が一緒だったというのもあり、初海のことを、大変気に掛けてくださっている方です」

「連絡をとり合ったりは」

「私ども夫婦のことも、とてもご心配くださっていて。よく、お電話はいただきます。こちらから、ご連絡することもあります」

「最後に連絡をとられたのは」

記憶をたどろうとするように、正彦は微かに首を傾げた。

「先月の、後半だったように思います」

「差し支えなければ、庄野さんの携帯番号を教えていただけますか」

正彦は淀みなく「090」で始まる十一桁《けた》の番号を告げた。当然それは、九月二十五日十九時二十二分、台東区台東三丁目の基地局から江川の携帯にかけてきた番号と一致する。

玲子は手帳で確認する振りをしてから、正彦に訊いた。

「……ということは、それは九月二十五日、十九時二十分頃のことですか」

また正彦が首を傾げる。

「そこまで、詳しくは記憶しておりませんが」

「台東三丁目付近から」

「そう……だったかも、しれません」

「どういったご用件で」

「それは、ごく個人的なことですので」

「台東三丁目で、庄野さんは何をしていらしたのですか」

「それも、ごく個人的な用件です」

「そのご用件と、江川さんは関係ありますか」

「いいえ、ありません」

「どういったご用件か、お話しいただけませんか」

「ごく、個人的な内容ですので」

「……そうですか」

しかし、これで概ね正彦のスタンスは分かった。

嘘は、基本的にはつかない。こちらが摑んでいるであろう情報に関しても、素直に認める。

だが決定的なところは話さない。

ならば、こちらにも考えがある。

「庄野さん。ここからは、私個人の、推論になりますが」

日下が刺すような目で玲子を見る。

「……姫川」

小さくはあったが、充分威圧感のあるひと声だった。

だが、ここで引くわけにはいかない。

「あくまでも、私個人の推論、仮説ですので、言わせてください。庄野さんも、聞いてください……庄野さんは前回お会いしたときに、姜明秀と直接会ったことはないと仰いました。ですが私は、一度くらいは会っているのではないかと、思っています」

正彦は黙って聞いている。

日下も、もう玲子を止めようとはしない。

「庄野さんはおそらく、何かしらの手段を用いて、姜明秀の潜伏先に関する情報を得た。それが台東三丁目付近だった。庄野さんはまず、お一人で確認にいかれたのでしょう。そして、姜明秀は間違いなくそこにいると確認できた。そのことを江川に知らせたのが、九月二十五日、十九時二十二分の電話だった」

違いますか、と訊きたいところだが、今は控える。

「江川はその知らせを受け、自分の車で庄野さんのもとに向かった。庄野さんと江川の目的はむろん、姜明秀から、初海さんの拉致に関する情報、安否、現在の所在などを聞き出すことにあったはずです。しかし、実際に接触を図ると、姜明秀は非常に激しい抵抗を見せた。結果的に、かなり実力を行使する形で、姜明秀を拘束することになってしまった。これは、決して計画的な行為ではなかったと、私は考えています。これが計画的なものなら、江川は自身が所有する車両は使わなかっただろうし、他にももっと、必要な道具をあらかじめ用意していたはずです。ですが江川は、そうはしていない……あくまでも突発的に、その状況になり、江川は姜明秀を拘束、自身の車両に乗せ、現地から連れ去った……あくまでも、江川利嗣が単独で、です」

玲子は意識して、正彦を「庄野さん」と呼び、江川を呼び捨てにしている。正彦なら、当然その意図を解するはずだ。

「庄野さんのそのお怪我は、この近所で、自転車に乗っていて転んだからではなく、九月二十五日に、台東三丁目付近で負ったものではないかと、私は思っています。姜明秀の抵抗に遭い、その際に壁とか、地面に叩きつけられた、あるいは……江川と共に車に乗ろうとしたところ、江川に拒否され、突き飛ばされたとか。私は、後者の可能性が高いように感じます。江川は、一連の行為から、庄野さんを排除しようとした」

なんの物音も気配もないが、前回同様、夏子は隣のダイニングキッチンで聞いているのだと思う。

「江川はその後、都内某所で姜明秀に暴行を加え、初海さん拉致に関する真相を聞き出し、最終的には、姜を殺害しています」

正彦の喉仏《のどぼとけ》がぐるりと転げ、ゆっくりと、乾いた唇が開く。

「それは……どこまでが、姫川さんの推論で、どこからが、事実なのでしょうか」

「具体的には、お答えしかねます」

「では……江川くんが、姜明秀から、初海の拉致に関する、真相を聞き出した、というのは」

今度は逆に、玲子が生唾を飲み込んだ。

「……それも、お答えしかねます」

「姫川さんは、江川くんが聞き出したという、初海の拉致の真相を、ご存じなのですか」

江川は、台東三丁目に向かって以降、正彦と連絡をとり合ってはいない。除隊を申し出るためだろう、陸上自衛隊第一師団に電話をかけてはいるが、それ以外はどことも通話をしていない。

玲子は、あえて正彦の質問を無視した。

「……新潟県上越市の、柿崎区竹鼻《たけがはな》というところで、三日前、江川利嗣が遺体で発見されました」

正彦は、微動だにしない。

夏子も、依然気配を消している。

針で鼓膜を突くような無音が、屋内を支配する。

長い沈黙になった。

正彦は何を考えているのだろう。その表情から読み取れるものはない。落ち着き払った様子も、玲子の理解の範疇を超える。正彦は江川の死を知っていたのだろうか、知らなかったのだろうか。ある程度は覚悟していたとしても、確信はなかったのではないか。

ようやく、正彦が口を開く。

「それは、病気ですか。事件ですか、事故ですか」

警察官らしい訊き方だ。

「端的に申し上げれば……自殺です」

正彦なら、それですべて分かるはずだ。

江川が自ら命を絶つ理由など、一つしかあり得ない。

江川は映像の中で総理大臣にメッセージを送っているが、それは本筋ではないと、玲子は思う。江川は初海を取り戻そうとし続け、だがそれが叶わないと分かったから、姜明秀を殺害し、自らも命を絶った。そうでなければ辻褄《つじつま》が合わない。拉致被害者やその家族を想うなら、憲法改正を望むなら、絶対に、姜明秀を殺すべきではなかった。どのような形であれ、生かしておくべきだった。

しかし、江川は姜明秀を殺害した。

江川には、初海しかいなかった。

それがすべてだと、玲子は思う。

「庄野さん。姜明秀の事件に関して、もう、こちらにお話を伺いにくることはないと思います。最後になりますが、亡くなった江川利嗣さんに、仰りたいことはありますか」

正彦が、小さく頷く。

「……すまなかった。そして、ありがとうと、伝えたいです」

ふいに衣擦《きぬず》れのような音が聞こえ、ダイニングの方に目を向けると、夏子が、お盆を持って立っていた。

「あの……」

玲子の近くまできて、膝をつき、お盆に載せていた皿と、二膳の箸を玲子たちの前に並べる。

「もう、冷めて、しまいましたけど……これは、初海の好物で、江川さんも、美味しいと言って、食べてくれていたものです。ただの、出汁巻き卵ですけれど……お召し上がり、いただけませんか」

鮮やかな黄色に、薄っすらと焦げ目のついた、とても綺麗な出汁巻き卵だった。

「ありがとうございます……いただきます」

確かに冷めてはいたけれど、とても美味しい卵焼きだった。

程よく出汁が利いていて、ほんのりと甘みがある。

ふわりと心まで柔らかくなるような、優しい味がした。

庄野宅を辞し、駅に向かう道で日下に訊かれた。

「姫川。お前は結局、庄野正彦に会って、何を確かめたかったんだ」

それは、玲子も考えていた。

「ええ……もともとは、正彦がどこまで事件に関わっていたかを、確かめるつもりだったんですが、なんか、途中から……本当は私は、江川が死亡したことを、正彦に報告しにきたのかなって、思うようになって」

日下が盛大に溜め息をつく。

「なんか途中から、ってお前……あんな危なっかしいことを、ポロポロポロポロ喋りやがって。俺はいつ、後ろからお前の頭を叩いて止めようかって、そればかり考えていた。お前みたいな部下を持つってのは、本当に疲れるな。いい加減にしてくれよ。俺はお前にこそ、監視カメラを仕掛けたいよ……今日、ここまできたってこなくたって、姜明秀殺害に関しては被疑者死亡で不起訴という線は変わらんし、江川の死亡にしたって、お前が知らせなくても、正彦はいずれ、なんらかの形で知っただろう。それをわざわざ、本筋の捜査から抜け出して……そもそもお前はな……」

日下の小言は、朝霞駅から東上線に乗ってからも、まだしばらく続いた。それに対し玲子は、図らずも正彦の言葉を借りる形になってしまうが、「すみません」「ありがとうございます」と繰り返し、何度も頭を下げた。

でも、それが本心だった。

5

勝俣はまた、民自党党本部の広報本部長室まできていた。

今日は緑茶だけでなく、鴨志田の地元の銘菓だという生どら焼きも出された。

「どう、勝俣ちゃん。美味しいでしょう」

「知ってますよ。何度も土産《みやげ》でもらってんだから」

鴨志田も、ひと口大にしたものを口に放り込む。

「んん、んまい……そりゃそうと、勝俣ちゃん。例のアレ、回収してきたもの、ちょうだいよ」

早速きたか。

「あ？　俺、回収してこいとは言われたけど、持ってこいとは言われてねえから、今日は持ってきてねえよ」

緑茶をひと口。気のせいか、この前より旨く感じる。これは新米秘書の努力の賜物《たまもの》か。あるいは単に、茶請けに生どら焼きがあるからか。

鴨志田が「そんなぁ」と子供のように愚図《ぐず》る。

「回収してって言ったんだから、ちゃんと、ここまで持ってきてくんなきゃ。それじゃお前、取ってこいってボール投げて、それ追っかけてって、一応咥《くわ》えはするけど、戻ってくる途中で落としてきちゃう、馬鹿犬と一緒じゃないの」

長ったらしい喩《たと》えではあるが、意味としては間違っていない。

ただ、馬鹿犬呼ばわりは癪《しゃく》なので、反論はする。

「でもよ、よく考えてくれよ。そもそもあれは、官邸に送り付けられたもんだろ？　先生が俺に見せたのは、そのコピーだろ？　俺は間違いなく回収してきたよ、江川から。でもさ、俺が、はいよって先生に渡したとして、それがマスターなのかコピーなのか、そんなこと、どうやって判断すんの？　俺が、正真正銘のマスターを先生に渡したとしたって、俺がコピーとってたら、そんなの意味ねえんじゃねえの？」

もうひと口、鴨志田がどら焼きを口に運ぶ。

「……忘れ物の言い訳にしちゃ、やけに理屈っぽいね」

「犬呼ばわりは仕方ねえが、それに馬鹿が付くのは勘弁ならねえ」

「つまり、俺にマスターを渡す気はない、ってことか」

とんだ疫病神ではあるが、この男、頭はいい。話が早い。

「俺としちゃ、交換条件なんて野暮は言いたかないけどさ」

「うん、なに。できるだけ、金で済む話にしてくれると、こっちは助かるんだけどね」

「金で済むかどうかは、鴨志田さん、そりゃあんたの使い方次第だよ。少なくとも、俺がとやかく言う話じゃねえ」

「うん、だからなに。聞くだけは聞くよ」

今回の一件で、一人だけ、ケジメの付いていない人間がいる。

「……だから、ニヨロだよ。あいつ、いい加減、外してくんねえかな」

「なに、殺しちゃえってこと？」

「そこは任せるけどさ。あいつぁ、いくらなんでも危ねえよ。今回はたまたま、江川が自分で死んでくれたからよかったようなものの、騒ぎようはいくらだってあったんだぜ。それを、朝鮮のスパイの死体一つ片づけんのに、あっちゃこっちゃ引っ掻き回して下手打って。こっちはいい迷惑だぜ」

鴨志田は、うんと頷いたわりに、顔は不満げだ。

「勝俣ちゃんには世話掛けたと思うよ。でもね、最初に江川が姜の死体を遺棄したのは、大《おお》横川《よこがわ》の親水《しんすい》公園だぜ。明るくなりゃ、周辺住民がジョギングだの犬の散歩だのに出てくる、子供だって水遊びにくる、釣り堀だってある、そういう場所だぜ。そんなところの、小川の脇の芝生のところに、碌に隠しもしないで放り出してあったんだぜ。しかも、骨になった両手を露出させたままだ。実際、二件は通報があったわけだし。それをさ、ニョロが他の刑事を抑えて、ヤマ囲い込んで、辻褄合わせるだけだって、けっこう大変だったんだぜ。そこはさ、少し大目に見てやろうよ」

勝俣はかぶりを振ってみせた。

「そんなの、親水公園の管轄が、たまたま本所だったってだけじゃねえか。あんたもさ、もうちょっと頭使えよ。なんでそこで管轄に拘っちゃったんだよ。他所《よそ》なら、もっとマシなのがいただろう」

「たとえば、誰よ」

「ドブロクとか、馬面《うまづら》とか、近くにいるじゃねえか。電気屋の息子だって、ニョロよりはマシな仕事するだろう」

「そりゃ、あとからだったら、なんとでも言えるさ」

これ以上は話しても無駄だろう。勝俣も今すぐ、どうしても奴を排除したいわけではない。

「ま、そこんとこ、ちょっと考えといてくださいよ。またこっちも、暇を見て寄りますから。鴨志田先生」

「うん、よろしく頼むね」

よっこらしょ、とソファから立ち、勝俣は部長室を出た。挨拶は、最後に右手を挙げただけ。鴨志田もそれに、右手を挙げて応じていた。ドア脇のガラスに映っていたので、それは見えた。

やれやれ、と心の中で呟いてみる。

これでまた一つ、厄介な仕事が終わった。しかも今回は、あの死神、姫川玲子とまったく顔を合わせることなくすべてをやり遂げた。そういった意味での満足感は、ある。

あとは武見に握らせた例の映像だが、奴はああ見えて馬鹿ではない。あんなものに碌な使い道がないことは分かっているだろうし、逆に自分に枷《かせ》がはめられたことも、それとなく感じているはずだ。

あの武見諒太という男は、なかなか面白いかもしれない。

何かいい使い道がないか、じっくり考えてみるのも悪くはない。

終章

今日、東京はあいにくの雨だ。

玲子は晴雨兼用の折り畳み傘を差し、日比谷公園沿いの歩道に立っている。目を向けているのは、四車線ある道路を隔《へだ》てて正面にある、東京地方検察庁だ。

今朝また、武見から連絡があった。すべてに決着をつける、と彼は前置きし、話し始めた。

『佐久間健司の事件で逮捕された大村敏彦は、不起訴とします。その決定を今日、捜査陣に伝えます……ただし、本所の刑事課長や警視庁本部の方にではなく、捜査に携わった担当係長と、取調べを担当した主任を直接、地検に呼びました』

異例の措置というべきだろう。捜査一課でも、地検に出向くのは係長警部、同行してもせいぜい統括主任警部補クラスだ。巡査部長が公判担当検事に呼び出されることは、通常はない。留置係員が新件調べに同行するのとはわけが違う。

「その二人の名前を、伺ってもいいですか」

『モリシタナオキ警部補と、ヨコヤマカツノリ巡査部長です』

ヨコヤマの名前は、本所署の刑事課長からも聞いている。もう一人はモリシタというのか。

「その場……は、無理でしょうけど、そのお話、二人がどんな様子だったかも含めて、あとでお聞かせいただけますか」

武見は、そんな玲子の出方も予想していたようだった。

『なんでしたら、盗聴させてあげましょうか』

「盗聴……って、それは」

『あ、でもそれだと、レシーバーを渡さなきゃ駄目か。じゃあ、携帯で飛ばして、生中継しましょうか。それだったら、姫川さんはどこにいても聞けますでしょう』

そういう意味ではなく。

「いや、生中継は、さすがにマズくないですか」

『何を言ってるんですか。マズいことをやっているのは向こうです。仮に、仮にですよ。マイクを仕掛けていることがバレたとしても、文句を言われる筋合いはないですよ。こっちは冤罪事件を喰わされそうになったんですからね。それも、明確な意図をもって』

「それは……そうですけど」

いったん通話を終了し、十分ほどするとまた武見からかかってきた。ただ、明らかにさっきとは声の聞こえ方が違う。

《姫川さん、聞こえますか》

「ええ。ちょっと、声が遠い感じはしますけど、言葉自体は明瞭に聞き取れます。ノイズもないです」

喩えるとしたら、AMのラジオドラマみたいな音質だろうか。普通の通話よりは、かなりクオリティが高い。

《でしょう。この集音マイク、けっこう優秀なんですよ》

「ところで、事務官の方は」

《大丈夫です。ちゃんと外させましたから……じゃあ、これで時間になったら生中継しますから。その前に、またお電話します》

携帯を通して聞くのだから、武見の言う通り、玲子はどこにいようとかまわない。しかし、武見が「決着」をつけようとするその場面を、どこか離れた場所から、まるで高みの見物をするように盗み聞きするのは気が引けた。せめて、東京地検のすぐ近くに控えているくらいはしたかった。

当然、その間は受け持ちの捜査から抜けることになる。だがこのところ、日下には借りばかり作っている。さすがにもう、わがままは言いづらい。庄野正彦との面談を「最後」としてしまったバツの悪さもある。

こうなったら、致し方ない。

「ごめん、康平。今日、途中ちょっと、内緒で抜けさせて」

両手を合わせる玲子に対し、湯田は泣き顔で返してきた。

「マジっすかぁ……自分、日下さんに睨まれるのも、菊田さんに脇腹つねられるのも、もう懲《こ》り懲《ご》りなんですよ」

「ごめん。ほんと、本当に、これが最後だから」

さらに、ハァーッ、と深く溜め息をつく。

「……姫川主任って、けっこう『一生のお願い』を何度もするタイプですよね」

「ごめん。今度、友達の妹、紹介してあげるから」

「それ、前にも言われました。しかも実現してません」

「大丈夫、今度は違う娘《こ》だから」

「そういう問題じゃないっしょ」

多少手こずりはしたが、なんとか湯田には了承してもらい、玲子は東京地検までくることができた。

玲子がいま正面に見ているのは、正式には「中央合同庁舎第六号館」という名称の、二十階くらいある高層ビル群だ。AからCまで三棟あり、東京地検はA棟とB棟に入っているが、武見の執務室がどこにあるのかは、玲子にも分からない。

外観は、三百か、四百か——縦横を数えて掛け算をするのも億劫になるほど、同じ形の窓がびっしりと並んでいる。昔流行《はや》ったテレビゲーム「テトリス」の画面とよく似ている。あれが現実に出現し、天高くそびえている感じだ。

さっきまでは街路樹の下にいたのだが、雨を凌《しの》ぐどころか、枝葉に溜まった雨水がときおり集中的に落ちてくるので、今は地検の方に渡る歩道橋の階段下に避難している。

武見から電話がかかってきた。

「はい、姫川です」

《武見です。まもなく来るようなので、このまま、切らずにお聞きください》

「はい」

ということは、ここ数分の間に入っていった誰かが、モリシタとヨコヤマだったわけか。ちゃんと見ていたつもりだが、全然分からなかった。

玲子は携帯にプラグを挿し、イヤホンを耳に入れて待った。

やがて、遠くでノックの音がし、武見が《どうぞ》と応えるのが聞こえた。

《失礼いたします》

《失礼します》

検事執務室はどこも同じ造りだろうから、音声だけでも、様子は概ね想像できる。検事のデスクがあって、その右か左に事務官の机がある。もう一台、検事の正面にもデスクがあり、取調べ時は被疑者がそこに着く。モリシタとヨコヤマは、今日はそこのポジションだろう。

自己紹介と名刺交換のような間があり、

る。

《お座りください》
三人が席に着く音がした。
玲子には、武見が落ち着き払った様子で、二人の顔を順繰りに見るのまで克明に想像でき
《本日、お呼び立てしましたのは、他でもありません。佐久間健司殺害事件についての、ご報告をすると共に、いくつかお尋ねしたいことがありましたので、ご足労願いました》
二人も、会釈程度に頭を下げるくらいはしたのではないか。
武見が続ける。
《被疑者、大村敏彦は、証拠不充分で不起訴といたします。即座に、釈放の手続きをとってください》
《……はい》
低い声が応えたが、どちらかは分からない。
《理由は、説明しなくてもお分かりですよね》
これに対する返答は、数秒待ったがなかった。
《佐久間健司とされている男性は、実は佐久間健司ではなかった。姜明秀という名前の、朝鮮民主主義人民共和国の工作員だった。こちらには、そういう情報が入ってきている。まあ、被害者が日本人だろうが朝鮮人だろうが、工作員だろうが公務員だろうが、殺人事件である

ことに変わりはない。しかし、死体検案の過程に不審な点があるとなったら、話は別です。ましてや、佐久間健司とされていた男、姜明秀が、大村敏彦ではない何者かに暴行を受け、殺害された証拠があるとなったら、あなた方の提出した報告書を鵜《う》呑みにして、公訴を提起することなどできるわけがない。被害者も偽者、被疑者も偽者とは……またずいぶん、舐めた真似をしてくれたもんだな》

武見の、最後のひと言には充分な凄みがあったが、二人がそれにどう反応したかは分からない。

《俺だって、あんたらが、好き好んでこんなことをやったとは思ってないよ。どこの誰に指示されたのかは知らないが、事の真相が明るみに出たら、相手国に恰好の交渉材料を与えるだけだからな。事件そのものを闇に葬ってしまいたかった。その理屈は分かる。ただし……事情も分からないまま、腐った饅頭《まんじゅう》を食わされるわけにはいかねえんだよ、こっちは》

依然、二人からの応えはない。

《面を見りゃ分かるよ、ヨコヤマさん。あんたはただ使われただけなんだよな、このモリシタさんに。そもそも巡査部長のあんたが、こんなふうに自分の名前で調書を作ってる時点でおかしいんだよ。立会いに警部補がいるんだから、だったらモリシタさんに取調官になってもらって、モリシタさんが自分の名前で書けばいい……かえって、よかったじゃないか、俺が不起訴に決めて。下手に俺が起訴しちまったら、あんた、公判のたびに証人として、法廷に呼ばれることになってたかもしれないんだぞ。そうなったらあんた、どうするつもりだったの。法廷でどう話すつもりだったの。最後まで嘘をつき通す覚悟、あったの？……まあ、そうやって公判が維持できなくなった方が、あんたには好都合だったのかもしれないけどさ……モリシタさん》

誰かが、椅子に座り直すような物音がした。

《……言いたいことは、それだけか》

流れからして、今のひと言はモリシタだろう。痰《たん》の絡んだような、ひどく濁った声だった。

フッ、と鼻で嗤ったのは武見だ。

《なんだよ。気をつけろ、月の明るい夜ばかりじゃねえからな……とか、時代劇みたいなこと言うんじゃないだろうな》

《分かってるなら、あんまり正義のヒーロー振って、粋《いき》がらない方が身のためだ》

《ヒーロー振るつもりはないが、俺は生まれついてのナルシストでね。守るべきは守る、戦うべきときは戦う、そういう自分が好きなんだよ。あんたの方こそ、気をつけた方がいいんじゃないのか。いつ尻尾《しっぽ》切りに遭うか分かんないんだからさ、切られちまったら……もう、お上《かみ》に尻尾も振れなくなるぜ》

モリシタが何か言い返したようだが、それは椅子から立ち上がる物音に掻き消された。

《……じゃあ、これで失礼する》

《悪かったな。雨の中わざわざきてもらったのに、茶の一杯も出さないで》
ドアを開《あ》け閉《た》てする音がし、数十秒待つと、武見の囁く声が聞こえてきた。
《……いかがでしたか。ちゃんと聞こえましたか》
おそらく武見は、玲子の声を聞けるよう、すでにイヤホンか何かを装着しているのだろう。
「はい、一部始終」
《今どちらに》
「そちらの、正面にある歩道橋を渡って、その階段の下です」
《そんなに、近くにいらしてたんですか》
「ごめんなさい。さっきはうっかり、言いそびれました」
しばし、考え込むような間が空く。
やがて、何かを断ち切ろうとするかのように、ハッ、と武見が息を吐く。
《……姫川さん。少し、会って話せますか》
「はい、大丈夫です」
《じゃあ、そこを動かないでください。ひょっとしたら、二人は公園の中を通って、日比谷駅に向かうかもしれない。鉢合わせしないように、そこに隠れていてください……十分経ったら、私がそっちにいきますから》
「分かりました」

すると、武見の案じた通りになった。
二、三分待っていると、向こうにある歩道橋の階段を、二人組の男が上ってくるのが見えた。傘を差しているので、顔までは見えない。二人ともスーツはグレーだが、濃淡には多少の差がある。
武見には動くなと言われた。隠れていろと言われた。しかし、言われた通り大人しくしていられる玲子ではない。

小走りで日比谷公園に入ると、五十メートルほど先に公衆トイレらしき低い建物が見えた。そこまでいき、女性用の入り口に身を隠した。いつ武見からかかってくるか分からないので、携帯は着信音もバイブレーターもオフにした。

スーツの二人組も、並んで公園に入ってくる。大きくも、小さくもない歩幅でこっちに近づいてくる。体型、身長、共に大差はない。この距離だとやはり、違いはスーツの色くらいだ。いや、明るいスーツの男は、カバンをたすき掛けにしている。濃い方は傘以外、何も持っていない。

二十メートル、十五メートルと近づいてくれば、顔も見分けられるようになる。

たすき掛けの方は、額の広い、眠そうな目をした男だった。

手ぶらの方は、面長《おもなが》で、目と口が大きい、どこか爬虫類《はちゆうるい》を思わせる顔つきをしていた。

二人は何を話すでもなく、玲子の前を通り過ぎていった。道はその先で右にゆるくカーブしているので、まもなく二人の後ろ姿は見えなくなった。

もう、大丈夫だろう。

公衆トイレから出て携帯を確認すると、まさに武見からかかってきていた。

「はい、もしもし」

『姫川さん、どこにいるんですか』

「あの、ちょっと、公園の……」

『まさか、モリシタたちを追っていったんじゃないでしょうね』

追ってはいない。先回りしただけだ。

「いえ、そういうわけでは、ないんですが」

『今どこにいるんですか』

「すぐ、そちらに戻ります。ほんと、すぐですから」

あえて返事を聞かず、玲子は電話を切った。

歩道橋のところまで戻ってみると、武見は、膨《ふく》れ面《つら》でこそなかったものの、実に分かりやすく顔に怒りを表わしていた。傘は畳んで左手に持っている。

玲子も傘を閉じながら、歩道橋の階段下に入った。

「……すみません」

「動かないでって言ったでしょう」

「ごめんなさい。でも」

「そんなに、モリシタとヨコヤマの顔が見たかったんですか」

「あの……はい。すみません」

そう玲子が答えると、武見はかぶりを振りながら溜め息をついた。

「どうして、俺の言うことを聞いてくれないんですか」

上司でもない武見の言うことを、なぜ自分が聞かなければならないのか、という反発を覚えた。と同時に、素直に謝りたい、従いたい気持ちも、一方にはあった。しかしそれらとは別に、武見が困った顔をしている、そのこと自体に、ある種、サディスティックな悦《よろこ》びを感じている——そんな自分に、玲子自身、気づいていた。

「だから……すみませんって、謝ってるじゃないですか」

「分かりました。もういいです、今のことは。でも、もうあなたは、この一件には関わらないでください」

そんな、自分勝手な話があるか。

「関わるな、って……それ、どういう意味ですか。そもそも、組もうって私に言ってきたのは、武見さんの方じゃないですか」

「あのときは、どういう性格の事件かも分からなかった。背後に何があるかも分からなかった。でも、もういいでしょう。江川利嗣は死亡した。それは俺も確認しました。大村敏彦はまもなく釈放される。あなたは奴を再逮捕して、取調べをすればいい。ようやく振出しに戻った。それで充分でしょう」

まるで充分ではない。それでは、まったく答えになっていない。

「違います。私が訊いたのは、関わるなというのはどういうことですか、ということです。関わるなってことは、本来なら関わるべき何かがある、ってことでしょう。そう思ってるから、武見さんは……」

武見が掌を向けて遮《さえぎ》る。

「すまない。俺の言い方が悪かった。あなたはあなたの捜査に戻ってください。俺が言いたかったのはそういうことです。ただ……例の映像からもお分かりでしょうが、この一件は、通常の殺人事件捜査の範疇《はんちゅう》を超えている。これは、もはや外交と安全保障の領域だ。背後にあるのは永田町の闇です。最悪、俺一人だったら、まだなんとか戦える。でも、そんな底なしの泥沼に、あなたを引きずり込みたくはないんです」

なぜ自分が、そんな訊き方をしようとしたのか、玲子自身、よく分からない。

それでも言葉は、雨交じりの風に乗り、漂い出た。

何に遮られることもなく、玲子と武見の間に、その言葉は意味を結んだ。

「武見さんは……あたしを、守ってはくれないんですか」

なぜ武見に守ってほしいと思ったのか、何から守ってほしいのか、そもそも武見は何と戦おうとしているのか、それすらも玲子には分からない。

ただ、武見に言わせたい言葉は、あったのだと思う。

武見に言われたい言葉が、自分にはあるのだと思う。

風が強く吹き、雨粒が武見のスーツの肩に当たり、無数の、銀色の雫《しずく》になる。瞬《またた》く間にそれらは滲《にじ》み、濃い色の染みに沈んでいく。その様を、玲子はじっと見守っている。

武見が、傘を取り落とした。

そこまでは、ちゃんと見ていた。

でもその後は、目を閉じてしまった。

「……守れるものなら、守りたい。でも、もし守りきれなかったら、そのとき俺は、あなたを失うことになる。俺は……おそらく、それには耐えられない。どうしたらいいのか……自分でも、よく分からないんです」

聞きたかった言葉は、半分くらいしか、聞けなかった気がする。でも、聞けなかった残りの半分より、もっと多くのことを、聞けたようにも思う。

なぜ、今日は雨なのだろう。

皮肉としか、言いようがない。

警視庁本所警察署刑事課の森下直樹《もりしたなおき》警部補が暴漢に襲われ、病院に搬送されたと聞いたのは、玲子が武見と会った、一週間後のことだった。

解説——歯ごたえのない事件は、やがて奇っ怪な事件へ

村上貴史《むらかみたかし》（ミステリ評論家）

■奇妙な状況

誉田哲也の『ノーマンズランド』。

警視庁刑事部捜査一課の姫川玲子《ひめかわれいこ》警部補を中心に据えたシリーズの一作で、二〇一七年に発表された。本稿執筆時点（二〇年）では、シリーズとして最新の長篇である。〇六年発表の第一作『ストロベリーナイト』で読者の前に初めて姿を現したときには二十九歳だった姫川玲子も、本書では三十五歳になっている。本能にプロファイリング能力が組み込まれたかのような直観を活かして真相へと突き進んでいく姫川玲子だが、この六年間には様々な出来事があった。いくつもの凄惨《せいさん》な事件を解決してきたし、人事異動も経験してきた。そして、何人もの大切な仲間との死別もあり、「死神」とまで呼ばれるようにもなった。

そうした経験を重ねてきた姫川玲子を主人公にするだけに、『ノーマンズランド』は、ま

った〝あたりまえ〟ではない警察小説に仕上がっている。

もちろん『ノーマンズランド』でも警察の捜査を描いているのだが、こと本書では、〝奇妙な状況〟の置き場所が異色なのだ。奇妙な状況を解明していくにつれ現れてくる事実もまた異常に次ぐ異常である。さらにそこに警察に関連する別の糸も絡みついてきていて異常。異常づくしとはいえエンターテインメントとしてはやはり抜群の仕上がりで、ついついむさぼり読んでしまうのである。

なお、誉田哲也はプロの書き手であり、本書から《姫川玲子》シリーズを読み始めても十分愉《たの》しめるように書かれている。そのことは、解説の冒頭できちんとお伝えしておきたい。もちろん刊行順に読む方が愉しみは増えるが、単体でも十二分に魅力的でユニークな警察小説だ。

■ノーマンズランド

本書はまず、バレーボールが縁で親しくなった高校生男女の物語で幕を開ける。誉田哲也の小説ではおなじみの、主人公とは異なる視点で語られる短くも印象的なエピソードだ。ここでは、女子生徒がバレーボールの練習中に重傷を負ったこと、そして高校三年のある日、彼女が突然姿を消したことなどが語られる。

そのエピソードが終わると、いよいよ姫川玲子が登場する。

だが——様子が変なのだ。捜査に邁進《まいしん》するのではなく、上司が席を外した隙《すき》に職場を抜け、カフェで一人、過去を振り返っているのである。八ヶ月ほど前の過去を。捜査中に親しい仲間が殉職した過去を。あの日、彼を失わずに済む方法はなかったのか、と。繰り返し考えているのだ。

そんな風に姫川玲子の心が過去に向いているなか、一つの事件が起きた。葛飾《かつしか》区は青砥《あおと》のマンションで、女子大生が殺されたのである。特別捜査本部が設置され、玲子たち殺人犯捜査第十一係の十二名もそこに合流し、捜査を始めた……。

被害者は自宅で殺されており身元はすぐに判明。殺害方法もシンプルで、決して猟奇的な事件ではない。室内に残されていた指紋から容疑者も浮上。そう、警察小説の冒頭に置かれる事件としては、なんとも歯ごたえがないのだ。しかも、容疑者の自宅近辺で姫川が張込みの指示を終えて程なく、容疑者が別の事件で逮捕されていることが判明した。ますます歯ごたえのない展開である。

だが、これは誉田哲也の小説である。そのままで終わるわけがない。姫川玲子が少々上の空で、読者の気持ちもそんな姫川自身に向いているなかでぬるっと始まった事件ではあるが——ここはまだ第一章。お愉しみはまだこれから先に待っているのである。たっぷりと。

第二章に入ると、奇妙な状況が浮かび上がってくる。

大村《おおむら》というその容疑者は、いわゆる所轄《しょかつ》署である本所《ほんじょ》署に身柄を確保されている。サクマケンジという男性を殺害したという容疑だ。奇妙なのは、本所署が捜査一課に協力を求めず、独自に大村を取り調べているという点である。しかも、殺人事件だというのに強行犯捜査係ではなく、知能犯捜査係が取り調べを担当しているというのだ。もちろん、形式的には所轄は捜査一課に協力を求めず、独自に捜査を行うことは可能なのだが、それは極めて異例のこと。いったいなにが起こっているのか……。

どうです？　愉しくなってきたでしょう。

難事件を解決すべく必死に奮闘する警察官たちの姿を読むのも愉しいが、こうした〝不自然さ〟――それはすなわち〝不気味さ〟でもある――を提示してくれる警察小説もまた格別。誉田哲也は、警察小説の定型に安住するのではなく、新たな魅力の発掘に継続的に挑んでいるのである。

そんな誉田哲也だけに、この大村の事件も本所署の不自然さだけで終わらせたりはしない。姫川たちの捜査が進むにつれ、意外な事実が次々と発覚していくのだ。△△と思っていたのが⊿⊿だったり、○○と認識していたものが○□だったり、だ。そうして意外な事実が明らかになる度に、謎が深まっていくのである。ぬるっと始まった事件が、実に奇っ怪な事件へと変貌していくのである。なんとも新鮮な展開である。

そのうえで、ここに別の糸も絡みついている。あえてこれまで書かなかったが、勝俣《かつまた》が何やら怪しい動きをしているのである。

勝俣健作《けんさく》。警視庁刑事部捜査一課殺人班第八係主任。五十五歳の悪徳警官だ。姫川玲子との相性の悪さは、第一作の『ストロベリーナイト』で既にたっぷりと描写されている。そんな人物だが、一一年のスピンオフ作品『感染遊戯』では主役の一人を務めたりしていて、《姫川玲子》シリーズのキャラクター人気投票では四位に入った実績を持つ。存在感たっぷりで、なおかつ有能な刑事なのである。

その勝俣の本書での怪しい動きは、私腹を肥やすタイプのものではなく、権力の上の方と繋がった企みのようである。それも、人の命を軽く扱うことも厭《いと》わないような……。この勝俣の動きが徐々に判明していく〝糸〟でも、本書はしっかりと読ませるのである。しかも、その過程で勝俣がそんな男になるに到った経過も語られており（二十年も前のエピソードを含めてだ）、シリーズ読者の方々にとっては、愉しさ倍増だろう。

こんな具合に加速度的に魅力が増していく『ノーマンズランド』だが、さらにもう一つの物語も練り込まれている。冒頭に登場する高校生男女の物語だ。あの二人の物語があんな風に化けて、そしてこんな風にこの事件に絡んでくるとは。第三章の序盤で彼等に関するある情報が明らかにされたとき、「著者はなんという爆弾を仕込んでいたんだ！」と震撼《しんかん》した。これはこれで骨太の物語で、そして終盤においてしっかりと姫川玲子の物語及び勝俣健作の物語と合流するのである。いや素晴らしい。素晴らしいとしかいいようがない。

なお、高校生たちの物語は、現代の政治的問題について考えることを読者に強《し》いるが、それについてここで語ることは、前述の〝爆弾〟の威力を削《そ》ぐことになるので控えておく。その衝撃を体感した後に、登場人物たちの言葉に耳を傾けたうえで、御自身の視点で考えて戴《いただ》ければと思う。

こうした展開の新鮮さや題材の重さに加え、この『ノーマンズランド』は、シリーズ読者にとっては、姫川玲子とおなじみの面々との関係の変化や再会を愉しめる作品ともなっている。特に今回着目したいのは、日下《くさか》統括主任との関係だ。かつては姫川玲子とは同格のヒラ警部補だったが、現在は一つ階級が上の五級職警部補に昇格し、上司と部下の関係になっている。これに伴い、かつてお互いに抱いていた嫌悪感に変化が生じてきた様子が語られているのだ。ちょっとニヤニヤしたくなる変化である。

また、新しいキャラクターにも着目したい。武見諒太《たけみりょうた》四十四歳。検事である。あれこれ噂のある男なのだが、この武見と姫川玲子の間で生じる関係が、なんとも微妙なのだ。続きが読みたくなる。

続きといえば、そもそも本書の結末が続きの読みたくなる終わり方だ。勝俣の糸で示された〝闇〟は一層深まっていきそうだし、いったい《姫川玲子》シリーズは、これからどう転がっていくのだろうか。

■第三シーズン

というわけで、どんな〝次〟がやってくるかを考えるにあたり、ここで誉田哲也の三つの警察小説シリーズの現状を語っておこう。

まず、〇五年の『ジウI　警視庁特殊犯捜査係』に始まる《ジウ三部作》、及びそれを包含する《ジウ・サーガ》という、やはり長寿の警察小説シリーズについて。警視庁特殊捜査班（SIT）に所属する二人の女性捜査官を中心に据えた三部作で始まったこのシリーズは、中心人物に変化を持たせつつ、《姫川玲子》シリーズとのコラボレーション『ノワール　硝子の太陽』『ルージュ　硝子の太陽』（いずれも一六年）などを経て継続的に発表されており、昨年（一九年）には、最新作『歌舞伎町ゲノム』が刊行された。前作からの間隔は、コラボ作品の『ノワール　硝子の太陽』から数えるなら三年、第七作の『歌舞伎町ダムド』（一四年）からは五年ということになる。

そして《姫川玲子》シリーズだが、〇六年にスタートし、最新刊がこの『ノーマンズランド』で一七年の発表となる。同じく前作からの間隔はというと、コラボ作品の『ルージュ　硝子の太陽』から一年、『インデックス』（一四年）からは三年である。

誉田哲也にはもう一つの警察小説シリーズ《魚住久江《うおずみひさえ》》シリーズがあるが、こちらは一一年の『ドルチェ』で始まり、一三年に第二弾『ドンナ ビアンカ』を発表して以降、新刊はない。

こうした状況から考えると、次のシリーズ作品は数年程度の間隔で刊行され、それはどうやら――ダークホースで《魚住久江》もあるかもしれず、それはそれで嬉しいのだが――《姫川玲子》になりそうだ。というのも、ある〝法則〟に従って、着々と準備が進んでいるように見えるからだ。

二〇一九年二月一八日。誉田哲也は自分のTwitterアカウントで、《姫川玲子》シリーズについて、「長篇・長篇・短篇集」という三作品セットで一シーズンを構成し、現在は第三シーズンの第二長篇が刊行されたところ、という趣旨のツイートをしている（ちなみに『感染遊戯』はスピンオフ作品であり、カウントには含めないそうだ）。復習を兼ねて記しておくと、こんな具合だ。

・第一シーズン……『ストロベリーナイト』（〇六年）↓『ソウルケイジ』（〇七年）↓『シンメトリー』（〇八年）

・第二シーズン……『インビジブルレイン』（〇九年）↓『ブルーマーダー』（一二年）↓『インデックス』（一四年）

・第三シーズン……『ルージュ　硝子の太陽』（一六年）↓『ノーマンズランド』（一七年）↓？？？

そしてこの第三シーズンの短篇集に収録されそうな短篇の発表が、既に開始されているのである。

まずは、「それが嫌なら無人島」（一六年）である。「宝石 ザ ミステリー Blue」に発表された一篇だ。姫川玲子の視点で、彼女の内面が柔らかく軽妙に描かれている点が特徴なのだが、それ以上に特筆すべき事項がある。この短篇の中心に置かれているのが、なんと本書の事件なのだ。そう、あの女子大生殺しである。姫川玲子の大村への尋問を通して真相へと迫っていくこの短篇、読み逃すわけにはいくまい。『ノーマンズランド』刊行前にこちらが発表されている点も興味深い。

さらに「小説宝石」に三篇が発表されており、また、電子書籍でもシリーズ短篇の刊行が続いている。後者について少々具体的に紹介しておくと、ある女性がストーカーを返り討ちにして殺してしまったと語る事件の真相を姫川玲子が解明する「正しいストーカー殺人」（一八年）に加え、本年（二〇年）秋に発表された二篇、首吊り自殺者の部屋からもう一つ死体が発見された事件を、姫川班の中松《なかまつ》巡査部長の視点を中心に描いた「六法全書」と、薬物を摂取したとして女優が自首してきたものの、彼女からは麻薬が検出されなかったという奇妙な事件を、姫川の一つ年下の小幡《おばた》巡査部長の視点から語った「根腐れ」である（Amazon や U-NEXT にて先行配信）。『ノーマンズランド』刊行記念インタビューにおいて、誉田哲也は今後の短篇では、「より多彩なキャラの視点で物語を用意するつもり」と語っていたが、それを実践しているということだ。

また、「六法全書」「根腐れ」は、新型コロナの影響も考えて発表したそうだ。「六法全書」発表時に、U-NEXTのニュースリリースにおいて、「自由に外出もできず、人と人とが触れ合えなくなった世界で、私にできることとは何か。その第一弾として、姫川玲子シリーズの新作をU-NEXTからお届けすることを決めました」と語っているのである。そうした著者の心が反映されたのか、姫川玲子の小説を読めるだけでも嬉しいということに加え、暗くなりがちなコロナ禍の状況において、かなり柔らかいトーンの二篇となっている点にも着目したい。

過去二つの《姫川玲子》シリーズの短篇集には、それぞれ七篇と八篇が収録されていたことを考えると、第三シーズンの短篇集の刊行までには時間が掛かるかもしれないが、愉しみに待ちたい——と思っていたところに、朗報が飛び込んできた。第三シーズンの短篇集刊行が決定したというのである。前述の七篇を収録して二一年の二月に刊行予定とのことなので、もうしばらくの我慢だ。

それを待つ間には、例えば『背中の蜘蛛』（一九年）などのノンシリーズ警察小説を読んで過ごすのもよかろう。『ノーマンズランド』が示したような〝闇〟が感じられるし、また、捜査のテクノロジーの進化や、その光と影を考えさせられたりもする。警察小説という枠組みのなかで常に新しい挑戦を継続している誉田哲也らしさを体感できるのだ。こうした警察小説を読むと、まことに気が早いのだが、第四シーズンが待ち遠しくなってきてしまうし、そこでは〝闇〟との闘いが本格化していくのではないかという勝手な期待も抱いてしまう。なんとも欲張りである。

■余談／願望

さて、最後に余談というか願望を二つ。

本書で検事の武見との会話の場として利用される西麻布のバー「カーヴド・エア」だが、その名の由来は何なのだろう。ミュージシャンを目指していた誉田哲也だけに、なにか音楽関係なのだろうか。例えば、ソーニャ・クリスティーナのボーカルやダリル・ウェイのヴァイオリンが印象的なイギリスのバンドの名前からとったのか。もしそうだとすると、個人的に嬉しかったりする（解説者としては特に『Vivaldi』という曲が特に好きなのだが、これはインスト曲だった）。

もう一つ、誉田哲也自身の作詞作曲によるバラード「no man's land」がかつて披露《ひろう》されたことがあるというのだが、これも聴いてみたい。自作の小説にインスパイアされた曲なのだそうだが、いったいどの部分にフォーカスされているのか。

読了してなお『ノーマンズランド』に関する興味は尽きない。希有《けう》な警察小説である。

二〇一七年一一月　光文社刊

光文社文庫

ノーマンズランド

著者　誉《ほん》田《だ》哲《てつ》也《や》

2020年11月20日　初版1刷発行
2024年1月30日　2刷発行

発行者　三宅貴久
印刷　萩原印刷
製本　ナショナル製本

発行所　株式会社　光文社
〒112-8011　東京都文京区音羽1-16-6
電話（03）5395-8149　編集部
8116　書籍販売部
8125　業務部

落丁本・乱丁本は業務部にご連絡くだされば、お取替えいたします。
ISBN978-4-334-79106-3　Printed in Japan

組版　萩原印刷